Michael Ford

SHADOW KING

DAS GEHEIMNIS DER MASKEN

Michael Ford

SHADOW KING

DAS GEHEIMNIS DER MASKEN

Aus dem Englischen von
Maren Illinger

EDEL
KIDS BOOKS

Shadow King
Das Geheimnis der Masken
ISBN 978-3-96129-211-0

Edel Kids Books
Ein Verlag der Edel Verlagsgruppe

www.edel.com

1. Auflage 2021

Originaltitel: »The Forever King«

Text: Michael Ford
Übersetzung: Maren Illinger
Lektorat: Maria Schmidt
Umschlaggestaltung: Frauke Schneider

Kapitelvignetten:
Hase: nutriaaa/shutterstock.com,
Wolf: Thattana Luechai/shutterstock.com,
Hirsch: Cytart/shutterstock.com,
Eule: Kaewta/shutterstock.com

Layout und Satz: Uhl + Massopust, Aalen
Herstellung: Frank Jansen
Druck und Bindung: GGP Media GmbH, Pößneck

Printed in Germany

Die Menschen aus der Gegend nannten die Höhlen Caer Droia – *Labyrinth. Es hieß, es gebe über hundert Wege hinein, aber keinen einzigen hinaus. Man erzählte sich viel über die Caer Droia, von Kobolden und dergleichen, aber das waren nur Schauergeschichten, um neugierige Kinder abzuschrecken. Die Caer Droia waren auch ohne Monster gefährlich genug.*

Die vielen Eingänge lagen in der Landschaft verstreut – auf Waldlichtungen oder in Stollen, die unter dem Totholz vergangener Herbste begannen. Und hier und da konnte man, wenn man sich zwischen zwei große Felsen zwängte, den dunklen Schlund eines Tunnels finden. In sehr trockenen Sommern, so hieß es, taten sich mitunter Erdlöcher in den schwarzen Abgrund auf. Von Zeit zu Zeit verschwand ein Schaf von den umliegenden Höfen und wurde erst Monate später als verrottendes Skelett wiedergefunden, das in einer morastigen Öffnung eingeklemmt war.

Ein paar abenteuerlustige Höhlenforscher hatten versucht, das Labyrinth zu erkunden, doch sie waren nicht weit gekommen. Es galt als unnötiges Risiko. Der Mühe nicht wert.

Jedenfalls für die meisten.

An einem der ersten Frühlingstage, der so kühl und klar war wie ein letzter Hauch des Winters, bemerkten mehrere Einwohner des Städtchens zwei unbekannte Besucher. Es war ein seltsames Paar – die Frau groß und drahtig, mit krähenschwarzen Haaren und so hellen Augen, dass sie grau wirkten, der Mann ein stämmiger Riese, muskulös wie ein Bodybuilder.

Als sie den Laden für Kletterausrüstung in der Hauptstraße betraten, nahm der Eigentümer an, sie hätten sich schlichtweg verlaufen und wollten nach dem Weg fragen. Umso überraschter war er, dass sie Kunden waren und sogar eine lange Einkaufsliste dabeihatten. Er hörte sich ihre Wünsche geduldig an und schaffte alles herbei, was sie brauchten: Stirnlampen, Helme, Seile und Klettergurte. Er versuchte, mit ihnen ins Gespräch zu kommen, doch die Frau antwortete nur einsilbig, der Mann gar nicht. Als sie den Laden wieder verließen, nachdem sie ein kleines Vermögen dort ausgegeben hatten, atmete er erleichtert auf. Die beiden waren ihm … unheimlich.

Das Paar verließ die Stadt und hielt einige Meilen außerhalb an einer einsamen Straße, lief an einer verwitterten Steinmauer vorbei und auf ein Wäldchen am Fuß eines Hügels zu. Sie hatten keine Karte bei sich, denn sie folgten keinem vorgegebenen Weg. Die Autoschlüssel ließen sie im unverschlossenen Wagen zurück.

Der Einstieg in die Caer Droia war an dieser Stelle schmal und unter einem Felsvorsprung verborgen. Wortlos legten die Frau und ihr Gefährte ihre Ausrüstung an. Die Frau ließ sich als Erste durch die Öffnung hinab, der Mann folgte ihr. Dann verschluckte sie die Dunkelheit.

Drei Stunden lang kämpften sie sich durch enge Gänge, völlig durchnässt von den vielen unterirdischen Wasserbecken, die sie durchqueren mussten. Scharfe Steinspitzen schnitten ihnen in die Haut und schürften ihre Arme und Beine auf, doch sie beklagten sich nicht. Ihre Stirnlampen warfen ein weißes Licht auf den feuchten Fels, der vor ihnen lag und silbrig schimmerte. So, wie die Schatten über die Wände huschten, sah es aus, als würden sie sich wellenförmig bewegen wie das Innere einer gigantischen Kreatur.

Sie ließen kein Seil als Wegweiser zurück an die Oberfläche hinter sich.

Schließlich gelangten sie in eine Sackgasse – Steine und Geröll versperrten den halb überfluteten Durchgang. Die Frau fuhr tastend über das Gestein. In einen großen Felsen war eine Art Symbol eingeritzt. Ein geschwungenes, wirbelndes Zeichen … Oder war es nur eine Täuschung von Schatten und Licht?

Die Frau stieß ein leises Zischen aus. Dann ging sie in die Knie, glitt ins Wasser, das die Steine umgab, und tauchte in die Schwärze.

Der Mann folgte ihr, ohne zu zögern.

Das Wasser war tief und trüb vom Steinstaub im Licht der Stirnlampen. Sie schwammen durch einen schmalen Spalt zwischen den Felsen, drückten, quetschten sich hindurch. Dann tauchten sie wieder auf und stiegen auf der anderen Seite aus dem Wasser.

Sie waren in eine Höhle gelangt. Der Raum war etwa dreißig Meter breit und ebenso hoch, und von der Decke hingen unzählige Stalaktiten. In den Wänden glitzerten Quarzadern. Doch das Bemerkenswerteste waren nicht die Gesteinsformationen, sondern das, was sich in der Mitte des Gewölbes erhob.

Ein Baum.

Seine Rinde musste schon vor langer Zeit abgeblättert sein und hatte ihn bleich wie einen Knochen zurückgelassen. Nackte, gekrümmte Äste reckten sich in die Höhe, wo sie sich mit den Stalaktiten verwoben, und die frei liegenden Wurzeln zogen sich über den Höhlenboden wie gespannte Sehnen unter blasser, alter Haut.

In den Augen der Frau blitzte etwas auf, als sie ihn betrachtete.

»Wir haben ihn gefunden, Triton«, sagte sie. Ihre Stimme war nicht mehr als ein erregtes Flüstern. »Gerade zur rechten Zeit.«

Der Mann nickte. Seine Lippen waren blau vor Kälte.

Als die Frau wieder sprach, war es kein Englisch. Ihre Worte glichen einem Lied, einer Art Singsang. Keltisch vielleicht, sie strömten aus ihr heraus wie Wasser, plätscherten immer schneller und wilder. Ein tosender, schäumender Fluss.

Sie kniete sich vor den Baum und umfasste seine Wurzeln mit beiden Händen. Etwas geschah mit ihr – es war, als nähme sie etwas aus dem Baum in sich auf, ihre Haut wurde so fahl wie der Stamm und so dünn, dass die Adern darunter sichtbar wurden. Schwarze Adern. Ein dunkles Gift floss wie Tinte über ihre Hände und Unterarme und verschwand unter den Ärmeln ihres Overalls. An ihrem Hals kam es wieder zum Vorschein, kletterte über Kinn und Wangen.

Als sie wieder aufstand, holte sie tief Luft und drehte sich lächelnd zu ihrem Begleiter um. Sie wirkte größer als zuvor. Stärker. Verjüngt. Ihre Haut leuchtete. Von der Dunkelheit war nichts zurückgeblieben als eine kleine schwarze Spirale in der Mitte ihrer Stirn, wie eine Tätowierung. Sie pulsierte, als wäre sie lebendig. Der Mann stellte sich neben sie, und gemeinsam betrachteten sie den Baum.

Obwohl kein Wind wehte, begannen sich seine Zweige zu bewegen, streckten sich wie Finger.

»Erwache zum Leben, mein König«, raunte die Frau. »Komm wieder zu Kräften. Wenn die Frühjahrstagundnachtgleiche eintritt …« – ihre Stimme wurde leiser und drang scharf durch die Dunkelheit – »bist du endlich frei.«

1

Das Taxi vom winzigen Bahnhof in Llangelin stank nach Zigaretten und dem Mittagessen des Fahrers, was auch immer das gewesen war. Julia Holt wollte nur raus. Sie kurbelte das Fenster herunter und sog die süße Frühlingsluft ein.

»Hier kommen nich' grad viele raus«, bemerkte der Fahrer. »Aber wenn Sie Ruhe und Frieden wollen, ist es genau das Richtige für Sie.«

»So ist es«, erwiderte Julias Mutter fröhlich.

Julia verdrehte die Augen. *Das Richtige für* dich, dachte sie.

»Und natürlich hat die ganze Gegend einen starken Bezug zur druidischen Geschichte«, fügte ihre Mum hinzu. »Sie wissen ja, wegen der Ley-Linien …«

Julia kannte es in- und auswendig. Mum faselte

immer von Ley-Linien – nicht gekennzeichneten, prähistorischen Linien, die angeblich spirituelle Stätten und alte Bauwerke miteinander verbanden. In der Nähe von Llangelin sollten sich mehrere dieser Linien kreuzen, einer der Hauptgründe, warum Mum sich für den Ort entschieden hatte.

»Wie weit noch?«, fragte Julia, als Mum eine kurze Atempause einlegte.

»Laut Navi sind wir gleich da«, antwortete der Fahrer. »Ah – da ist es ja schon!«

An einem verwitterten Wegweiser mit der Aufschrift *Little Nook* bogen sie von der Landstraße ab, rumpelten über einen unebenen Feldweg zwischen hohen Hecken und platschten durch Pfützen vom letzten Regenschauer. Der Weg endete vor einem kleinen Cottage mit Reetdach, das mit dem Rücken zum Wald stand. Die winzigen zweiflügeligen Fenster waren vom Alter verzogen und schief, und die Pflanzen, die in Tontöpfen an der Mauer standen, wucherten unkontrolliert vor sich hin.

Sie hielten genau vor der hölzernen Haustür, die so aussah, als wäre sie gut zwei Handbreit zu klein für alle, die in den letzten hundertfünfzig Jahren zur Welt gekommen waren.

»Oh, ist das nicht *romantisch*?«, flötete Mum und stieg aus. »Viel schöner als auf den Fotos im Internet!«

»Es ist gruselig«, murmelte Julia. Es sah aus wie ein Haus aus einem Märchen, in dem unschuldigen Kindern schlimme Dinge passierten.

Der Fahrer holte ihr Gepäck aus dem Kofferraum. »Na dann, schönen Urlaub«, sagte er.

Julia machte sich nicht die Mühe, ihn zu korrigieren. Das hier war kein Urlaub. Fast alle ihre Freunde würden sich in den Ferien in London treffen oder sogar ins Ausland reisen, *das* war Urlaub. Nur sie saß hier fest, mitten im Nirgendwo, während ihre Mum arbeitete.

»Und viel Glück mit dem Buch, Frau Professor!«, fügte der Fahrer hinzu, ehe er den Motor startete.

»Danke!«, rief Julias Mum ihm nach. Dann wandte sie sich an Julia. »Wie nett von ihm, dass er es sich gemerkt hat.«

Wäre auch schwer, es zu vergessen, Mum, dachte Julia. *Du hast auf der ganzen Fahrt von nichts anderem geredet.*

Der Fahrer hatte sich bemüht, Interesse an den alten Geschichten und Brauchtümern zu zeigen, aber Julia hatte gemerkt, dass er nur höflich war. Sie konnte es ihm nicht verübeln. Ihre Mutter mochte eine der führenden Wissenschaftlerinnen zum Thema druidischen Glaubens sein, mit ihrem Doktortitel von der Universität Oxford, doch sie schien nicht zu begreifen, dass nicht jeder ihre Begeisterung für Hügelgräber, alte Tonscherben und lang vergessene Gottheiten teilte.

Mum studierte ein zusammengefaltetes Papier, das sie aus ihrer Tasche gezogen hatte. »Siehst du hier irgendwo einen *Brag*, mein Schatz?«

»Muss ich wissen, was das ist?«

»Eine Art Kobold in der keltischen Mythologie.« Sie sagte es, als wäre es selbstverständlich. »Hier steht, dass der Schlüssel darunterliegt.«

Julia entdeckte eine komische kleine Statue zwischen den Blumentöpfen. Sie erinnerte an einen mageren Gnom mit einem Mantel aus Blättern und Zweigen. Darunter fand sie einen alten Kupferschlüssel, auf dem es von Asseln nur so wimmelte. *Igitt.* Sie hob ihn auf, klopfte ihn ab und steckte ihn ins Schloss. Mit einem dumpfen Knirschen drehte er sich, und sie konnte die quietschende Tür aufdrücken.

Drinnen war es düster, die Luft roch modrig und feucht. Ein Spinnennetz kitzelte ihr Gesicht, als sie eintrat, und sie wischte es mit dem Handrücken weg.

»Süß!«, sagte Mum.

Julia sah eine kleine Küche, eine Anrichte mit bunt zusammengewürfelten Tellern. Der gepflasterte Boden war mit ausgetretenen Flickenteppichen bedeckt. Auf der Tischplatte lagen kleine dunkle Bohnen, die verdächtig nach Mäuseködteln aussahen. Auf der anderen Seite befand sich das Wohnzimmer mit einer niedrigen Holzdecke, einem durchgesessenen Sofa, einem alten Ledersessel und einem Kamin. Irgendetwas fehlte.

»Ähm … wo ist der Fernseher?«

Ihre Mum lachte. »Oh Jules. Ich bin sicher, wir überleben ein paar Tage ohne Fernseher.«

Julia nahm ihr Handy heraus. Kein Empfang. »Hast du das WLAN-Passwort?« Ihre Mum gab keine Antwort, und als Julia sich zu ihr umdrehte, sagte ihr schuldbewusster Blick alles. »Das ist nicht dein Ernst – nicht mal Internet?«

»Ich dachte, es wäre gut, wenn wir mal abschalten. Mal wirklich Zeit miteinander verbringen, weißt du?«

Julia lagen hundert Antworten auf der Zunge, doch sie hielt sich zurück und versuchte, vernünftig zu klingen. »Mum, du bist hier, um dein Buch fertig zu schreiben. Und was soll ich machen? Ich kann nicht mal an meinem Geburtstag mit meinen Freunden chatten.«

Das Gesicht ihrer Mutter sprach Bände. Die erschrocken geweiteten Augen. Die halb geöffneten Lippen, die zuckten, als wüssten sie nicht mehr, wie man Wörter bildet.

»Du hast es vergessen«, sagte Julia kühl. Sie konnte nicht behaupten, besonders überrascht zu sein. Irgendwie tat ihre Mum ihr sogar leid, weil sie so durch und durch lebensuntauglich war.

»Entschuldige bitte. Ich mache es wieder gut.« Julia gab keine Antwort. *Lass sie ein bisschen zappeln.* »Und weißt du was? Ich arbeite nur vormittags. Nach dem Mittagessen machen wir, was du willst.«

»Zum Beispiel?«, gab Julia zurück. »Wir sind mindestens zehn Meilen von der nächsten richtigen Stadt entfernt, und wir haben nicht mal ein Auto!«

Wieder wedelte Mum mit dem Papier. »Da steht, dass es hier jede Menge Wanderwege gibt. Llangelin hat eine wunderschöne sächsische Kirche. Und im Schrank sind ein paar Brettspiele …«

»Brettspiele für *einen* Spieler?«, entgegnete Julia bissig. Die Antwort ihrer Mutter wartete sie nicht ab. Sie nahm ihren Koffer und marschierte in ihr Zimmer.

Julia saß auf dem Bett, das sich anfühlte, als wäre es mit Stroh gefüllt, zog einen Schokoriegel aus der Tasche und wartete darauf, dass ihre Wut abflaute. Was nicht geschah. Sie waren hier quasi am Ende der Welt. Was stimmte nicht mit ihrer Mum? War sie wirklich so ahnungslos, dass sie glaubte, Julia würde es hier gefallen?

Nein, natürlich nicht. Ihre Mum war nicht dumm. Dass sie hier waren, lag ausschließlich daran, dass es ihr immer nur um sich und ihre Arbeit ging. Julia war nur Ballast. Ablenkung. Etwas, das ihr im Weg war.

Als es Dad noch gegeben hatte, hatte Julia das gar nicht bemerkt. Doch wenn sie jetzt zurückblickte, sah sie es umso klarer. Immer war er es gewesen, der für Julia da gewesen war. Der den Haushalt geführt, sie zur Schule gebracht hatte, zum Elternabend gegangen war, das Essen gekocht und an ihren Geburtstag gedacht hatte. Der, statt sie durch die Kälte laufen zu lassen, losgefahren war, um sie abzuholen, als sie bei ihrer Freundin Beth übernachtet hatte.

Dabei war Mum ans Telefon gegangen. Hatte gesagt, sie würde gleich kommen. War sie aber nicht. Sie hatte Dad geschickt, garantiert unter demselben Vorwand wie immer. Ihre Arbeit. Mum war immer beschäftigt, entweder in der Bibliothek oder in ihrem Arbeitszimmer hinter verschlossener Tür oder auf dem Sprung zu einer Konferenz im Ausland. Dad war derjenige, der sich um sie kümmerte, Mum tat nur manchmal so, wenn es ihr passte.

Jetzt konnte sie es sich nicht mehr aussuchen, aber sie lebte weiter, als hätte sich nichts verändert. Klar, von Zeit zu Zeit machte sie große Versprechungen.

Aber am nächsten Tag war alles wieder wie vorher.

Das Zimmer war klein, aber gemütlich, die niedrige Decke war auch hier aus Holz, und an der Wand stand ein schwerer alter Kleiderschrank. Es gab ein paar Bilder, kleine gerahmte Skizzen oder Aquarelle von der Landschaft. Sie erinnerten Julia an die Bilder, die ihr Dad gemalt hatte. Er war ein talentierter Künstler gewesen, hatte jedes Jahr die Geburtstagskarten für Freunde und Familie selbst gemalt.

Es klopfte an der Tür. »Liebling, können wir reden?«

Klar, so wie immer …

»Es ist nicht abgeschlossen«, antwortete sie.

Die Tür ging auf, doch ihre Mutter verharrte auf der Schwelle. »Jules, es tut mir leid, dass wir so einen schlechten Start hatten. Und ich weiß, dass ich nicht viel für dich da war. Aber ich tue mein Bestes, wirklich. Es war …« Sie unterbrach sich. »Woher hast du den?«

Julia merkte, dass sie den Schokoriegel ansah. Zu spät für eine Lüge. »Vom Bahnhof«, murmelte sie.

Ihre Mum stemmte die Hände in die Hüften. »Ich habe nicht mitbekommen, dass du ihn bezahlt hast.«

Julia konnte nicht verhindern, dass ihre Wangen rot anliefen.

»Das habe ich mir gedacht.« Mums Miene verhärtete sich. »Jules, wie konntest du nur? Ich dachte, wir hätten nach der Sache mit dem Armband darüber geredet.«

Julias Gesicht brannte vor Scham. »Du meinst, *du* hast geredet.«

»Und *du* hast versprochen, nicht mehr zu stehlen«, gab Mum zurück und sah sie finster an. »Was soll das? Du bekommst Taschengeld! Ich habe meine Tochter nicht zur Diebin erzogen.«

Julia hätte ihr den Schokoriegel am liebsten ins Gesicht geschleudert. »*Du* hast mich überhaupt nicht erzogen!«, fauchte sie. »Sondern Dad.«

Ihre Mutter schnappte nach Luft. Die Farbe wich aus ihrem Gesicht.

Julia sprang auf und schnappte sich ihren Mantel. Sie wünschte, sie hätte das nicht gesagt. Aber jetzt war es raus, und sie konnte es nicht zurücknehmen.

»Wo willst du hin?«, fragte ihre Mutter leise.

»Nach draußen«, sagte Julia. »Dann hast du Zeit, um an deinem tollen Buch zu arbeiten.«

Kurz fragte sie sich, ob Mum sich ihr in den Weg stellen würde, doch sie trat zur Seite. Julia stürmte die Treppe hinunter, rannte aus der Haustür und ließ sie hinter sich zufallen.

Draußen atmete sie die kühle, frische Luft ein,

schloss die Augen und spürte die Wärme der Sonne im Gesicht. *Das hätte ich nicht sagen sollen.* Die Schuld wartete wie ein ungebetener Gast auf ihre Reaktion. Wenn sie vernünftig wäre, würde sie jetzt zurückgehen, sich entschuldigen, die Sache wieder geradebiegen. Ihre Mum litt ja auch, auf ihre Art. Anders konnte es gar nicht sein. Aber dazu war Julia nicht bereit. Es würde dumm und albern aussehen, aus dem Haus zu stürmen, nur um Sekunden später wieder angekrochen zu kommen.

Also was jetzt? Wohin konnte sie gehen? Zu Hause wäre es etwas anderes gewesen. Sie hätte zu einer Freundin gehen können, ins Café, ins Kino. All das gab es hier nicht. Selbst wenn sie zur Straße ging, waren es einige Meilen bis zur Zivilisation.

Statt den Feldweg zu nehmen, über den sie gekommen waren, schlüpfte sie durch ein kleines Tor auf einen Pfad in den Wald hinterm Haus. Sie wusste nicht, wohin er führte, aber wenn sie sich verirrte, konnte sie ja einfach ihre Spuren zurückverfolgen.

Der Pfad schlängelte sich zwischen Bäumen hindurch, wurde undeutlicher und verschwand schließlich ganz, doch Julia lief weiter, raschelte durchs Laub und sprang über herabgefallene Äste und sumpfige Stellen. Ein Eichhörnchen flitzte über den Waldboden. Nach kurzer Zeit waren ihre Turnschuhe voll Schlamm, und die Kälte kroch hinein.

Sie aß den restlichen Schokoriegel auf und stopfte die zerrissene Verpackung in die Hosentasche. Sie war ebenso wütend auf sich selbst wie auf ihre Mum. Es war falsch gewesen, den Riegel zu nehmen, aber sie hatte gar nicht nachgedacht. Das war es, was ihr am meisten Sorgen machte: Stehlen war beinahe eine Selbstverständlichkeit für sie geworden – der billige Kick, etwas zu nehmen, obwohl sie das Geld in der Tasche hatte, um dafür zu bezahlen. Jedes Mal nahm sie sich vor, dass es das letzte Mal wäre.

Es hatte angefangen, nachdem ihr Vater gestorben war. Süßigkeiten und Kleinkram, hauptsächlich wegen des Nervenkitzels. Doch vor ein paar Wochen hatte sie an einem Stand auf dem Markt ein Armband in ihre Tasche gleiten lassen, und der Standbesitzer hatte sie erwischt. Sie verzog das Gesicht bei der Erinnerung, wie er sie gezwungen hatte, ihre Mum anzurufen. Das oder die Polizei, hatte er gesagt. Sie konnte sich glücklich schätzen, dass er ihr die Wahl gelassen hatte.

Als sie auf der anderen Seite der Bäume herauskam, lag ein großes, sanft geschwungenes Feld vor ihr, dicht bewachsen von jungen grünen Maispflanzen, die ihr bis ans Knie reichten. Sie hielt einen Moment inne und ließ den Blick schweifen. Die Ränder des Felds lagen brach, und in den blühenden Wiesenkräutern summten Insekten. Die Sonne senkte sich bereits den weißen Kreidefelsen in der Ferne entgegen.

Der Anblick besänftigte ihre Wut und beruhigte ihren Herzschlag. Es war wirklich schön, aber es machte sie auch traurig. Dad hatte die Natur geliebt und mit seiner Kamera viele lange Spaziergänge unternommen. »Ein herrliches Abenteuer!«, pflegte er zu sagen, wenn er nach Hause kam. Am Wochenende hatte er sie immer gefragt, ob sie mitkommen wolle, aber meistens hatte sie andere Pläne gehabt, war im Einkaufszentrum verabredet gewesen oder wollte mit Beth und Niq abhängen. Hätte sie gewusst, dass seine Einladungen so plötzlich auf einer vereisten Straße ein Ende nehmen würden, hätte sie jede einzelne von ihnen angenommen. Wie viele Spaziergänge mit ihm hatte sie verpasst? Wie viele weitere Erinnerungen hätte sie an ihren Vater haben können? Er war immer für sie da gewesen, und sie hatte es für selbstverständlich gehalten.

Irgendwie, dachte sie, tat es gut, allein zu sein. Nur sie und die Natur. Es war beruhigend. Selbst die Sache mit ihrem Geburtstag störte sie gar nicht so sehr, auch wenn sie es vor Mum anders dargestellt hatte. Eigentlich war sie ganz froh, den Tag hier zu verbringen, weit weg von zu Hause. Wahrscheinlich hätten ihre Freunde sowieso keine große Lust auf eine Party gehabt. Sie war in den letzten Monaten nicht gerade einfach gewesen.

Als ihr Dad gestorben war, waren sie alle um sie herumgeschlichen, doch niemand schien so richtig zu wissen, was er sagen sollte. Und sie hatte es auch nicht gewusst. Seither hatten sich die Dinge merklich verändert. Kleine Dinge. Ihre Freunde trafen sich ohne sie oder redeten über Musik, von der sie noch nie gehört hatte. Chatnachrichten gingen an ihr vorbei. Sie glaubte nicht, dass jemand sie absichtlich ausschloss, aber sie war nicht mehr Teil der Gruppe wie früher.

So war Trauer – niemand konnte die Last sehen, geschweige denn ihr helfen, sie zu tragen.

Aber Mum wusste, wie es war. Das dadförmige Loch in ihrem Leben war dasselbe. Julia sog die Frühlingsluft tief in die Lunge. *Das ist albern. Ich sollte zurückgehen.*

Sie wollte gerade umkehren, als ein Vogel ihren Blick anzog. Er glitt auf reglosen Schwingen über das Feld. Ein Raubvogel, mit einem Fächerschwanz und gespreizten Flügelspitzen, der das Land unter sich absuchte. Julia war keine Expertin, aber sie nahm an, dass es ein Bussard oder ein Habicht war. Sie beobachtete ihn einige Sekunden lang, dann streckte er plötzlich die Flügel v-förmig nach oben und schoss im Sturzflug abwärts. Julias Augen folgten ihm. Da, unten im Gras, sah sie etwas Weißes. Irgendein Tier.

Es schrak auf, als der Vogel flach über die Spitzen der Maispflanzen hinwegglitt, und verschwand im raschelnden Gras. Dann war ein entsetzliches Quieken zu hören, das sich mit dem schrillen Ruf des Vogels vermischte.

Julias Füße hämmerten schon über den Boden, sie ruderte mit den Armen und schrie: »Nein! Nicht!«

Beim Rennen sah sie schlagende braune Flügel und weißes Fell, während die beiden Tiere im Gras miteinander rangen. Federn flogen. Das Herz schlug ihr bis zum Hals, als sie den Kampfplatz erreichte. »Weg da!«, schrie sie.

Der Vogel flatterte panisch auf und ließ seine Beute am Boden zurück.

Julia japste. Erst hatte sie das arme Geschöpf, das auf der Seite im Gras lag, wegen seines schneeweißen Fells für eine Katze gehalten, doch als es sich mühsam aufrappelte, sah sie seine langen Ohren und begriff, dass es ein Hase war. Ein weißer Hase. Einer seiner langen Vorderläufe war blutverschmiert. Ein verblüffend grünes Auge musterte sie wachsam.

Sie wusste nicht, was sie tun sollte. Sie wollte dem Tier helfen. Aber wenn sie zu nahe kam, würde es sie sicher beißen. »Alles in Ordnung, Kleiner?«, fragte sie sanft und ging mit einem Meter Abstand in die Hocke.

Zu ihrer Überraschung lief der Hase nicht weg. Eins seiner Ohren schwenkte in ihre Richtung.

Bestimmt steht er unter Schock.

Vielleicht brauchte er einen Tierarzt. Julia sah auf ihr Handy, nur für den Fall, dass sie hier Empfang hatte. Hatte sie nicht. Über ihnen kreiste immer noch der Vogel.

Er wartet, dass ich weggehe, damit er es zu Ende bringen kann.

»Keine Angst«, sagte sie zu dem Hasen. »Ich gehe nicht weg.«

Die Nase des Hasen zuckte. Dann hoppelte er durchs Gras davon. Julia richtete sich auf, blickte ihm nach und schaute wieder zum Himmel, wo der Vogel mit ausgebreiteten Flügeln kreiste. Einige Meter weiter blieb der Hase stehen und sah sie an. »Na los«, sagte sie und scheuchte ihn weg. Doch der Hase rührte sich nicht. Julia machte ein paar Schritte in seine Richtung. Er hoppelte weiter und sah sie unverwandt an.

Julia hatte ein eigentümliches Gefühl. Das konnte

doch nicht sein. Oder? Der Hase war ein wildes Tier. Er sollte Angst vor Menschen haben. Aber nein.

Er wartet auf mich …

Ohne richtig zu wissen, warum, folgte sie ihm. Sie überquerten das Feld und steuerten auf eine Baumgruppe am anderen Ende zu. Julia erwartete jeden Moment, dass der Hase schneller wurde und davonsprang. Doch er schien bei ihr bleiben zu wollen. Vielleicht wusste er, dass der Tod noch immer am Himmel lauerte. Alle paar Meter blieb er stehen und drehte sich nach ihr um, dann hoppelte er weiter.

Sie erreichten die Bäume. Wenn der Raubvogel noch da war, so konnte Julia ihn durch die belaubten Zweige über sich nicht mehr sehen. Sie filterten das Nachmittagslicht und tauchten das Wäldchen in einen flaschengrünen Schein, der beinahe dieselbe Farbe hatte wie die Augen des Hasen.

Das verletzte Tier lief auf einen bemoosten Baumstumpf zu, wo es neben einem dunklen Loch im Boden stehen blieb – einem Spalt zwischen den Wurzeln. Julia nahm an, dass hier sein Bau war, doch der Hase schlüpfte nicht hinein. Er blieb stehen und drehte den Kopf zwischen dem Loch und ihr hin und her.

»Was?«, fragte sie und kam sich albern vor. »Du bist jetzt in Sicherheit.« Sie zeigte auf die Öffnung. »Geh schon rein.«

Doch der Hase rührte sich nicht.

Vorsichtig, um ihm keine Angst zu machen, wagte Julia sich näher heran, bis sie so nah war, dass sie ihn hätte streicheln können. Jetzt sah sie, dass etwas in dem Loch unter dem Baumstumpf steckte – etwas mit einer scharfen Kante, das nicht nach etwas aussah, das aus der Natur stammte. Der Hase zuckte nicht zurück, als sie an seinem Kopf vorbeilangte und die Hand in das Loch steckte.

Ihre Finger schlossen sich um den Gegenstand. Er fühlte sich wie glattes Holz an. Als sie ihn hervorzog, stockte ihr der Atem, und sie hätte ihn beinahe fallen gelassen.

Die Bäume schienen sich enger um sie zu schließen, die kleine Lichtung zu schrumpfen, und trotz der warmen Luft bekam sie Gänsehaut auf den Armen.

In ihrer Hand lag eine hölzerne Maske. Die Vorderseite hatte die Form eines Hasengesichts, mit einer fein ausgearbeiteten Schnauze und zwei spitzen Ohren. Es gab noch weitere, flachere Schnitzereien auf der Oberfläche – gerade und geschwungene Linien, die weder Bilder noch Buchstaben waren, sondern irgendwas dazwischen.

Julia blickte wieder den echten Hasen an. Er beobachtete sie, ohne zu blinzeln. Sie spürte Angst, doch sein Blick beruhigte sie.

Ihre Gedanken überschlugen sich. Wie kam dieses sonderbare Ding hierher? Julia hatte genug alte Ausstellungsstücke in Museen gesehen, um zu wissen, dass diese Maske in der Tat sehr alt sein musste. Die Form war schlicht – sie konnte die Meißelspuren auf dem unbehandelten Holz erkennen –, und als sie mit den Fingerspitzen über die Oberfläche strich, konnte sie beinahe den Schöpfer der Maske vor sich sehen, wie er an einem Feuer unterm Sternenhimmel saß und mit einfachen Werkzeugen die Form herausarbeitete. Vor langer, langer Zeit, als die Menschen noch im Einklang mit der Natur gelebt hatten.

Jetzt, da sie darüber nachdachte, erinnerte sie das Muster an Zeichnungen, die sie in Mums Büchern über Druiden gesehen hatte. Und Mum hatte gesagt, dass in der Nähe von Llangelin alte Ley-Linien zusammenliefen … Aber *so* alt konnte die Maske doch wohl nicht sein. Oder doch?

Sie drehte die Maske um. An der Unterseite befanden sich links und rechts kleine Löcher, an denen früher wohl eine Art Band befestigt gewesen war, das mit der Zeit verrottet war.

Julia wollte zurück zum Haus, und zwar schnell. Trotz ihres Streits spürte sie den Drang, ihrer Mutter die Maske zu zeigen. Was wäre besser, um sie die bösen Worte vergessen zu lassen, als ein mögliches

Druiden-Relikt? Sie stellte sich die Aufregung in Mums Gesicht vor. Den Stolz. Und wenn Julia ihr erzählte, wo und wie sie die Maske gefunden hatte … Mum würde es kaum glauben.

Sie sah den weißen Hasen an. »Wolltest du … dass ich die finde?« Sie konnte nicht fassen, dass sie mit einem Hasen redete, als könnte er ihr antworten.

Doch er sah sie nur weiter unverwandt an. Und obwohl er natürlich nichts sagte, verstand sie irgendwie doch, was er von ihr wollte, denn sie selbst fühlte das gleiche Verlangen. Sie wollte das glatte kühle Holz auf ihrem Gesicht spüren. Sie wollte durch die Gucklöcher schauen, wie die Menschen vor wer weiß wie langer Zeit es getan haben mussten. Sie konnte nicht widerstehen.

Sie hob die Maske ans Gesicht.

Sie bedeckte nur die obere Hälfte, der Mund blieb frei, doch sie passte perfekt. Als ob sich die Konturen der Maske an ihre Gesichtszüge anpassten. Auch ohne Band blieb sie an ihrem Platz, als Julia die Hände sinken ließ.

Schwindel überkam sie.

Plötzlich fühlte sie sich, als hätte eine unsichtbare Welle sie erfasst, so mächtig, dass sie nach hinten geschleudert wurde. Durch die Gucklöcher verdoppelte sich ihre Sicht. Der Wald verschwamm. Geräusche explodierten wie Feuerwerkskörper dicht neben ihrem Kopf, erfüllten ihr Gehirn und ließen ihre Knochen vibrieren.

Julia hob die Hände, um die Maske abzunehmen, doch es ging nicht. Sie klebte an ihrem Gesicht. Panik durchfuhr sie, als sie versuchte, die Finger unter den Rand zu schieben und zu ihrem Entsetzen keinen Spalt zwischen der Maske und ihrem Gesicht finden konnte – nur eine glatte Oberfläche zwischen Holz und Haut, wo eins ins andere überging.

Die Welt begann sich zu drehen. Es dauert nur einen Augenblick, doch als es vorbei war, war nichts mehr wie zuvor.

2

Die Welt hatte ihre Farbe verloren. Die Lichtung bestand nur noch aus tausend grauen Schattierungen. Als Julia panisch den Kopf von einer Seite zur anderen drehte, sah sie alles in extrem hoher Auflösung, vom gekerbten Relief der Baumrinde bis zum zarten Flaum, der die Oberfläche der Blätter bedeckte.

Was passiert mit mir?

Und nicht nur ihre Sicht hatte sich verändert. Ihre Nase witterte zuckend die wetteifernden Gerüche des modrigen Unterholzes und den beißenden Gestank eines Dachses – *Woher weiß ich, dass es ein Dachs ist?* – aus einem unterirdischen Bau. Das grässliche Durcheinander von Tönen entzerrte sich zu klaren, unterscheidbaren Geräuschen, doch jedes war lauter als zuvor, als wäre es gefiltert und verstärkt durch die besten Kopfhörer, die sie je getragen hatte: ihr eigener keuchender Atem, das Rascheln eines Insektenflügels, das Tapsen von Pfoten im Laub.

Sie drehte den Kopf und sah den weißen Hasen, der sie immer noch beobachtete. Seine Augen waren die einzige Farbe auf der Welt. Strahlend grün wie geschliffene Smaragde, tiefe Quellen der Weisheit.

»Hilf mir«, flehte sie. Ihre Stimme war gleich und doch anders: Sie konnte sie in ihren Knochen und Ohren spüren. Der Hase flitzte unter einen Busch. »Warte!«, rief sie, und ihr Herz stockte vor Angst. Eine plötzliche, unerschütterliche Gewissheit überkam sie: Wenn sie den Hasen verlor, würde sie nie erfahren, was mit ihr geschehen war.

Der weiße Hase sprang hakenschlagend durch die Bäume, hierhin und dorthin. Julia folgte ihm und passte sich seinem Lauf an. Während sie rannte, spürte sie, dass sich noch etwas verändert hatte. Sie war schnell – unglaublich schnell –, ihre Füße flogen über die Baumwurzeln, ohne dass sie nach unten schauen musste. Sie stolperte nicht, sie wurde nicht langsamer. Der Wald war ihr Element. Er schien sich auf sie einzustellen.

Gemeinsam brachen sie aus den Bäumen hervor und rannten durch das hohe Gras der Wiese. Julia verlor ihre Furcht. Das hier machte ihr keine Angst mehr, es machte ... *Spaß*. Ihre Füße schienen kaum den Boden zu berühren, während sie dem Hasen nachsetzte.

Sie kamen an einen plätschernden Bach, flach, aber etwa drei Meter breit. Ihr Führer hoppelte über die glänzenden Steine ans gegenüberliegende Ufer. Julia sprang und landete leichtfüßig auf der anderen Seite, ohne auch nur ihren Lauf zu unterbrechen. Der Boden stieg jetzt an, es ging durch Buschland und Stechginster, doch der Hase flitzte unverändert schnell um die dornigen Büsche.

»Warte auf mich!«, rief Julia. So langsam ermüdete sie doch, und der Hase entfernte sich, seine kräftigen Hinterläufe trugen ihn den Hang hinauf. Als Julia selbst die Spitze des Hügels erreichte, war der Hase mindestens zwanzig Meter vor ihr und rannte immer noch weiter.

Sie waren auf einem Plateau angelangt, das von Grasbüscheln bedeckt war und von einem starken Wind gepeitscht wurde. Keuchend sah Julia den Hasen auf einen großen Steinblock zulaufen, der aus der Erde ragte. Mit brennender Lunge rannte sie ihm nach. Der Hase machte einen gewaltigen Satz und landete oben auf dem Stein. Als Julia ihn erreichte, gaben ihre Beine unter ihr nach, und sie fiel auf die Knie.

Der Schwindel kam zurück und überschwemmte ihren Magen. Sie griff nach der Maske. Diesmal ließ sie sich ohne Probleme abnehmen. Sie warf sie beiseite und übergab sich auf den Boden.

Einen Moment lang atmete sie auf Händen und Knien tief ein und aus und wartete ab, bis die Welt wieder ins Gleichgewicht gekommen war. Die Farben waren zurück. Das saftige Grün des Grases und der silbrige Glanz der Quarzadern im Granit.

Sie legte eine Hand auf die raue Oberfläche des Steins, stemmte sich hoch und wischte sich den Mund am Ärmel ab. Ihr Körper fühlte sich schwer und unbeholfen an und nicht ganz wie ihr eigener. Ihre Beine zitterten vor Anstrengung. Der Hase war verschwunden, sie konnte ihn nirgends sehen.

Als sie sich umblickte, stellte Julia fest, dass sie auf den Kreidefelsen stand, die sie vom Haus aus gesehen hatte. Von hier konnte sie sogar den eckigen Turm der Kirche unten in Llangelin ausmachen. Er musste mehrere Meilen weit weg sein. Sie versuchte, ihren Standpunkt zu bestimmen und herauszufinden, wo das Cottage lag.

»Nein …«, brachte sie nur heraus.

Es war unmöglich, dass sie sich so weit vom Haus entfernt hatte. Sie war dem Hasen doch höchstens ein oder zwei Minuten hinterhergerannt. So hatte es sich jedenfalls angefühlt. Doch die Wärme des Nachmittags war verflogen, und der Stein warf einen langen Schatten. Sie blickte nach Westen und sah am rosa gestreiften Himmel den Kreis der Sonne in den fernen Horizont der walisischen Hügel sinken.

Wie viel Zeit war vergangen? Sie zog das Handy aus der Tasche und stellte fest, dass es etwa eine Stunde war. Noch immer kein Empfang.

Sie musste in einer Art Trance gewesen sein. Sie hatte das Bewusstsein verloren und war völlig benommen hierhergelaufen. Es war unwahrscheinlich, aber gab es eine andere Erklärung?

Ihre Mutter würde sich Sorgen machen. Große Sorgen.

Der Stein, an dem sie lehnte, war etwa zwei Meter hoch, ein Monolith aus Granit, der nach oben hin spitz zulief, wie ein Finger, der sich aus der Erde reckte. Er musste vor langer Zeit hier aufgestellt worden sein, vielleicht als eine Art Wegmarke. Auf seiner Oberfläche waren undeutliche Zeichen, vielleicht die Spuren des Werkzeugs, mit dem er bearbeitet worden war, aber sie konnten auch über die Jahrhunderte durch Regen und Wind entstanden sein.

Wieder hielt sie nach dem Hasen Ausschau, doch er war fort.

Wenn es ihn überhaupt je gegeben hat.

Die Maske aber war echt. Sie lag ein paar Schritte vor ihr an eine Distel gelehnt und beäugte sie kühl, wie um sie herauszufordern, sie noch einmal aufzusetzen.

Julia brauchte ganze zwei Stunden und ein paar falsche Abzweigungen für den Rückweg. Schließlich fand sie die Hauptstraße und folgte ihr bis zum Wegweiser nach Little Nook.

Als sie, die Maske fest umklammert, beim Cottage ankam, war es schon seit einer ganzen Weile dunkel. Die Füße taten ihr weh, und sie wollte nur noch schlafen. Ihre Mutter würde außer sich sein. Sie stellte sich auf einen Streit ein und überlegte, was sie sagen sollte – wie sie in Worte fassen konnte, was passiert war. Doch je weiter sie sich von dem Hügel entfernte, desto verschwommener wurde die Erinnerung. Der Angriff des Vogels, der verletzte Hase, der Hinkelstein … Diese Dinge schienen ihr in einem Traum begegnet zu sein und nicht im echten Leben.

Immerhin hatte sie die Maske. Die war echt – eindeutig, fraglos echt.

Die Haustür war nicht abgeschlossen, und Julia trat leise ein. Sie rechnete damit, dass ihre Mum mit Gewittermiene durch den Flur gestürmt kam und etwas über Verantwortung und Egoismus schrie und den ganzen üblichen Kram. Doch im Haus war es still.

Sorge durchzuckte sie. Vielleicht hatte Mum sich verzweifelt aufgemacht, um sie zu suchen? Vielleicht war sie sogar den ganzen Weg bis nach Llangelin gelaufen, um die Polizei zu rufen …

Doch nein, es war nicht vollkommen still – aus einem Raum im Obergeschoss hörte Julia leises Klappern. Ihre Schuldgefühle lösten sich in Luft auf, und an ihre Stelle trat ein harter Klumpen Wut.

Ihre Mutter tippte. Sie schrieb an ihrem blöden Buch.

Sie hat gar nicht gemerkt, dass ich weg war.

Julia schnaubte empört und schlich nach oben. Durch die Tür des zweiten Schlafzimmers sah sie ihre Mutter über den Schreibtisch gebeugt, umgeben von Papieren, einen Bleistift hinterm Ohr, während ihre Finger über die Tasten hüpften.

Es hätte nicht wehtun sollen – schließlich war Julia daran gewöhnt –, doch es *tat* weh.

Ich bin ihr scheißegal.

Die Lust, Mum ihre Entdeckung zu zeigen, verging ihr. Sie hatte es nicht verdient. Und wenn sich herausstellte, dass die Maske wichtig für ihre Forschung war, umso besser. Das war der Preis, den sie zahlen würde, weil sie so eine miese Mutter war.

Julia ging in ihr Zimmer und schob die Maske unter die Matratze. Ihre Haut kribbelte. Es war dasselbe Gefühl wie am Bahnhof, als sie den Schokoriegel in ihre Tasche hatte gleiten lassen. Etwas Verstecktes. Etwas Geheimes. Etwas, das nur *ihr* gehörte.

Kurze Zeit später kam der Fahrer des Lieferdiensts vom Supermarkt und entschuldigte sich, er habe das Cottage nicht gleich gefunden. Nachdem sie die Lebensmittel ausgeladen und verstaut hatten, sagte Mum, sie sei zu müde zum Kochen, also schoben sie zwei Tiefkühlpizzen in den Ofen. Julia war völlig ausgehungert nach ihrem Abenteuer in den Wäldern und Hügeln, deshalb verschlang sie ihre Pizza Hawaii und beäugte anschließend hungrig die Salamipizza ihrer Mutter. Mum hatte sie kaum angerührt, weil sie fast die ganze Zeit darüber redete, welche Fortschritte sie mit den letzten Kapiteln ihres Buchs gemacht hatte.

»Ich habe heute zweitausend Wörter geschrieben! Sie sind einfach aus mir rausgeströmt, Jules. Ich wusste doch, dass dieser Ort perfekt ist.«

»Mhm«, machte Julia und stibitzte ein Pizzastück vom Teller ihrer Mutter.

»Es ist so inspirierend«, fuhr ihre Mutter fort. »Wir sind so nah dran an der Geschichte, dass ich sie regelrecht *fühlen* kann.«

Sag bloß, dachte Julia. Wieder fragte sie sich, ob sie die Maske erwähnen sollte, als ihre Mutter über den Tisch langte und ihre Hand auf Julias legte.

»Ich möchte mich bei dir entschuldigen, Jules«, sagte sie.

Julias Hand mit dem Pizzastück hielt auf halber Strecke zum Mund inne. »Wofür?«, fragte sie.

Ihre Mutter drückte sie sanft. »Dass ich dich hierhergebracht habe. Ich weiß, dass es nicht gerade der coolste Ort der Welt für eine Dreizehnjährige ist. Für eine fast Vierzehnjährige, besser gesagt.«

Julia biss in die Pizza. Ihren Streit von vorhin hatte sie fast vergessen. Er kam ihr jetzt albern vor, völlig belanglos. »Ist schon okay«, murmelte sie.

»Ich verstehe, dass du denkst, ich wäre von diesem Buch besessen, aber das allein ist es nicht. Ich habe diesen Ort hier ausgesucht – so weit entfernt von allem –, weil ich wirklich mal wegwollte. Von den Briefen, du weißt schon…«

Julia kaute langsamer. Das Ticken der Wanduhr schien mit einem Mal lauter geworden zu sein.

Ja, sie wusste, was ihre Mutter meinte.

Vor etwa einem Jahr hatte es angefangen. Irgendein Fan hatte Mum einen Brief geschrieben. Es ging um einen Artikel, den sie in einer Fachzeitschrift veröffentlicht hatte. Der Absender hatte den Artikel gelobt, aber auch einige Stellen genannt, die noch besser ausgearbeitet werden könnten. Die Unterschrift lautete »Wanderfalke«.

Julias Mutter hatte nicht darauf reagiert. Doch dann war ein weiterer Brief gekommen, diesmal aggressiver. Dieser Wanderfalke ärgerte sich anscheinend über »ihre völlige Vernachlässigung grundlegender Wahrheiten über Druiden und ihre heiligen Traditionen«. Diesmal hatte Mum an das angegebene Postfach geantwortet und höflich, aber bestimmt ihre Quellen und ihre umfassenden Nachforschungen aufgelistet.

Ohne Erfolg. Der Schreiber hatte Mum weiterhin belästigt. Die Briefe wurden immer verworrener, die Schrift krakelig und zum Teil unleserlich, und beschuldigten sie des mangelnden Respekts und sogar des Sakrilegs. Dann waren plötzlich keine Briefe mehr gekommen.

»Ich dachte, das hätte aufgehört?«, fragte Julia.

Ihre Mutter nickte mit angespanntem Kiefer. »Ja. Aber letzte Woche, ähm, ist er … zu uns nach Hause gekommen.«

»*Was?*«, platzte es Julia heraus. »Warum hast du mir nichts davon gesagt?«

»Ich … wollte dir keine Angst machen«, sagte ihre Mum.

Julia atmete geräuschvoll ein, während sie versuchte, es sich vorzustellen. »Was ist passiert? Was hat er getan?«

Wieder drückte Mum ihre Hand und presste die Lippen zusammen. »Weißt du noch, dass ich das Auto in die Werkstatt gebracht habe? Also, es war nicht wegen der Schaltung. Jemand hatte ein Symbol in die Motorhaube geritzt. Ein druidisches Zeichen, das Böses abwehren soll. Ich hab ihn nicht gesehen, aber … Na ja. Er muss es gewesen sein.«

»Also weiß er, wo wir wohnen.«

»Noch am selben Nachmittag habe ich das Häuschen hier gemietet«, sagte ihre Mum. Sie zögerte. »Es tut mir leid, dass ich es dir nicht schon früher gesagt habe.«

Mir auch, dachte Julia. Sie fühlte sich dumm und hintergangen. Jetzt ergab die Sache mit dem Cottage viel mehr Sinn. Mitten im Nirgendwo war vielleicht der sicherste Ort, an dem sie sein konnten.

»Hast du die Polizei gerufen?«

Ihre Mum nickte. »Sie meinten, es gäbe nicht genug konkrete Beweise, um irgendetwas zu tun. Sie haben einen Aktenvermerk gemacht.«

»Haben sie wenigstens Fingerabdrücke genommen?«

»Ach Jules, die haben doch genug zu tun.«

»Schon, aber –«

»Jetzt ist es sowieso zu spät«, unterbrach ihre Mum sie. Sie rutschte unbehaglich auf ihrem Stuhl herum. »Außerdem, findest du nicht, dass wir reden sollten – wegen vorhin?«

»Ich möchte mich auch entschuldigen«, sagte Julia schnell. »Ich hätte das nicht sagen sollen. Es war nicht so gemeint. Ich weiß, dass du dein Bestes tust.« Die Worte gingen ihr leicht über die Lippen, als wären sie froh, endlich herauszukommen. Ihre Mutter sah sie überrascht an. »Und das mit dem Schokoriegel tut mir auch leid«, fügte Julia schnell hinzu. »Wenn wir das nächste Mal am Bahnhof sind, bezahle ich ihn.«

»Hm… ja, danke, dass du das sagst«, entgegnete ihre Mum. Sie hüstelte verlegen. »Ich wollte dir nachlaufen, aber ich wollte dir auch deinen Freiraum lassen.« Sie zögerte, dann nahm sie sich ein Stück von der Pizza, als hätte sie erst jetzt gemerkt, dass sie da war. »Wo warst du überhaupt?«

Die Frage überrumpelte Julia. Sie wusste nicht recht, wo sie anfangen sollte.

»Ich habe einen Pfad entdeckt, der durch die Felder führt«, begann sie. »Und ich habe einen weißen Hasen gesehen.«

»Nein! Wirklich? Wie schön! Die sind sehr selten,

weißt du? Sie kommen oft in britischer Folklore vor. Die Druiden haben sie geopfert, um eine gute Ernte zu erbitten.«

»Das ist ja schrecklich«, erwiderte Julia. Wieder musste sie an die Maske denken, die versteckt in ihrem Zimmer lag.

Ihre Mutter sprang auf. »Warte mal«, sagte sie kauend und lief ins Nebenzimmer. Kurz darauf kam sie mit einer gerahmten Karte zurück, die sie von der Wand genommen hatte. »Schau dir das an!« Sie legte die Karte auf den Tisch und zeigte darauf. Julia folgte ihrem Finger und las die Bezeichnung in der Legende: *White Hare Hill* – Hügel der weißen Hasen.

Plötzlich wurde ihr kalt.

»Ist das hier in der Nähe?«, flüsterte sie.

»Etwa drei Meilen westlich«, sagte ihre Mum. Sie wanderte mit der Fingerspitze über die Karte. »Siehst du, hier ist unser Cottage.« Sie hob grinsend den Blick. »Du nimmst mich auf den Arm, stimmt's?«

»Was?«

Ihre Mutter leckte sich einen Klecks Tomatensoße aus dem Mundwinkel. »Du hast die Karte gesehen und wolltest mir einen Bären aufbinden.«

»Nein, wirklich nicht. Ehrlich!«

»Na, dann ist das in der Tat ein erstaunlicher Zufall«, sagte Mum.

Julia war drauf und dran, ihr von der Maske zu erzählen. Es war das erste Mal seit einer Ewigkeit, dass sie miteinander sprachen, ohne zu streiten. Sie sah das begeisterte Blitzen in Mums Augen. Doch gleichzeitig hielt sie etwas zurück. Wenn sie ihr von ihrem Fund erzählte – und was er bewirkte –, würde sie die Maske nie und nimmer behalten dürfen. Mum würde durchdrehen, Ärzte rufen, Panik schieben. Und in ein paar Wochen wäre die Maske wohl nur noch ein weiteres Kapitel in ihrem Buch und ein Museumsstück in irgendeinem staubigen Regal.

»Wir sollten einen Ausflug dorthin machen«, sagte ihre Mum. »Angeblich befindet sich ein prähistorischer Menhir auf der Spitze.« Sie missdeutete Julias Miene als Verwirrung. »Ein Hinkelstein.«

Julia schluckte schwer. Sie dachte an den Stein auf dem Hügel. Genau da war der Hase verschwunden. »Wirklich? Wofür steht er?«

»Das weiß man nicht genau«, erwiderte ihre Mum. »Eine Theorie ist, dass es ein Ort war, wo mit den Geistern der Toten kommuniziert wurde ... He, alles in Ordnung? Du siehst irgendwie blass aus.«

Julia lächelte nervös. »Nur zu viel Pizza«, murmelte sie.

Und beinahe stimmte es. In ihrem Magen lag ein

schweres Gewicht. Aber mit der Pizza hatte es nichts zu tun.

Ist es das, was mir passiert ist? Habe ich mit dem Geist eines Hasen kommuniziert?

3

Nach dem Essen ließ Julia ihre Mum lesend am Kamin sitzen und schleppte sich nach oben. Ihre Beine waren steif und schmerzten vom langen Laufen. In ihrem Zimmer warf sie sich aufs Bett und schaute erneut aufs Handy, falls sie durch irgendein Wunder doch noch Empfang haben sollte, um eine ihrer Freundinnen anzurufen. Hatte sie nicht. Und was hätte sie auch sagen sollen? Es gab keine Worte, um zu erklären, was passiert war. Beth redete ausschließlich über Jungs, und wenn Julia versucht hätte, ihr von dem Hasen zu erzählen, hätte sie geglaubt, sie wäre verrückt geworden. In Windeseile würde sich die Neuigkeit verbreiten, dass Julia in der Wildnis von Wales den Verstand verloren hatte. Und sie würde es ihr nicht einmal verübeln können. An ihrer

Stelle würde sie das Gleiche denken. Sie starrte zur Decke, wo der Putz zwischen den frei liegenden Holzbalken abbröckelte. Sie fühlte sich schrecklich allein.

Julia wusste, dass sie sich den Schlafanzug anziehen und die Zähne putzen sollte, aber das Bett fühlte sich plötzlich so weich und bequem an, und noch einmal aufzustehen schien völlig unmöglich. Ihre Lider wurden schwer, und sie ließ sie zufallen, nur für eine halbe Sekunde.

Als sie die Augen wieder aufschlug, war das Zimmer verschwunden. Sie kauerte in einem Wald mit riesigen knorrigen Bäumen, die zu allen Seiten über ihr aufragten. Die Welt schien aus der Form geraten zu sein, als blickte sie durch eine Zerrlinse, durch die sie gleichzeitig sehen konnte, was über und hinter ihr lag. Sie sah nicht nur die Zweige über sich, sondern auch ihre eigenen pelzigen Flanken.

Ich bin ein Hase.

Der Gedanke wirkte ganz natürlich. Und sie hatte keine Angst, denn irgendwie wusste sie, dass es nur ein Traum war. Schließlich hatte sie eben noch todmüde auf ihrem Bett gelegen. Sie musste noch immer dort liegen, und es war ein komisches Gefühl, das so genau zu wissen. Es war anders als ein gewöhnlicher Traum.

Sie schloss die Augen und versuchte, die verbeulte Matratze zu ertasten, doch als sie die Augen wieder öffnete, war der Wald immer noch da. Ihr Herz schlug schnell unter ihrem Fell – ihr Hasenherz, klein, aber genau richtig für ihren zarten Körper. Sie huschte durchs Laub. Als sie schneller wurde, spürte sie die Kraft in ihren Hinterläufen.

Ihre Ohren folgten einem Rascheln im Unterholz. Etwas Helles bewegte sich durch die Bäume. Sie war sicher, dass es ein anderer Hase war – der weiße Hase –, und setzte ihm nach, über knorrige Baumwurzeln, die Pfoten sicher aufsetzend, bevor sie nach vorn sprang. Von einem Baumstumpf aus suchte sie die Umgebung ab, ließ die Augen zwischen den dunklen Zwischenräumen hin und her huschen.

Der Hase war weg. Vielleicht hatte sie ihn sich nur eingebildet.

Sie sprang wieder auf den Boden und hoppelte flink durchs Unterholz. Wenn es ein Traum war, dann waren die Sinneseindrücke anders, als sie es je zuvor erlebt hatte. Der Geruch von fleischigen Würmern, die durch die Erde krochen, das Rascheln der trockenen Blätter, das Perlen eines Wassertropfens auf ihrem Fell – das alles war hyperreal.

Der Boden war silbrig gesprenkelt vom Mondschein, und sie wagte sich vorsichtig auf eine Lichtung. In der Mitte stand ein Hinkelstein, genau wie der auf dem Gipfel des White Hare Hill. Wie hatte Mum ihn genannt – einen *Menhir?* Vorsichtig lief sie darauf zu. Aus ihrer Hasenperspektive sah er gewaltig aus, doch im Näherkommen wurde ihr klar, dass er wirklich beinahe die gleiche Form und Größe haben musste wie der, den sie zuvor gesehen hatte, als wäre er von seinem Platz auf dem Hügel hierher in den Wald verpflanzt worden. Er schien genau ins Herz des Vollmonds zu zeigen, und in dem kalten Licht wirkte seine Oberfläche wie frisch behauen, so scharf waren die Kanten. Die verwitterten Zeichen, die sie auf dem Hügel gesehen hatte, waren tiefer eingekerbt – menschengemachte Symbole von uralter Bedeutung, bemalt mit Ockerfarbe.

Ein Flackern des Mondlichts ließ sie den Kopf heben, und sie bemerkte erschrocken, dass sie nicht allein war. Etwas Riesiges bewegte sich am Rand der Lichtung. Sie spürte seine Gegenwart im bebenden Boden unter ihren Pfoten. Ein eigentümlich gegabelter Ast schob sich ins Licht, gefolgt von einem Kopf. *Ein Geweih!* Es war ein riesiger Hirsch, der zwischen den Bäumen hervortrat. Vor seinen Nüstern bildeten sich Atemwölkchen.

Instinktiv wich Julia tiefer in den Schatten des Menhirs zurück und fühlte etwas an ihrem Fell entlanggleiten. Sie drehte den Kopf ein winziges Stück und entdeckte ein weiteres Geschöpf. Es war kleiner als der Hirsch, jagte ihr jedoch einen Schrecken ein, der in alle Fasern ihrer Beinmuskeln fuhr und ihren Fluchtinstinkt weckte. Es glitt aus dem Schatten, seine Rippen waren gut sichtbar unter den grauen Flanken, in seinen Augen glühte der Trieb eines Jägers – ein Wolf.

Der Teil von ihr, der immer noch Julia war, wusste, dass es in Großbritannien keine Wölfe gab – nicht mehr –, doch das spielte jetzt keine Rolle. Dieses Wesen war so real wie sie selbst. So nah, dass sie seinen Atem riechen konnte. Ihre Muskeln spannten sich, bereit zur Flucht, als seine Zähne hell vor dem schwarzen Zahnfleisch aufblitzten. Der Ansatz eines Knurrens grollte aus seiner Kehle.

Dann sprach eine Stimme in Julias Kopf. Eine Stimme, die nicht ihre eigene war.

Wer bist du?

Julia erstarrte. Es klang wie die Stimme eines Mädchens, aber sie gehörte dem Wolf. Aus irgendeinem Grund wusste sie das ganz sicher. Und sie klang nicht bedrohlich.

Nach ein oder zwei Sekunden gelang es ihr, selbst Worte zu finden. *Ich bin Julia,* dachte sie und hoffte, dass der Wolf sie hören konnte. *Bist du … ein Mensch?*

Jedenfalls war ich einer, als ich eingeschlafen bin, lautete die Antwort. *Mein Name ist Abena.*

Das kann nicht sein. Ihr seid nur ein Teil meines Traums. Diesmal sprach der Hirsch. Eine Jungenstimme. Sein riesiger Körper schwankte leicht, als er auf sie zukam. Julia konnte die Spiegelung des Hasen in den glänzenden Halbkugeln seiner Augen sehen.

Ich bin Julia, dachte sie wieder. In ihrem Hirn drehte sich alles. Ganz bestimmt war sie diejenige, die träumte, und diese Geschöpfe stammten aus ihrem eigenen Kopf. *Ganz bestimmt.* Aber sie wirkten so echt – und genauso verwirrt wie sie selbst.

Der Wolf kam näher, und Julia duckte sich hinter den Hirsch.

Warum läufst du weg?, fragte der Wolf.

Du bist ein Wolf, erwiderte Julia. *Wölfe fressen Hasen, oder etwa nicht?*

Ich hab doch schon gesagt, dass ich ein Mensch bin. Nenn mich Abena.

Julia wagte sich wieder näher. *Ich habe noch nie jemanden im Traum getroffen.*

Es fühlt sich nicht an wie ein Traum, sagte der Wolf und wandte sich an den Hirsch. *Oder?*

Der Hirsch schwieg. Als er antwortete, klang er zögerlich. *Mein Name ist Ehsan.*

Erneutes Schweigen. Dann sprach der Wolf. *Ich*

glaube... Ich glaube, es muss etwas mit der Maske zu tun haben, die ich gefunden habe.

Julias Ohren richteten sich auf.

Der Hirsch warf den Kopf herum und scharrte nervös mit den Hufen. *Ich habe auch eine gefunden. Gestern, auf dem Dachboden.*

Meine lag im Kanal, sagte der Wolf – Abena. *Sie hatte sich in ein paar Gräsern verfangen. Ich habe sie gefunden, als ich mit anderen Freiwilligen Müll gesammelt habe.*

Ein Schauer lief über Julias Fell. *Ich habe meine im Wald gefunden,* sagte sie. *Habt ihr eure aufgesetzt?*

Ja, sagte Abena. *Es war... komisch.*

So richtig komisch, echote Ehsan.

Wieder wurde es still auf der Lichtung. Wenn diese Wesen *echt* waren – wenn sie ein Junge und ein Mädchen waren, so wie Julia –, dann war klar, dass sie dieselbe außerkörperliche Erfahrung erlebten, meilenweit entfernt von ihrem Zuhause.

Was geschieht mit uns?, fragte Abena. Die Nervosität in ihrer Stimme passte nicht recht zu ihrem furchterregenden Anblick.

Bevor jemand antworten konnte, hob sich der Kopf des Hirschs, und ein kalter Wind schüttelte die Zweige. Wieder kribbelte Julias Fell. Dem Wolf sträubten sich die Rückenhaare.

Was war das?, fragte Ehsan.

Als der Wind sich legte, erspähten Julias scharfe Augen einen Umriss auf einem Ast über der Lichtung. Eine Eule hockte dort und hielt reglos ihren gelben Blick auf sie gerichtet. Sie wartete, doch es war keine Stimme zu hören.

Wer bist du?, fragte Julia.

Seit wann sitzt die schon da?, flüsterte Abena.

Die muss uns beobachtet haben, sagte Ehsan. Er schüttelte sein Geweih. *He, kannst du auch sprechen?*

Die Eule wandte den Kopf ab, hüpfte vom Ast und breitete die Flügel aus. Mit drei schweren Flügelschlägen glitt sie unter einem tief hängenden Zweig hindurch und in den Wald hinein. Julia sah, wie sie von den Schatten verschluckt wurde.

Vielleicht sollten wir ihr folgen, sagte Ehsan unsicher.

Kaum hatte er das gesagt, fuhr erneut ein Windstoß über die Lichtung, so stark, dass das Laub aufgewirbelt und gegen den Menhir geweht wurde. Julia schauderte.

Mir gefällt es hier nicht, sagte Abena.

Wieder kam der Wind, und diesmal nicht nur als Bö. Zweige peitschten über ihnen und brachen krachend. Blätter wirbelten auf und schienen in der Luft zu verweilen. Julias Kehle wurde trocken, als sie sah, dass sie ein Muster bildeten. Die Blätter bildeten eine Form über dem Menhir, als wären sie in einem winzigen Tornado gefangen: eine Spirale. Julia war sicher, dass sie diese Form schon mal irgendwo gesehen hatte, vielleicht in einem von Mums Büchern. Das Ganze fühlte sich ziemlich verstörend an. Alle Sinne rieten ihr, zu verschwinden – diese Spirale hatte eine Bedeutung.

Sie war gefährlich …

Böse.

Der Wind wurde zum Sturm und blies so heftig, dass sie sich nur mühsam auf den Pfoten halten konnte. Abenas Fell wurde flach an ihren Körper gepresst. Die Blätter wirbelten immer schneller. Über ihnen brach splitternd ein Ast und stürzte zu Boden.

Ich glaube, wir sollten abhauen, rief Julia über den Lärm hinweg.

Der Hirsch drehte sich um und sprang an den Rand der Lichtung. Julia folgte ihm an der Seite des Wolfs. Laub und kleine Zweige schlugen ihr ins Gesicht und nahmen ihr die Sicht, doch sie rannte blindlings weiter. Die anderen waren schon weg, und sie fühlte sich schutzlos.

Immer mehr Bäume stürzten um, Äste schlugen krachend zu Boden, und Wurzeln wurden mit einem entsetzlichen Knirschen aus dem Erdreich gerissen, sodass feste schwarze Erdklumpen durch die Luft geschleudert wurden. Direkt vor Julia spaltete sich ein Baumstamm splitternd der Länge nach und entblößte sein bleiches Inneres. Die Krone kam auf sie zugerast – es gab kein Entkommen.

Julia erstarrte. Sie konnte nur noch beten, dass das Gewicht der Äste sie irgendwie verschonte. Doch als der große kalte Schatten über sie fiel, wusste sie, dass es hoffnungslos war …

Julia fuhr kerzengerade in die Höhe und schnappte panisch nach Luft. Sie war in ihrem Bett. Es war dunkel im Zimmer und warm, die Kleider klebten ihr schweißnass am Körper. Sie hatte keine Ahnung, wie spät es war. Die Vorhänge waren zugezogen, ihre Mutter musste das irgendwann getan haben. Außerdem hatte sie eine Decke über sie gelegt. Julia strampelte sie weg.

Sie zog die Vorhänge auseinander und öffnete das kleine Fenster in die Nacht. Derselbe Vollmond, den sie im Traum gesehen hatte, stand am sternenübersäten Nachthimmel.

Also war es wirklich ein Traum gewesen. Aber der sonderbarste, lebhafteste Traum, den sie je gehabt hatte.

Ihr Handy sagte ihr, dass es kurz nach zwei war. Sie stand auf und spürte den Schweiß kühl auf ihrer Haut. Auf Zehenspitzen schlich sie über die quietschenden Bodendielen in den Flur. Im Haus war es still. Sie spähte durch den Türspalt ins Zimmer ihrer Mutter und sah sie unter der Decke fest schlafen.

Ohne das Licht einzuschalten, putzte sie sich in dem winzigen Bad die Zähne und wusch sich das Gesicht. Dann betrachtete sie sich im Spiegel. Einen Augenblick lang – die Schatten oder ihr Gehirn mussten ihr einen Streich spielen – sah ihr Spiegelbild missgestaltet aus, pelzig, mit weit auseinanderliegenden Augen und einer langen Nase. Julia kniff die Augen zu, und als sie sie wieder öffnete, hatte sie ihr normales, menschliches Gesicht vor sich.

Es war nur ein Traum. Oder nicht?

Nichts, wovor sie sich fürchten musste.

Sie zog ihren Schlafanzug an und ging wieder ins Bett. Doch ihre Gedanken waren aufgewühlt, und sie kam nicht zur Ruhe. Nachdem sie sich einige Minuten lang hin und her gewälzt hatte, merkte sie, warum. Irgendetwas bohrte sich in ihren Rücken. Die Maske – natürlich. Sie griff unter die Matratze und zog sie hervor.

Jetzt schien sie gar nichts Seltsames mehr an sich zu haben. Sie war nur ein altes Stück Holz. Julia ging zu der kleinen Kommode und öffnete die unterste Schublade. Der Tag war verwirrend gewesen. Der weiße Hase, die Neuigkeit, dass dieser Wanderfalke zu ihnen nach Hause gekommen war … Es war nicht wirklich überraschend, dass sie einen verstörenden Traum gehabt hatte.

Behutsam legte sie die Maske in die Schublade. Dann überlegte sie es sich anders, zog die Maske noch einmal hervor, wickelte einen Pullover darum und schloss die Schublade. Sie kroch wieder unter die Decke. Morgen würde sie entscheiden, was damit passieren sollte. Vielleicht war es doch das Beste, wenn Mum sie in irgendein Museum brachte.

Diesmal kam der Schlaf nur langsam. Immer wenn Julia die Augen schloss, sah sie die Waldlichtung aus ihrem Traum vor sich. So unmöglich es auch war, sie wurde das Gefühl nicht los, dass das, was sie erlebt hatte, nicht nur in ihrer Vorstellung existiert hatte. Jedenfalls nicht Ehsan und Abena. Wenn die beiden nur ihrer Fantasie entsprungen waren, hatten sie verdammt nach echten Kindern geklungen.

Genau wie sie.

Jenseits des Hügels kam das panische Blöken eines Schafs abrupt zum Ende.

Mitternacht war gerade vorüber, und der Vollmond warf seinen silbernen Schein über die öde Landschaft und ließ das Wasser des plätschernden Bachs glitzern. Nicht weit von einem der vielen geheimen Eingänge in die Caer Droia saß die Frau mit dem krähenschwarzen Haar im Schneidersitz am Ufer und bearbeitete auf dem Schoß einen Knochen mit einem Feuerstein. Trotz der Kälte hinterließ sie keine Atemwölkchen in der Luft.

Der bullige Riese stand neben ihr, still wie eine Statue, und überblickte wachsam das nächtliche Heideland. Seine Ärmel waren blutbefleckt von der Opferung. Hinter ihnen lag der Kadaver des frisch geschlachteten Schafs. Von dem leblosen Körper stieg Dampf auf. Die Frau spitzte den Knochen, den sie ihm entnommen hatten, und ließ die Späne in den Bach fallen.

Plötzlich hielt sie inne und hob den Kopf.

Der Mann fühlte es auch und schaute sich nervös um. »Sind sie das?«, fragte er.

Die Frau stand auf und reckte mit geschlossenen Augen die Nase in die Luft. »Drei der vier«, sagte sie. »Sie haben einander im Geisterwald gefunden, nicht in dieser Welt.«

Auf dem gewölbten Kopf des Mannes traten die Adern hervor. »Dann müssen wir sie suchen«, sagte er. »Bevor sie sich versammeln können. Bevor sie ihre vollen Kräfte entdecken.«

»Ich habe zu tun«, sagte die Frau und hob den Knochen, um ihn eingehend zu betrachten. »Ich vertraue dir, Triton. Schick die Alte und den Jungen. Und ruf die Kinder des Schattenkönigs.«

»Sie sind Sterbliche«, entgegnete der Mann. »Man kann sich nicht auf sie verlassen.«

»Sie sind Werkzeuge, die benutzt werden müssen«, gab die Frau zurück. »Und sie müssen unserem König ihre Treue beweisen.«

Triton verneigte sich. »Also gut.« Die Frau blickte ihm nach, bis die Schatten ihn verschluckt hatten.

Dann kniete sie nieder und legte die Handflächen auf den Boden. Sie spürte die Tunnel, die durchs Erdreich führten, tief hinunter zu dem heiligen Baum. Durch Erde und Steine sprach sie zu ihm.

»Wir ziehen für dich in den Krieg, Herr. Bald wirst

du wieder deine Armee führen. Du wirst Rache an der Natur nehmen, und die Welt wird dir gehören.«

Sie tauchte den Knochen ins Wasser, ließ den Bach das letzte Blut abwaschen. Als sie ihn wieder herauszog, glänzte er im Mondschein. Eine Klinge und ein Heft. Sie murmelte uralte Worte, und einen Moment lang glänzte der Knochendolch heller als zuvor – eisweiß –, als die dunklen Geister ihn mit ihrer Kraft beschenkten.

Die Frau lächelte. Sie waren einen Schritt näher. Und wenn Triton und die anderen taten, was nötig war, konnte nichts und niemand sie aufhalten.

4

Als Julia erwachte, stieg ihr der Duft von gebratenem Speck in die Nase. Sie rieb sich die Augen, lag einen Moment still und lauschte dem Brutzeln aus der Küche und dem Klappern des Geschirrs. Die Ereignisse der Nacht wirkten jetzt ferner, mehr wie ein Traum. Die Sonne lugte um die Kanten des zerschlissenen Vorhangs. Sie warf einen Blick auf ihr Handy und stellte überrascht fest, dass es fast neun war. Kurz fragte sie sich, ob die Uhr falsch ging – seit Dads Unfall war sie nie später als sieben aufgewacht, meistens müde und missmutig.

Sie wühlte sich aus dem Bett und widerstand dem Drang, in die untere Kommodenschublade zu schauen. Es war nur eine Maske. »Nur ein Stück Holz«, murmelte sie. Aber sie wusste genau, dass sie sich etwas vormachte. Nichts an diesem Ding war normal.

Ihr Magen knurrte. Erst mal brauchte sie Frühstück.

Sie ging im Schlafanzug die Treppe hinunter und fand Mum in der Küche vor. Sie war schon angezogen, stand mit einem Pfannenwender in der Hand vor dem alten Gasherd und briet Rühreier. Lächelnd drehte sie sich um. »Guten Morgen, du Schlafmütze. Die Landluft scheint dir gutzutun.«

»Mhm«, murmelte Julia. Dann setzte sie ein Lächeln auf. »Krieg ich auch was?«

»Natürlich! Ich wollte dich gerade wecken. Deckst du den Tisch?«

Julia fand zwei Teller und Besteck, während Mum einen Rost aus dem Ofen zog und Eier und Speck auf die Teller gab. Aus einer altmodischen Teekanne schenkte sie Julia eine Tasse Tee ein.

Während sie frühstückten, kroch die Morgensonne über die Wand und schien auf die Staubflöckchen.

»Ich fürchte, du hattest recht mit den Mäusen«, sagte Mum, während sie etwas Milch in ihren Tee goss. »Ich habe vorhin gesehen, wie eine hinter der Fußbodenleiste verschwunden ist. Eigentlich war sie ganz niedlich. In der Speisekammer sind Fallen, aber ich bringe es nicht über mich, sie zu benutzen.«

Julia lächelte. Sie konnte sehen, dass Mum sich Mühe gab. Dad war immer der Koch gewesen, und zu Hause stellte Mum einfach nur Cornflakes auf den Tisch, obwohl meistens keine Milch im Kühlschrank war, wenn Julia nicht selbst daran gedacht hatte, welche zu kaufen. Der Speck und die Eier taten gut, und als ihr Hunger gestillt war, kehrten Julias Gedanken zu der Maske zurück und wie sie mehr darüber herausfinden könnte. Vielleicht war es das Beste, zu der Stelle zurückzugehen, wo sie sie gefunden hatte, und sich ein bisschen umzuschauen. Vielleicht gab es dort irgendwelche Anhaltspunkte. Sie glaubte, dass sie den Ort ohne größere Schwierigkeiten wiederfinden würde.

»Weißt du was?«, sagte ihre Mum. »Ich bin gestern so gut vorangekommen, dass wir heute auch schon vormittags etwas unternehmen können.«

»Oh … okay«, sagte Julia überrumpelt.

»Das klingt ja nicht gerade begeistert«, stellte ihre Mum fest, und ihr Gesicht verdunkelte sich. »Natürlich nur, wenn du willst.«

»Ja, klar«, sagte Julia und rang sich ein Lächeln ab. Dann musste die Maske eben warten. »Klingt super. Woran hast du gedacht?«

»Wir könnten uns die Kirche anschauen und dann in den Headless Horseman gehen.«

»Den was?«

»Den Kopflosen Reiter. Das ist der Pub in Llangelin. Das Essen dort soll wirklich gut sein.« Julia schien die Verwirrung immer noch im Gesicht zu stehen. »Aber wenn du lieber etwas anderes machen würdest…?«

Julia tat ihr Bestes, um überzeugend zu grinsen. »Entschuldige, Mum – ich bin immer noch nicht ganz wach. Der Kopflose Reiter klingt super. Das machen wir.«

Ihre Mum sah zufrieden aus, und sie streckte den Arm über den Tisch, um Julia übers Haar zu streichen, was sie ewig nicht getan hatte. Als sie die Hand zurückzog, hielt sie ein Blatt in den Fingern. »Wo kommt das denn her?«, fragte sie.

Julia zwang sich weiterzukauen, doch die Erinnerung an die im Kreis wirbelnden Blätter auf der Lichtung kam zurück. Diese Form – die musste etwas bedeuten. Etwas Böses.

Es war nur ein Traum, versuchte sie sich zu beruhigen. *Nur ein Traum.*

»Muss durchs Fenster geweht sein«, sagte sie leichthin. Dabei wusste sie genau, dass sie es fest verschlossen hatte.

Julia versuchte, den Ausflug zu genießen. Die Maske, den Traum und die Blätterspirale zu vergessen und sich über die Gesellschaft ihrer Mum zu freuen. Unglücklicherweise war das ziemlich schwer.

Die Kirche war eine Enttäuschung. Sie gingen über den Friedhof mit den schiefen Grabsteinen und stellten fest, dass alle Türen verschlossen waren. Julia wollte schon aufgeben, doch während ihre Mum versuchte, einen Blick durchs Fenster zu werfen, tauchte eine Frau mit Gartenhandschuhen auf und erklärte, sie sei die Küsterin. Pfarrer Trevays sei derzeit krank, weshalb es schon seit drei Wochen keinen Gottesdienst mehr gegeben habe, aber sie könne Julia und ihre Mum gerne hineinlassen, damit sie sich umsehen konnten. Sie schloss die Tür ins kühle Innere auf und erzählte ihnen etwas über die Geschichte des Ortes – der Turm stammte aus der Zeit der normannischen Eroberung, aber es hatte hier bereits mehrere Hundert Jahre zuvor eine Kirche gegeben, und es hieß, dass der Ort schon in heidnischer Zeit eine Kultstätte gewesen sei. Mehr brauchte Julias Mum nicht, um darüber zu referieren, wie die frühe christliche Kirche ältere keltische Traditionen übernommen und sich später angeeignet hatte.

Womit wir wieder beim Thema wären, dachte Julia mit einem ironischen Lächeln.

Das einzig Gute war, dass ihr Handy in Llangelin funktionierte. Während ihre Mum und die Küsterin sich über angelsächsische Glaubenssysteme austauschten, hockte sie auf einer Kirchenbank und chattete mit ihren Freunden. Es fühlte sich gut an, eine halbe Stunde lang wieder in der normalen Welt zu sein, von der Party bei Leo zu hören und Bilder ihrer Mitschüler anzuschauen. Julia teilte ein Foto von Little Nook, woraufhin sie mehrere Kommentare bekam, die von *süß* bis *Horrorfilm* reichten. Ihr schlechter Handyempfang entrüstete alle, und ihre Freundin Georgie ging so weit, von einem »Verstoß gegen die Menschenrechte« zu sprechen.

Als es Zeit war zu gehen, fragte Mum, ob Julia die Besichtigung gefallen habe, hörte sich die Antwort aber gar nicht richtig an. Sie war zu sehr damit beschäftigt, der Küsterin zu versprechen, ihr eine Ausgabe ihres neuen Buchs zu schicken, wenn es fertig war.

Der Besuch im Pub lief sogar noch schlechter. Es kam immer wieder zu verlegenen Pausen, wenn ihre bemühten Mutter-Tochter-Gespräche ins Stocken gerieten. Es war nicht so, dass Julia schmollte, sie hatten nur einfach so wenig gemeinsam. Es war wirklich traurig. Mum fragte nach Freunden, mit denen Julia zuletzt vor einem Jahr zu tun gehabt hatte, und konnte sich noch nicht mal an ihre Namen erinnern. Und Julia hatte nicht die leiseste Ahnung, was sie ihre Mum fragen sollte. Soweit sie wusste, hatte Mum keine Freunde, nur Kollegen. Menschen, die ihr sehr kleines Interessensgebiet teilten. Sie hörte keine Musik, schaute keine Filme, hatte kein anderes Hobby. Das Wochenende war nicht anders als Montag bis Freitag, nur dass sie keine Seminare halten musste und sich voll auf ihre Arbeit konzentrieren konnte. Alles lief immer auf die Arbeit hinaus.

»... und bevor es gefunden wurde, hatte niemand gewusst, dass sie zu solcher Kunstfertigkeit überhaupt in der Lage waren ...«

Mum war bei ihrem Lieblingsthema und schwatzte über einen Fund in einem Grabhügel aus dem 3. Jahrhundert. Julia nickte hin und wieder und schob ihre Pommes auf dem Teller hin und her. Sie hatte keinen Hunger und war in Gedanken weit weg. An den Wänden hingen Zeichnungen und Gemälde von Jagdszenen, und über der Bar befand sich ein Glaskasten mit einem Gewehr. Es waren noch andere Eltern mit ihren Kindern da, die lachten und sich scheinbar gut unterhielten, und Julia wurde klar, dass bei den seltenen Gelegenheiten, wenn sie als Familie unterwegs gewesen waren, immer Dad alle bei Laune gehalten hatte. Er war der Kitt gewesen, der sie zusammenhielt – der sie zu einer Familie machte. Der Mum aus der Vergangenheit auf den Boden der Tatsachen geholt hatte.

»Spiel nicht mit dem Essen rum, Schatz«, sagte Mum.

Julia blickte auf – sie war meilenweit weg gewesen. »Hm?«

Ihre Mutter deutete mit dem Kinn auf ihren Teller, und Julia erschrak, als sie nach unten blickte. Unvermittelt schob sie ihren Stuhl zurück. »Alles in Ordnung?«, fragte Mum besorgt.

Irgendwie hatte Julia, ohne es zu merken, ein wohlbekanntes Muster in den Tomatenketchup gemalt. Eine Spirale, genau wie die in ihrem Traum. »Ähm ... ja«, murmelte sie.

Ihre Mum runzelte die Stirn, dann lächelte sie ein bisschen. »Das sieht ja aus wie ein *Morgaet.*«

»Ein was?«

»Ein druidisches Zeichen«, erklärte ihre Mutter. »Es steht für eine Art spirituellen Durchgang. Die Menschen damals haben geglaubt, man könne damit eine Tür ins Totenreich öffnen.«

Julia verging das letzte bisschen Appetit, und sie wischte sich den Mund mit der Serviette ab. »Können wir gehen?«, fragte sie.

Sie zahlten und gingen zur Tür. »Das sollten wir

wiederholen – es war nett«, sagte ihre Mutter. Sie klang nicht besonders überzeugt.

Es war wie eine Ironie des Schicksals, dass sie genau in diesem Augenblick an einem Tisch vorbeiliefen, an dem eine junge Familie – Mutter, Vater und zwei Kinder, die wie Zwillinge aussahen – gemeinsam lachte.

So wie wir früher, dachte Julia wehmütig. Das Gesicht ihrer Mum verriet ihr, dass sie dasselbe dachte.

Als sie nach Hause kamen, wirkte Julias Mutter erleichtert, nach oben gehen und sich an ihre Arbeit setzen zu können. Nach der gedrückten Stimmung beim Mittagessen konnte Julia das gut nachvollziehen. Sie versuchte, es zu vergessen, nahm die Maske aus der Schublade und versteckte sie unter ihrem Kapuzenpulli. Die Tür zum Zimmer ihrer Mum war geschlossen, und sie konnte ihre Tastatur klappern hören. Julia rief, dass sie spazieren gehen und in etwa zwei Stunden zurück sein würde. Mum gab keine Antwort. Offenbar war sie schon wieder in die Welt der Druiden abgetaucht.

Diesmal war der Pfad durch den Wald leichter zu finden, da Julias Fußabdrücke vom Vortag auf dem feuchten Erdboden noch immer deutlich zu sehen waren. Sie lief durch den Wald und über das Feld und fand die Stelle wieder, an der sie auf den Hasen gestoßen war. Ein paar Daunen des Raubvogels lagen im Gras. *Den* hatte sie sich also wenigstens nicht eingebildet.

Ab hier fiel es ihr schwerer, sich zu erinnern, welchen Weg sie durch die Bäume genommen hatte, weil sie sich so darauf konzentriert hatte, den weißen Hasen nicht aus den Augen zu verlieren. Wachsam hielt sie nach ihm Ausschau, doch er zeigte sich nicht. Gestern hatte sich ihre Begegnung beinahe magisch oder übernatürlich angefühlt, heute dagegen kam sie sich nur lächerlich vor. Was machte sie eigentlich hier? Was erwartete sie, selbst wenn es ihr gelang, den Ort wiederzufinden, an dem die Maske gelegen hatte?

Als sie zwischen die Bäume trat und sich nach Details umblickte, die ihr bekannt vorkamen, versuchte sie, eine rationale Erklärung für alles zu finden. Was sie gesehen und gespürt hatte, während sie die Maske getragen hatte, konnte nur eine Halluzination gewesen sein. Vielleicht war die Maske mit irgendeiner Substanz bedeckt gewesen, und Julia war in einer Art Drogenrausch auf den Hügel gelaufen. Ihr fiel ein, dass Mum ihr mal erzählt hatte, Druiden hätten gelegentlich Zauberpilze gegessen. Es war zwar nicht sehr wahrscheinlich, dass ein solches Gift nach mehreren Hundert Jahren noch vorhanden war… Aber vielleicht wuchs ja irgend so ein Pilz in der Höhle, in der sie die Maske gefunden hatte. Vielleicht war er sogar für ihren verstörenden Traum von dem Wolfsmädchen und dem Hirschjungen verantwortlich, der sie Stunden später ereilt hatte. Oder vielleicht lag es ganz einfach daran, dass sie sich einsam fühlte, ihre Freunde aus Oxford vermisste und wütend auf ihre Mum war. Jede dieser Erklärungen war überzeugender als Geister, Türen ins Totenreich und anderer Schwachsinn.

Mit einem Mal stellte sie erschrocken fest, dass sie bei dem Baum angekommen war, unter dem sie die Maske gefunden hatte. Ohne es zu merken, hatte sie sich ihm aus einer anderen Richtung genähert. Sie umrundete den Baumstumpf und musterte die Umgebung, bis sie sicher war, dass es wirklich der richtige Ort war. *Ja.* Sie hockte sich neben die Öffnung und spähte ins Dunkel, dann schob sie eine Hand hinein. Sie ertastete nichts als feuchte Erde. Ein weiterer Gegenstand war nicht darin.

Sie setzte sich auf den Baumstumpf, zog die Maske unterm Pulli hervor und untersuchte ihre Unterseite. Sie bestand einfach aus nacktem Holz und darüber zogen sich dünne Linien, die eine Art unregelmäßiges Gitter bildeten. Die waren ihr gestern gar nicht aufgefallen. Julia schnupperte an der Maske, konnte aber nichts Auffälliges feststellen. Wem wollte sie etwas vormachen? Die Theorie mit den halluzinogenen Pilzen war total lächerlich.

Während sie die Maske in der Hand hielt, kam ihr ein Gedanke. Sie wusste, was sie tun konnte, um die Sache ein für alle Mal aufzuklären. Sie konnte sie *jetzt, in diesem Moment,* aufsetzen. Dann wüsste sie, ob ihr Erlebnis gestern eine einmalige Sache war oder ob dieses Stück geschnitztes Holz wirklich Zauberkräfte besaß. Sie war nicht sicher, was sie davon abhielt. Angst? Ein bisschen vielleicht. Aber feige war sie nicht. Langsam hob sie die Maske ans Gesicht.

Ein Lachen ganz in der Nähe ließ sie zusammenzucken. Mit hämmerndem Herzen blickte sie in die Richtung, aus der das Geräusch gekommen war.

Hoch oben auf einem Baum saß ein Junge in einer Astgabel. Er war jünger als sie, vielleicht zehn oder elf, und ziemlich dünn. Er trug schmutzige, an den Knien zerrissene Jeans, und trotz der Kälte war sein Oberkörper nackt, genau wie seine Füße. Seine magere Brust wirkte beinahe grau. Überhaupt sah seine Haut wie ausgewaschen aus, sie hatte etwa die Farbe von Spachtelmasse. Auch seine Augen waren blass – nahezu farblos. Sein schwarzes Haar war zerzaust, als wäre er eben erst aus dem Bett gekrochen.

Julias Puls raste immer noch, doch ihr anfänglicher Schreck legte sich schnell. Es war nur ein Kind. Er musste ein Junge aus dem Städtchen sein. Auch wenn sie keine Ahnung hatte, was er ganz allein so weit draußen im Wald zu suchen hatte.

»Hallo«, sagte sie, als sie ihre Stimme wiedergefunden hatte.

Der Junge legte den Kopf schief, und es schien ein paar Sekunden zu dauern, bis ihr Gruß in seinem Gehirn angekommen war. »Mein Name… ist Varun«, erwiderte er. Sein Akzent war sonderbar und fremdartig. Der Name klang nicht walisisch.

»W-was machst du hier?«, fragte sie.

Seine Lippen teilten sich zu einem Lächeln und entblößten schauderhafte Zähne. »Ich suche etwas«, erwiderte er. Ein weiteres Lachen, diesmal unangenehm. »Du bist ein ganz normales Mädchen, was? Bloß ein ganz normales ängstliches kleines Mädchen.«

Julia wich zurück. Plötzlich wollte sie nur noch weg, und zwar schnell. Sie glaubte zwar nicht, dass der Junge ihr etwas tun konnte, denn wenn einer von ihnen klein war, dann er. Aber irgendetwas stimmte mit ihm nicht. Sie wollte nicht länger in seiner Nähe sein.

»Ist dir nicht kalt?«, fragte sie, um das Schweigen zu brechen.

»Immer«, erwiderte er. Das Lächeln blieb. »Renn nicht weg.«

»Ich renne ja gar nicht«, sagte Julia. »Aber ich muss nach Hause.«

Er schüttelte den Kopf. »Du darfst noch nicht gehen. Du hast Olwen noch nicht kennengelernt.«

»Olwen?«, fragte Julia.

Der Junge drehte seinen Kopf leicht zur Seite und blickte an ihr vorbei. Julia fuhr herum und sah eine weitere Gestalt, die etwa zwanzig Meter entfernt sehr still neben einem Baum stand. Es war eine alte Frau, doch sie hielt sich kerzengerade. Sie hatte langes, wirres graues Haar und Arme, die unnatürlich an ihren Seiten herabhingen. Sie trug mehrere dunkle Gewänder übereinander, die ihre Beine und Füße ganz verhüllten. Sie kam nicht näher. Wie der Junge lächelte sie, doch ihre Lippen klebten aneinander und schienen sich zu weit über ihr Gesicht zu ziehen, beinahe von einem Ohr zum anderen. Julia kniff die Augen zusammen und fragte sich, ob sie geschminkt war.

Ihre Stimme zitterte, als sie die Maske in die Höhe hob. »Ist das Ihre? Ich wollte sie nicht wegnehmen. Ich bin gekommen, um sie zurückzubringen.«

Sie hörte einen dumpfen Aufprall, drehte sich um und sah, dass der Junge, Varun, nun am Fuß des

Baums stand. Sie hatte den verstörenden Eindruck, dass er einfach nach unten geplumpst war, obwohl es unmöglich schien, so tief zu fallen, ohne sich ernsthaft zu verletzen.

»Du kannst sie nicht zurückgeben«, sagte er. »Sie gehört dir.«

Hinter ihr raschelte es, und Julia drehte sich zu der alten Frau um. Sie stand nun nur noch etwa zehn Meter entfernt, in derselben Haltung wie vorher, das Lächeln unverändert. Es war nicht geschminkt, das konnte Julia jetzt sehen.

»Sie hat dich erwählt«, sagte sie sanft. »Sie gehört zu dir, und du gehörst zu ihr.«

»Ich will sie nicht«, sagte Julia und hielt sie von sich. Ihre Hand zitterte. »Ihr könnt sie haben.«

»Wir sind nicht wegen der Maske hier, Kind«, sagte Olwen. »Sondern wegen dir.«

5

Julia hatte vor Angst einen Knoten im Magen. Sie drehte sich leicht zur Seite, sodass sie die beiden Fremden gleichzeitig im Blick behalten konnte. Der Junge war klein, und sie konnte ihn sicher abwehren, wenn es nötig war, aber die Frau – Olwen – sah ziemlich stark aus. Ihre Finger, bemerkte Julia, waren wie Klauen und hatten spitze Nägel. Gemeinsam konnten sie Julia vermutlich überwältigen.

»Wer seid ihr?«, fragte sie.

»Nur demütige Diener«, erwiderte Olwen. »Hab keine Angst. Wir werden uns schon bald besser kennenlernen.«

Ein Wimmern drang aus Julias Kehle, als sie sah, dass etwas mit den Augen der alten Frau geschah. Etwas Dunkles breitete sich aus den Augenwinkeln aus und lief wie Tinte über die Augäpfel, bis sie ganz schwarz waren. Julia wirbelte herum und sah, dass Varuns Augen genauso aussahen. Ihre Beine fühlten sich mit einem Mal hohl und kraftlos an. Sie konnte sich nicht mehr bewegen. *Das kann nicht sein,* redete sie sich zu. *Das ist nur wieder eine Halluzination.* Auf den Stirnen der Fremden bildeten sich identische schwarze Spiralen, erhaben wie Narben, die vor ihren Augen Gestalt annahmen. Dieselbe Form, die sie im Traum gesehen hatte. *Morgaet,* hatte Mum sie genannt.

Jetzt gab es keinen Zweifel mehr. *Es sind keine Menschen …*

Endlich konnte Julia sich wieder rühren. Sie drehte sich um und rannte los.

Sie blickte nicht zurück. Das musste sie auch nicht. Während sie immer tiefer in den Wald eindrang, lauschte sie angstvoll auf die Schritte, die ihr folgten. Sie schienen es nicht eilig zu haben. Varun lachte und quietschte vergnügt, als spielten sie Verstecken.

Julia rannte, sprang über Wurzeln und duckte sich unter Ästen hinweg. Einige Male stolperte sie, doch es gelang ihr, sich auf den Beinen zu halten. Sie sprintete, bis die Geräusche ihrer Verfolger nicht mehr zu hören waren und ihr Atem in ihrer Kehle brannte. Sie konnte nicht mehr. Hinter einem halbhohen Baumstumpf ließ sie sich zu Boden fallen und presste den Rücken gegen die feuchte Rinde. Vielleicht würden sie sie nicht sehen. Zitternd versuchte sie, ihren Atem zu beruhigen, wodurch das Brennen in ihrer Brust nur noch stärker wurde. Fragen kamen ihr in den Sinn und durchbrachen die Panik.

Wer waren sie? *Was* waren sie? *Wie* hatten sie sie gefunden? Und *was* wollten sie?

Sie hörte einen Zweig knacken und presste die Lippen zusammen. Kurz schloss sie die Augen und wünschte inständig, es wäre vorbei. Nur ein weiterer Traum. Doch als sie die Augen wieder öffnete, war der Wald immer noch da. Und ihre Ohren registrierten das leise Rascheln nackter Füße im trockenen Laub. Auf alles gefasst, spähte sie hinter dem Baumstamm hervor.

Varun war etwa dreißig Schritte entfernt und bewegte sich auf allen vieren über den Boden, schnüffelnd wie ein Hund, die Nase im Laub. Olwen glitt aufrecht neben ihm her, noch immer das entsetzliche Lächeln im Gesicht.

»Komm heraus, komm heraus, wo auch immer du bist«, trällerte sie. »Komm heraus, kleiner Hase.«

Julia merkte, dass sie noch immer die Maske in der Hand hielt, fest an die Brust gepresst. Sie fühlte sich ungewöhnlich warm an. Wenn sie ihnen die Maske hinwarf, ließen sie sich davon vielleicht ablenken. Vielleicht ließen sie sie dann in Ruhe …

Nein. Sie haben es doch gesagt. Sie wollen mich.

Varun hob ruckartig den Kopf, sein Körper versteifte sich, und seine boshaften schwarzen Augen richteten sich auf Julias Versteck. Olwen folgte seinem Blick, und ihr Lächeln weitete sich. »Hol sie dir!«, sagte sie.

Der halb nackte Junge stürmte los, noch immer auf allen vieren, und verringerte den Abstand zum Baumstumpf Meter um Meter um Meter.

Julia dachte nicht länger nach. Sie wusste, was sie tun musste. Sie holte tief Luft und drückte sich die Maske aufs Gesicht.

Eine kurze Welle der Übelkeit erfasste sie, kaum eine Sekunde lang, dann wurde die Welt grau.

Sie hat dich erwählt.

Ein Schatten legte sich über sie, und Julia schoss aus ihrem Versteck, gerade als Varun sprang und oben auf dem Baumstumpf landete. Eine Sekunde lang starrten sie einander an, Raubtier und Beute. Er sah jetzt anders aus, so als erlaubte die Maske ihr, ihn so zu sehen, wie er unter seiner menschlichen Verkleidung war. Die verschmitzten Gesichtszüge waren fort und durch schärfere, knochige Konturen ersetzt, die sich unter der aschfahlen, von schwarzen Spiralen übersäten Haut abzeichneten. Seine Augenhöhlen waren tiefer, seine Finger klauenartiger als zuvor und gruben sich in das weiche Holz des Stumpfs.

Er griff sie nicht an, sondern drehte sich zu Olwen um, die ihrerseits näher kam. Auch sie sah anders aus, ein Skelett in zerfetzten Lumpen, das Fleisch eingesunken, verdorrt und dünn wie Pergament. Ihr Lächeln war lippenlos, die Zähne schiefe Knochensplitter ohne Zahnfleisch.

»Da bist du ja, kleiner Hase. Jetzt bist du aber genug gerannt.«

Neue Kraft durchströmte Julias Muskeln, und Mut besiegte die Angst. Sie war noch nicht bereit aufzugeben. Jedenfalls nicht kampflos. Sie sprang durchs Unterholz und verließ sich auf ihren Haseninstinkt. In großen Sätzen schlug sie Haken um die Bäume, während ihre Füße kaum den Boden berührten. Niemand konnte sie fangen, da war sie sicher. So könnte sie Stunden rennen.

Plötzlich war der Weg vor ihr von einer dichten Stechginsterhecke versperrt, die zu hoch war, um darüberzuspringen, doch sie entdeckte eine Lücke und zwängte sich hindurch. Dornen rissen an ihrer Haut. Sie kroch weiter, ohne auf den stechenden Schmerz zu achten. Als sie auf der anderen Seite herauskam, musste sie jedoch feststellen, dass sie am Rand einer steilen Böschung über einem Bach gelandet war. Sie machte sich bereit zum Sprung…

Etwas ließ sie straucheln, und sie landete bäuchlings im Laub. Varun hatte eine Hand um ihren Fuß gelegt. Er schüttelte ihn fest, dann zerrte er sie zu sich und streckte die andere Hand nach ihrem Oberkörper aus.

Julia trat mit dem freien Fuß nach ihm und erwischte mit der Ferse seinen Kiefer. Das reichte, um seinen Griff zu lockern. Allerdings wurde sie durch den Schwung nach vorn geworfen, kullerte die Böschung hinunter und landete mit einem Platsch in dem kalten, schlammigen Bach. Sie rappelte sich auf und kletterte auf der anderen Seite die Böschung wieder hoch.

Dann rannte sie, so schnell ihre Beine sie trugen.

Selbst als sie sicher war, die beiden abgeschüttelt zu haben, hielt sie nicht an. Sie lief weiter, bis die Bäume endeten und sie wieder auf freiem Feld war. Die Schafe, die hier weideten, beäugten sie mit träger Neugier. An einer alten Scheune mit Wellblechwänden machte sie endlich Pause und nahm die Maske ab. Diesmal spürte sie keine Übelkeit, atmete nur tief die kalte Luft ein.

In der Ferne sah Julia ein Bauernhaus und steuerte

darauf zu, wobei sie ab und zu über die Schulter zum Wald blickte. Schon war sie wieder von Normalität umgeben, was im Wald geschehen war, wirkte wie aus einer anderen Welt. Die Maske war jetzt kalt, nur ein Stück Holz. Es war unmöglich, sie ans Gesicht zu kleben, und doch hatte sie ihr Augenblicke zuvor gepasst wie angegossen. Vielleicht hatte die Frau, Olwen, recht. Vielleicht waren sie irgendwie aneinander gebunden. Aber das machte die Frage nach ihrem Ursprung nur noch rätselhafter. Der Junge und die Frau – diese *Kreaturen* – glichen nichts, was sie je gesehen oder wovon sie gelesen hatte. Ihre Wandlungsfähigkeit, ihre schiere Existenz ergaben in keiner ihr bekannten Welt einen Sinn.

Was sie auch waren, sie mussten aus derselben Welt stammen wie die Maske. Einer Welt, wo alles, was sie zu wissen glaubte, auf den Kopf gestellt wurde.

Julia blieb wie angewurzelt stehen.

Hatten sie sie deshalb gefunden? Vielleicht konnten sie die Maske irgendwie aufspüren. Erschnüffeln. In dem Fall war die Lösung simpel. Sie müsste sie einfach wegwerfen, und sie könnten sie nicht finden. Sie konnte sie an Ort und Stelle wegwerfen, zurück zum Cottage laufen, und alles wäre vorbei.

Doch etwas hielt sie zurück. Zum Teil war es Angst – davor, was die alte Frau darüber gesagt hatte, dass die Maske sie erwählt habe. Aber es war auch Aufregung. Die Maske besaß Kräfte – *unglaubliche* Kräfte. Sie jetzt wegzuwerfen, bevor sie wusste, was es damit auf sich hatte … Das wäre doch verrückt, oder?

Sie war noch einige Hundert Meter von dem Bauernhaus entfernt, und je näher sie kam, desto kleiner wurde ihre Angst. Einfach nur einen Menschen zu sehen – einen *normalen* Menschen –, wäre schon eine Erleichterung. Ganz sicher gab es dort ein Telefon, und sie konnte die Polizei rufen.

Beinahe augenblicklich verwarf sie den Gedanken wieder. Was wollte sie der Polizei denn sagen? *Entschuldigen Sie, Officer, ich wurde von einer Skeletthexe und einem nackten Hundejungen verfolgt. Sie wollen mich töten, weil ich eine magische Maske getragen habe …*

Bei der Vorstellung musste sie beinahe grinsen.

Als sie sich dem Bauernhaus näherte, verflog ihre Hoffnung. Es stand nicht nur kein Fahrzeug davor, einige der Fenster waren vernagelt, andere zerbrochen. Der Hof war verlassen. Sie klopfte trotzdem, war jedoch nicht überrascht, dass niemand aufmachte.

Sie blickte noch einmal zurück, um sich zu vergewissern, dass niemand ihr gefolgt war. Vielleicht war ihre Theorie falsch, und sie konnten die Maske doch nicht aufspüren? Noch immer nervös schlug sie den Feldweg ein, der zum Haus führte, da sie annahm, dass er früher oder später auf eine Straße führen musste. Zum Glück hatte sie recht. Als sie die asphaltierte Landstraße erreichte, erkannte sie sie zwar nicht, kam jedoch bei der nächsten Kreuzung an ein Schild mit der Aufschrift »Llangelin – 2 Meilen«. Ihre Füße schmerzten, und ihre Beine waren müde.

Ein Blick aufs Handy zeigte ihr einen Balken beim Empfangssignal. Kurz zog sie wieder in Erwägung, die Polizei zu rufen, doch dann durchsuchte sie ihre Nachrichten, bis sie die Reservierungsbestätigung für das Cottage fand, die Mum ihr weitergeleitet hatte. Darin stand auch die Nummer des Festnetztelefons. Sie wählte und lauschte dem Tuten. Niemand hob ab. Das Telefon war unten in einer Ecke des Wohnzimmers, fiel ihr ein. Wenn Mum immer noch in ihrem Zimmer arbeitete, hörte sie es vielleicht gar nicht …

»Hallo?« Ihre Mum klang besorgt. Julia hatte gerade auflegen wollen und brauchte einen Moment, um sich zu sammeln. »Jules, bist du das?«

»Ja, Mum, hör zu …«

»Wo steckst du? Ich war draußen und habe überall nach dir gerufen! Ich war im Wald, in den Feldern …«

»Nein!«, sagte Julia, die plötzlich wieder Angst hatte. Wenn Olwen und Varun ihr durch den Wald gefolgt waren, konnte es sein, dass sie auch das Cottage fanden. Oder ihrer Mum über den Weg liefen. »Mum, du darfst das Haus nicht mehr verlassen, okay?«

Ein nervöses Lachen. »Warum das denn?« Dann, strenger: »Steckst du in Schwierigkeiten?«

Wenn sie nur wüsste …

»Mum, es ist was passiert«, sagte Julia. »Ich habe gestern etwas gefunden … Ich kann es nicht richtig erklären, aber …«

»Du redest wirres Zeug«, sagte ihre Mum.

Jetzt, da sie begonnen hatte, wusste Julia nicht mehr weiter. »Ein paar Leute suchen danach. Sie sind gefährlich. Ich weiß nicht, was ich tun soll.«

»Julia, egal was passiert ist, wenn du etwas genommen hast, dann …«

Trotz allem flammte Julias Wut auf. »Mum, ich habe nichts gestohlen! Mann, kannst du nicht einfach mal *zuhören*?«

»Das versuche ich ja, aber … weißt du was, komm einfach nach Hause, ja?«

»Das … das geht nicht. Sie werden mich verfolgen.«

»Wer sind diese Leute, Julia? Ich lasse nicht zu, dass dir etwas passiert. Wir rufen die Polizei.«

Julia dachte an die schwarzäugigen Geister. Wie sie sich bewegten. Was sie gesagt hatten. Die Vorstellung, dass die Polizei irgendetwas gegen sie ausrichten konnte, war lächerlich. Noch weniger ihre Mum, die friedfertige Akademikerin …

»Du verstehst es nicht«, sagte Julia und presste das Handy fester ans Ohr. »Es … es sind keine Menschen.«

Einen Augenblick war es still. Als ihre Mutter wieder sprach, war ihre Stimme hart: »Ist das ein Witz? Dann ist er wirklich nicht komisch.«

Julia spürte Tränen der Verzweiflung in den Augenwinkeln brennen. Dabei war es nicht verwunderlich. Warum sollte ihre Mum etwas anderes denken? Was sie sagte, konnte man ja auch unmöglich glauben, wenn man es nicht gesehen hatte. Eine ganze Kaskade verpasster Möglichkeiten ging ihr durch den Kopf. *Warum nur habe ich ihr die Maske gestern nicht gezeigt? Warum bin ich heute zu dem Baum zurückgegangen?*

»Ich meine es ernst, Mum«, sagte sie. »Ich begreife es selbst nicht, aber du musst mir glauben. Ich kann nicht zurückkommen. Es ist zu gefährlich.«

Pause. »Julia, geht es … geht es um Dad?«

»Was?«

»Na ja, es ist dir immer schwergefallen, darüber

zu reden. Das ist sicher meine Schuld. Ich wollte dir Zeit geben, aber vielleicht war das falsch …«

»Es geht nicht um Dad, Mum!«, fauchte Julia. »Es geht um Olwen und Varun und die Maske.«

Mums Stimme war wieder fester. »Also, junge Dame. Mir reicht's. Sag mir, wo du bist, und ich ko –«

Julia legte auf. Ein paar Sekunden stand sie da und starrte das Straßenschild an. Zwei Meilen bis zum Cottage und zu ihrer Mum. Vertraute Anblicke und Gerüche. Trost. Normalität. Sie hatte ihre Mum seit Monaten nicht mehr umarmt, doch jetzt wünschte sie sich nichts sehnlicher.

Ihr Handy klingelte. *Mum.*

Julia schaltete es aus und kehrte Llangelin den Rücken.

Was auch immer die Maske bedeutete, Mum konnte ihr jetzt nicht helfen. Sie musste das Problem allein lösen.

6

In der nächsten halben Stunde brach die Dämmerung herein, und der Wind frischte auf. Julia wünschte, sie hätte ihre Jacke dabei. Sie folgte der Straße, ohne zu wissen, wohin sie führte. Gelegentlich sauste ein Auto vorbei, doch sie hielt den Kopf gesenkt. Nach ein oder zwei Meilen fuhr eines langsamer und hielt an, dann setzte es mit heruntergelassenem Fenster zurück.

»Alles in Ordnung, Liebes?«, fragte die junge Fahrerin. Sie hatte ein fröhliches Gesicht, ihr Haar war locker mit einem Gummi zurückgebunden. »Soll ich dich in die Stadt mitnehmen?«

Beinahe hätte Julia abgelehnt. Sie kannte diese Frau nicht. Sie wusste nicht mal, wie die nächste Stadt hieß. Auf dem Rücksitz bemerkte sie einen schlafenden Säugling in einer Babyschale.

Alles in allem sah es ungefährlich aus. Und am Ende siegte die Aussicht, vor der Dunkelheit zurück in der Zivilisation zu sein.

»Danke«, murmelte sie.

Sie kletterte auf den Beifahrersitz, und sie fuhren schweigend los. Die Neugier der Frau war deutlich zu spüren, sie warf Julia kurze Seitenblicke zu, bevor sie wieder auf die Straße schaute.

»Du siehst aber ganz schön jung aus, um allein unterwegs zu sein«, sagte sie leichthin. Es war keine Frage, trotzdem musste Julia wohl darauf antworten. Sie ließ sich schnell etwas einfallen. »Ich hatte einen Platten«, sagte sie und lächelte. »Es ist wirklich sehr nett, dass Sie mich mitnehmen.«

»Und wo ist dein Rad jetzt?«

»Ich hab es am Straßenrand liegen lassen. Ich komme später mit meinem Dad und hole es.«

»Oh.« Die Frau runzelte die Stirn, hakte aber nicht weiter nach. »Wo soll ich dich rauslassen?«

»Ach, einfach irgendwo in der Stadt«, sagte Julia vage. Jetzt wurde es kompliziert. »Wenn Sie mich am Supermarkt rauslassen könnten, wäre das super – ich muss noch ein paar Sachen besorgen.«

»Heute ist Sonntag«, erwiderte die Frau. »Der Supermarkt hat zu. Ich kann dich nach Hause bringen, wenn du mir die Adresse gibst.«

Julia schaute auf die Uhr am Armaturenbrett und seufzte innerlich. Es war kurz vor sechs. »Ich wohne gleich um die Ecke vom Supermarkt.«

Die Frau fragte nicht weiter, und Julia war erleichtert. Als sie in eine kleine Stadt kamen, vorbei an einem Schild mit der Aufschrift *Cwynelli,* sah sie den Supermarkt schon von Weitem, Auf dem Parkplatz davor hing ein Grüppchen Jugendlicher herum. Julia zeigte mit dem Finger auf sie. »Da sind ja meine Freunde. Hier können Sie mich rauslassen.«

Die Frau hielt am Straßenrand und sagte nur: »Pass auf dich auf.« Julia bedankte sich bei ihr, stieg aus und lief langsam auf die Teenager zu. Sie fühlte sich wacklig, und ihre Hände zitterten. Einfach ohne Mums Erlaubnis abzuhauen, bei einer Fremden mitzufahren und zu lügen… Das alles fühlte sich falsch an, auf einem ganz anderen Level als ein paar kleine Diebstähle.

Die Teenager blickten ihr neugierig entgegen, doch Julia ging an ihnen vorbei. Plötzlich fühlte sie sich sehr einsam. Sie überlegte, ob sie ihr Handy einschalten und doch noch ihre Mum anrufen sollte, hielt sich aber zurück. Mum hatte sicher schon genug Panik, und am meisten fürchtete Julia, dass sie sie überreden würde, zurückzukommen.

Ziellos wanderte sie umher, weg vom Stadtzentrum in ruhigere Straßen, wo niemand mehr unterwegs war. Es wurde dunkel, und sie hatte Hunger, aber sie hatte kein Geld. Ihr Blick glitt durch die Schatten, und das Bild von Varuns knochigem, schwarzäugigem Gesicht blitzte vor ihrem inneren Auge auf.

Sie schlang die Arme um den Oberkörper, von Zweifeln erfüllt. Sie wollte Antworten – sie *brauchte* Antworten –, aber wo sollte sie suchen? Sie war nicht bereit, die Maske wieder aufzusetzen – jedenfalls nicht heute.

Erst jetzt kam ihr ein Gedanke: Wenn irgendjemand wusste, was diese Maske war, dann ihre Mum. Schließlich war sie eine Expertin für komischen alten Kram – mit einem Titel vor dem Namen und Regalen voller Bücher über alte Religionen und Rituale. Auch wenn Julia keine Ahnung hatte, wie Kreaturen wie Varun und Olwen in ihre Forschung passten. Sie kämpfte gegen die Versuchung an, das Handy wieder anzuschalten und sie anzurufen. Nein, das durfte sie nicht. Es war das Risiko nicht wert.

Ich bin auf mich gestellt.

Oder vielleicht auch nicht…

Denn es gab ja noch die anderen. Das Mädchen – Abena – und den Jungen namens Ehsan. Wenn sie echt waren – und nicht nur ein Teil ihres Traums –, dann saßen sie alle im selben Boot. Waren alle in Gefahr. Vielleicht konnte sie wieder mit ihnen sprechen.

Es war kein richtiger Plan, aber es war alles, was sie hatte.

Sie war am Stadtrand angekommen. Die Häuser hatten hübsche Vorgärten und lagen verstreut und von der Straße zurückgesetzt hinter dichten Hecken. Vor einem Bungalow, der im Dunkeln lag, blieb sie stehen. Vielleicht waren die Besitzer im Urlaub?

Langsam, vorsichtig öffnete sie das niedrige Metalltor, das in den Vorgarten führte. Sie zuckte zusammen, als die Angeln quietschten, doch es gab kein Anzeichen von Bewegung im Haus – und die Einfahrt war leer.

In einer Ecke des Gartens stand ein hölzernes Spielhaus für Kinder. Julia musste sich bücken, um sich durch die Tür zu quetschen. Drinnen fand sie eine ausgebreitete Decke mit einem Puppengeschirr aus Plastik – ein verlassenes Teddybärenpicknick. Dankbar schob sie Tassen und Untertassen beiseite, wickelte sich in die Decke und kauerte sich an die Wand des Spielhauses. Sie versuchte so zu tun, als wäre sie in einem Zelt, beim Campen, auf einem Schulausflug oder so. Campen war eine ungefährliche Sache, bei der man sich um nichts sorgen musste. Immerhin war sie nicht mehr im Wind. Hier zu schlafen war zwar schwierig, aber nicht unmöglich.

Sie hatte schon als Kind Probleme mit dem Einschlafen gehabt, und sie hatte alles versucht – Schäfchen gezählt, Meditations-CDs gehört… Nichts hatte funktioniert, bis ihr Dad ihr eine Methode beigebracht hatte, die er »die Hüpfburg« nannte. Man musste sich vorstellen, dass man auf einer Hüpfburg lag, perfekt ausbalanciert, und dann musste man sich vorstellen, wie man langsam die Luft herausließ, und von hundert nach unten zählen, während man die Glieder in den immer weicher werdenden Gummi sinken ließ.

Zähl von hundert runter, hatte ihr Dad gesagt, der neben ihr lag und seine Hand auf ihre gelegt hatte. *Eine Zahl mit jedem Atemzug. Schön langsam. Komm, wir zählen zusammen.*

Mal ging es schneller, mal langsamer, aber bis zur »1« war sie nie gekommen.

Das tat sie jetzt, versuchte die Kälte auszublenden, die Angst, die Welt, alles. Sie war nicht mehr allein im Garten von Fremden, sie lag auf einer Hüpfburg, nach einer Party, unter dem weiten blauen Himmel. Sie versuchte, sich die tiefe Stimme ihres Vaters beim Zählen vorzustellen, das Auf und Ab seines Atems, den Geruch seines Rasierwassers und das Gefühl seiner rauen Hand auf ihrer. Irgendwie war das trotz allem ein Trost.

100 … 99 … 98 … 97 …

Irgendwo in den Fünfzigern übermannte sie der Schlaf.

Der Wald war wie beim letzten Mal, gekrümmt in ihrer Hasenperspektive, als säße sie in einer Schneekugel. Sie machte sich sofort auf den Weg zu der Lichtung, wo sie die anderen getroffen hatte. Wenn sie nicht da waren, wusste sie nicht, was sie tun sollte. Ihr kam der Gedanke, dass sie vermutlich noch nicht schliefen. In dem Fall würde sie so lange warten wie nötig.

Ihre Sorge bestätigte sich nicht, denn als sie den Treffpunkt erreichte, schlich dort bereits der Wolf – Abena – mit gesträubtem Fell hin und her. Als er Julia sah, setzte er sich auf die Hinterläufe und stieß ein nervöses Winseln aus.

Bin ich froh, dass du da bist!, sagte Julia.

Ich habe auf dich gewartet, erwiderte Abena. *Mir ist heute was Komisches passiert …*

Mir auch!

Ich weiß nicht, was ich denken soll, sagte Abena. *Da war ein Mann. Er hatte ganz viele Tattoos.* Sie schauderte, und ihr Fell zitterte. *Halt, warte – dir auch?*

Julia nickte. *Ich bin von einer alten Frau und einem Jungen verfolgt worden, aber es waren keine echten Menschen. Sie hatten auch diese Zeichen …*

Spiralen?, fragte Abena.

Ja, flüsterte Julia. *Sie heißen* Morgaets, *glaube ich. Es ist ein Zeichen für eine Art Durchgang in eine andere Welt – die Welt der Toten.*

Woher weißt du das?

Lange Geschichte. Erzähl du zuerst – was ist passiert?

Abena leckte sich die Pfote. *Ich war mit meinen Freunden im Einkaufszentrum. Da habe ich ihn schon gesehen, mir aber nichts dabei gedacht. Ein Riesentyp, wie ein Türsteher oder so. Ich dachte, er wäre vielleicht vom Sicherheitsdienst. Aber später, als ich allein auf dem Heimweg war, habe ich ihn wieder gesehen. Er hat mich im Bus abgefangen und nach der Maske ausgefragt. Seine Augen waren irgendwie komisch – als hätte er schwarze Kontaktlinsen getragen. Ich hab die Notbremse gezogen und bin weggerannt.*

Die Ähnlichkeit mit ihrer eigenen Begegnung war verstörend, und Julia kam ein erschreckender Gedanke. *Weiß er, wo du wohnst?*

Bestimmt nicht!, sagte Abena. *Ich lebe in einem riesigen Wohnblock. Selbst wenn er mir bis dahin gefolgt wäre, wüsste er nicht, in welcher Wohnung.*

Sicher?, bohrte Julia nach. *Bist du da gerade?*

Der Wolf begann wieder, auf und ab zu laufen. *Ja, warum? Du machst mir Angst.*

Julia erzählte ihre eigene Geschichte, so gut sie konnte, und schloss mit ihrem Entschluss, nicht nach Hause zu gehen. *Irgendwie glaube ich, dass sie uns aufspüren können – na ja, besser gesagt, die Masken.*

Der Wolf richtete seinen scharfen Blick auf Julia. *Also, mich hat er nicht gekriegt. Und gestern war er auch nicht hier.* Abena blieb abrupt stehen. *Warte mal! Was, wenn sie uns nur finden können, wenn wir die Masken tragen? Das erste Mal, dass ich sie aufgesetzt habe, war am Tag vorher in einer Umkleidekabine im Einkaufszentrum. Ich hatte sie die ganze Zeit in meiner Tasche gehabt und wusste nicht, was ich damit machen sollte. Ich hatte sie nur eine Sekunde lang auf – es hat sich zu komisch angefühlt. Vielleicht hat er mir deshalb da aufgelauert?*

Julia dachte darüber nach und kam zu dem Schluss, dass es stimmen konnte. Varun und Olwen waren auf der Lichtung gewesen, weit entfernt vom Cottage. Genau da, wo sie die Maske zum ersten Mal aufgesetzt hatte.

Okay, jetzt fühle ich mich ein bisschen sicherer, sagte sie.

Außerdem würde das heißen, dass auch Mum in Sicherheit war.

Und was machen wir jetzt?, fragte Abena.

Das war die Frage. Wenn Abenas Überlegung stimmte, hielt Julia nichts davon ab, zu ihrer Mum zurückzukehren, solange sie die Maske nicht aufsetzte. Allerdings war das ein ziemlich großes »Wenn«.

Wir sollten uns in echt treffen, sagte Julia. *Gemeinsam sind wir sicherer. Und wir können unsere Informationen bündeln.*

Sie wusste, dass sie ziemlich verzweifelt klingen musste. Aber wer auch immer diese Feinde waren, sie wollte ihnen wirklich nicht noch einmal allein gegenüberstehen.

Sie war erleichtert, als Abena sagte: *Gute Idee! Wo bist du?*

Im Moment in Wales, erwiderte Julia. *Und du?*

London, sagte Abena. *Ich könnte den Zug nehmen und dich in … keine Ahnung, Birmingham treffen?*

Sie sagte es so lässig, als wäre nichts weiter dabei, allein einen Zug zu nehmen und quer durchs Land zu fahren. Julia war noch nie ohne Erwachsene so weit von zu Hause weggefahren. Aber sie wollte auf keinen Fall ängstlich wirken, damit Abena es sich nicht anders überlegte.

Perfekt, sagte sie und versuchte, zuversichtlich zu klingen. Dabei sorgte sie sich im Hinterkopf bereits darum, wie sie nach Birmingham kommen sollte, ohne Geld und ohne Wechselkleidung. Natürlich gab es Wege, so etwas zu organisieren. Aber sie hatte ihr Versprechen gegeben – nicht zuletzt sich selbst.

Ihr zwei klingt ganz schön paranoid, wenn ihr mich fragt, ertönte Ehsans Stimme. Gleichzeitig drehten Julia und Abena sich um und sahen den Hirsch auf die Lichtung treten, wobei sein Riesengeweih gegen einen Ast stieß. Julia fragte sich, wie lange er sie schon belauschte. Sein Ton gefiel ihr gar nicht.

Mich hat niemand verfolgt, bemerkte er und schlenderte auf sie zu. *Und ich habe meine Maske schon mehrmals getragen – es ist echt cool.*

Sei besser vorsichtig, entgegnete Julia. *Ganz ehrlich, du willst diese Leute nicht treffen.*

Kann ich bestätigen, fügte Abena hinzu und nickte mit der Schnauze in Julias Richtung. *Und nur weil sie dich noch nicht gefunden haben, heißt das nicht, dass sie dich nicht noch finden werden.*

Ehsans Hirschmaul machte eine Kaubewegung, und er schwang sein Geweih. *Vielleicht habt ihr recht,* sagte er, nicht recht überzeugt. *Hört mal, warum kommt ihr nicht beide zu mir? Ich wohne in*

Schottland. Mitten im Nirgendwo. Vielleicht haben sie mich deshalb noch nicht gefunden.

Julia und Abena sahen sich an, und der Wolf nickte.

Also gut, sagte Julia. Birmingham klang plötzlich ziemlich nah, verglichen mit Schottland.

Es gibt einen Zug von London, der jeden Werktag um 13:40 in Edinburgh ankommt. Direkt via Birmingham. Mein Vater nimmt ihn quasi täglich. Ich hole euch am Bahnhof ab.

Julia war froh, dass jemand die Planung übernahm, auch wenn es ihr irgendwie komisch vorkam, wie Ehsan über seinen Dad sprach … so distanziert. Was für ein Mensch fuhr jeden Tag von London nach Schottland?

Abgesehen davon fragte sie sich, ob sie wirklich den Anweisungen eines Jungen folgen sollte, den sie kaum kannte und noch nie richtig getroffen hatte. Sollte sie wirklich mit einer Fremden dreihundert Meilen nach Norden fahren, um einen anderen Fremden zu treffen?

Klingt gut, sagte Abena. Sie schien es nicht zu stören. Der Türsteher musste ihr ganz schön Angst eingejagt haben. *Wie erkennen wir uns?*

Ein Wolf und ein Hase sollten ja leicht zu finden sein, sagte Ehsan lachend. *Wie seht ihr in der echten Welt aus?*

Ich habe Zöpfe, erwiderte Abena, *und einen knallgrünen Rucksack. Ich bin 13.*

Ich habe kurze braune Haare, fügte Julia hinzu. *Ich bin auch 13. Und trage Jeans und einen roten Kapuzenpulli. Und du?*

Macht euch um mich keine Gedanken, entgegnete Ehsan. *Ich finde euch schon. Seid pünktlich.*

Er drehte sich um und verschwand zwischen den Bäumen. Als er weg war, raunte Abena Julia zu: *Findest du auch, dass er irgendwie ein bisschen … zugeknöpft ist?*

Ja. Sie wollte gerade hinzufügen, dass sie Ehsan nicht ganz vertraute, als ihr ein Schauer über das Fell lief. Sie blickte zu den Zweigen empor. Ein einzelner Ast zitterte leicht, als hätte jemand ihn angestupst. Während sie nach oben starrte, schwebte die lange, gesprenkelte Feder einer Eule langsam zu Boden.

7

»Bruno! Was ist denn in dich gefahren?«

Julia erwachte durch ein Schnaufen und Schnüffeln ganz in ihrer Nähe. Sie blinzelte im fahlen Licht, das unter der Tür des Spielhäuschens hereinfiel, setzte sich steif auf und schob die Decke weg.

»Komm jetzt, mein Großer.«

Nach den Geräuschen zu urteilen war es ein neugieriger Hund, der an der Hecke am Ende des Gartens schnüffelte. *Er hat mich gerochen,* wurde Julia klar. Aber sein Herrchen hatte den Hund schon weitergezogen, und sie konnte hören, wie sich die Schritte entfernten.

Automatisch tastete sie nach der Maske unter ihrem Pulli. Olwen und der Junge hatten sie nicht gefunden, was Abenas Theorie noch wahrscheinlicher machte: *Wenn ich die Maske nicht trage, bin ich sicher. Oder zumindest sicherer.*

Julia kroch aus dem Spielhaus aufs taunasse Gras und zitterte. Sie hatte einen komischen Geschmack im Mund. Ein Blick auf die Uhr sagte ihr, dass es kurz vor sieben war. Irgendwie – vermutlich dank der Erschöpfung – hatte sie die ganze Nacht durchgeschlafen.

Der Traum war noch frisch, genau wie die Übereinkunft, die sie darin getroffen hatte. Sie schüttelte den Kopf. Konnte es wirklich wahr sein, dass sie sich im Schlaf mit anderen Leuten verabredet hatte? Sie hätte versuchen sollen, die Handynummer von Abena oder Ehsan zu bekommen – obwohl sie sich die wohl sowieso nicht hätte merken können. Ohne die Möglichkeit, sie zu kontaktieren, gab es nur einen Weg herauszufinden, ob die ganze Sache nur in ihrem Kopf existierte. Sie musste sich an den Plan halten.

Es gab natürlich noch eine andere Option. Was, wenn sie den Wolf und den Hirsch einfach vergaß, ihre Mum anrief und zurück zum Cottage fuhr? Wahrscheinlich könnte sie schon in einer Stunde wieder dort sein, und ihr Leben wäre wieder normal.

Nur würden Varun und Olwen sie immer noch jagen. Sie würde ihnen direkt in die Arme laufen, kein

Stück klüger als zuvor, was die Maske anging – was sie bedeutete. Und wenn sie sie gefunden hatten, würden sie auch Mum finden …

Sie schüttelte den Gedanken ab, verließ den Garten und ging zurück in die Stadt, wo sie den Hinweisschildern zum Bahnhof folgte.

Der Bahnhof war klein, doch es waren schon einige frühe Pendler unterwegs. Julia trat an den Schalter, um sich zu erkundigen, wie sie via Birmingham nach Edinburgh kam. Sie konnte kaum glauben, dass sie wirklich fragte. *Ich reise mit einem Wolfsmädchen nach Schottland, um einen Hirschjungen zu treffen und über unsere Träume zu reden …*

Die Frau am Schalter erklärte ihr, dass sie einen Zug nach Birmingham nehmen und von dort nach einer Stunde Aufenthalt nach Edinburgh weiterfahren konnte. »Einen Moment …«, sagte sie. »Ankunft um 13:40 Uhr. Ist das in Ordnung?«

Julia lief ein Schauer über den Rücken. Jetzt konnte sie es nicht mehr abstreiten. Eingebildete Personen in Träumen kannten keine Fahrpläne, oder?

Das hieß, dass Ehsan so echt war wie sie selbst.

»Alles in Ordnung, Liebes?«, fragte die Frau.

»Ja«, krächzte Julia. »Danke für die Auskunft.«

Sie musste noch eine Stunde totschlagen, bis der Zug fuhr, also ging sie zum Supermarkt. Vielleicht lag es an allem, was gerade passierte, aber es beunruhigte sie nicht allzu sehr, heute etwas zu stehlen – es war eine Notwendigkeit. Sie brauchte etwas zu essen, und sie hatte kein Geld. Also hatte sie keine Wahl. Und es würde wirklich das letzte Mal sein.

Vor dem Supermarkt entdeckte sie oben in einem Mülleimer eine unbenutzte Papiertüte. Sie nahm die Tüte und legte die Maske hinein, dann schlenderte sie gelassen in den Supermarkt, wobei sie den Wachmann im Kassenbereich registrierte. Als Erstes steuerte sie die Sandwiches an. Es war nicht schwer, zwei von ihnen in die Tüte gleiten zu lassen. Sie wollte gerade gehen, als sie sah, dass es auch Kleidung gab. Okay, das würde riskanter werden, aber sie wollte den anderen nicht wie frisch durch eine Hecke gezogen gegenübertreten.

Schnell nahm sie ein Paar Jeans und einen Pulli aus einem Regal. Es gab keine Umkleiden, also riss sie die Schilder außer Sichtweite der Kameras ab. Es war kein gutes Gefühl, aber sie sagte sich, dass der Laden den fehlenden Profit vermutlich nicht mal bemerken würde. Geschäfte wie dieses warfen die ganze Zeit solche Sachen weg, wenn sie aus der Mode gekommen oder kaputt waren.

Trotzdem war es nicht richtig. Sie gab sich in Gedanken das Versprechen, den entsprechenden Betrag zu spenden, wenn das alles vorbei war. An irgendeine Organisation, die Menschen half, die wirklich bedürftig waren.

Jetzt musste sie nur noch an dem Wachmann an der Tür vorbei. Sie kam zu dem Schluss, dass es keine gute Idee war, sich an ihm vorbeizuschleichen. Stattdessen ging sie direkt auf ihn zu.

»Entschuldigen Sie«, sagte sie. »Im vierten Gang ist eine Frau mit einer verdächtigen Beule unterm Mantel – ich glaube, sie hat was geklaut.«

Der Wachmann nickte. »Danke!«, brummte er und schlurfte los.

Als sie wieder am Bahnhof war, hatte sie bereits das erste Sandwich verschlungen. Es waren noch zehn Minuten bis zur Abfahrt, doch nun stellte sich das nächste Problem: die Ticketschranken. In der Bahnhofshalle sah sie Leute heraus- und hineinströmen, ihre Tickets einschieben oder ihre Handys vor den Scanner halten. Direkt daneben stand ein gelangweilter Wachmann.

Ich darf den Zug auf keinen Fall verpassen ...

Sie ging die Möglichkeiten durch. Über die Schranke springen und rennen? Keine Chance – man würde sie kriegen. Versuchen, sich hinter einer anderen Person durchzuschmuggeln? Das würde höchstwahrscheinlich auffallen. Betteln? Dann würde man ihr Fragen stellen. Nein, sie musste cleverer sein. Es musste einen Weg geben.

Aber erst mal ging sie auf die Bahnhofstoilette, verstaute ihre alten Sachen in der Tüte und zog die neuen an.

Dann betrachtete sie sich im Spiegel – ihre hohlen Augen, ihr blasses, verschrecktes Gesicht – und schüttelte den Kopf. »Was machst du da bloß?«, murmelte sie. Sie versuchte, wie Dad zu denken. *Ich bin unterwegs in ein herrliches Abenteuer …* Aber es half nichts. Erst der Diebstahl und jetzt das. Ihre Freunde würden sie nicht wiedererkennen. Sie erkannte sich selbst kaum wieder.

Zurück in der Bahnhofshalle sah sie den Zug einfahren. Die Türen öffneten sich, Fahrgäste stiegen aus. Julia spürte, dass ihr Atem flacher ging und ihre Handflächen feucht wurden. Sie bekam Panik. Wenn sie nicht in einer Minute in diesem Zug war, verpasste sie ihre Chance, Abena und Ehsan zu treffen.

Sie rannte auf die Schranken zu.

»Mum! Warte!«, rief sie, ruderte mit den Armen und fixierte einen Punkt auf dem Bahnsteig. Der Wachmann drehte sich alarmiert zu ihr um. »Ich war nur auf dem Klo«, erklärte sie ihm atemlos. »Meine Mum ist schon im Zug! Sie hat unsere Tickets!«

Ein Pfiff ertönte auf dem Bahnsteig. Der Wachmann nickte und öffnete schnell das Tor. »Dann beeil dich«, sagte er.

»Danke!«, rief Julia. Sie rannte hindurch und sprang in den Zug, gerade als sich die Türen schlossen. Die Gewissensbisse ignorierte sie.

Jetzt gab es kein Zurück mehr.

Während der Zug durch die Landschaft ratterte, behielt Julia die Türen an beiden Enden des Waggons im Auge und betete, dass kein Schaffner kam. Sie hatte sich eine schlechte Ausrede zurechtgelegt – dass sie ihren Rucksack, in dem die Fahrkarte war, im vorherigen Zug liegen gelassen hatte.

Sie saß auf einem freien Doppelsitz, hatte die Tragetüte mit den schmutzigen Sachen zwischen die Füße geklemmt und nahm ihr Handy aus der Tasche. Es war immer noch ausgeschaltet, und sie konnte sich vorstellen, wie besorgt ihre Mum war. Irgendwann konnte sie nicht anders und schaltete es ein. Der Akku war fast leer. Sie hatte 103 verpasste Anrufe von ihrer Mum, acht Nachrichten auf der Mailbox und 19 Textnachrichten.

Die letzte, die erst vor zwanzig Minuten gekommen war, war kurz. »Bitte, bitte, bitte ruf mich an. Kuss.«

Diese schlichte SMS traf Julia wie ein Stoß in den

Magen. Sie klang ganz anders als die Nachrichten, die ihre Mum normalerweise schrieb. Sie klang so verzweifelt. *Sie hat das alles nicht verdient.* Das Schlimmste war zu wissen, dass sie Mums Qualen mühelos ein Ende machen konnte. Sie müsste nur anrufen und sagen, dass sie nach Hause käme. Aber was dann? Konnte sie wirklich die Maske, mit allen damit verbundenen Gefahren, zu ihrer Mum bringen?

Sie widerstand der Versuchung, die anderen Nachrichten zu lesen oder die Mailbox abzuhören, weil sie wusste, dass ihre Entschlossenheit dann brechen würde. Deshalb schrieb sie nur eine Nachricht zurück: »Mum, es geht mir gut. Versprochen. Mach dir keine Sorgen, wir sehen uns bald. Hab dich lieb.«

Dadurch würde sich ihre Mum nicht viel besser fühlen, aber es war alles, was sie im Moment tun konnte.

Eine Träne lief ihr über die Wange, als sie auf Senden drückte, doch sie wischte sie schnell weg und schaltete das Handy wieder aus, bevor die Antwort kam. Wenigstens wusste sie eins – bisher war ihrer Mum nichts geschehen. Olwen und Varun hatten sie nicht gefunden.

Und was auch passierte, Julia würde dafür sorgen, dass das so blieb.

Das Umsteigen in Birmingham war unkompliziert, Julia musste nicht noch einmal durch eine Fahrkartenschranke, und auf dem Bahnsteig herrschte dichtes Gedränge. Niemand beachtete sie. Sie erreichte den Zug nach Edinburgh ohne Eile, und in ihrem Magen kribbelte es, als sie ganz hinten einstieg. Der schwierigste Teil war vorbei, und jetzt würde sie herausfinden, ob es das alles wert gewesen war – oder ein einziges Hirngespinst.

Langsam ging sie durch die Waggons und suchte die Sitzreihen ab. Dann entdeckte sie ihn plötzlich – den knallgrünen Rucksack auf einem freien Platz. Als das Mädchen, das danebensaß, ihren Blick auffing, machte es große Augen. »Julia?«, fragte sie unsicher.

Julia nickte mit rasendem Herzen.

Das Mädchen stand auf. Sie war groß und hatte dunkle Haut und geflochtene Haare, die ihr bis zur Mitte des Rückens reichten. Sie trug eine blassgrüne Armeejacke und eine dunkelblaue weite Hose mit schweren Stiefeln. In den geklauten Sachen aus dem Supermarkt, die ihr etwas zu groß waren und nicht zusammenpassten, kam Julia sich ziemlich uncool vor.

Sie wusste nicht, was sie tun sollte, doch am Ende umarmten sie sich unbeholfen. »Ich kann nicht glauben, dass es dich wirklich gibt«, flüsterte Julia.

»Setz dich«, sagte Abena. Sie warf einen nervösen Blick durch den Waggon, dann nahm sie ihren Rucksack vom Sitz. Sie bewegte ihn so vorsichtig, dass Julia ahnte, was darin war. Abena hatte einen etwas abseits gelegenen Platz gewählt, dennoch senkte Julia die Stimme, falls einer der anderen Fahrgäste zuhörte.

»Hast du sie dabei – deine Maske?«

Abena nickte. Sie schaute sich noch einmal wachsam um, dann öffnete sie den Rucksack und nahm die Maske heraus. Sie war eindeutig aus demselben Holz geschnitzt wie Julias, das Gesicht war breiter, die Ohren klein und spitz, die Augenhöhlen leicht schräg. Vorn waren Tasthaare eingeritzt und zwei gebleckte Reißzähne. »Sie ist … schön«, sagte Julia. Und obwohl das stimmte, war sie auch unheimlich.

»Los«, sagte Abena. »Zeig mal deine.«

Julia nahm sie aus der Einkaufstüte und reichte sie Abena. Ihre Fingernägel waren perfekt lackiert, bemerkte Julia, dunkelblau mit weißen Sternchen. Während Abena das Hasengesicht musterte, erzählte Julia noch einmal, wie sie darauf gestoßen war.

»Und wie ist sie unter den Baum gekommen?«, fragte Abena.

»Keine Ahnung«, erwiderte Julia. »Irgendjemand wollte wohl, dass sie versteckt bleibt.«

»Oder sie hat auf dich gewartet«, sagte Abena stirnrunzelnd.

»Wie meinst du das?«

»Findest du es nicht auch verrückt, dass wir alle diese Masken gefunden haben, und zwar so ziemlich am selben Tag?«, fragte Abena. »Ich war zufällig am Kanal, als du gerade zufällig in Wales warst. Und dieser Ehsan war rein zufällig auf dem Dachboden … das sind doch ziemlich komische Zufälle, oder? Ich wette, er ist auch 13, genau wie du und ich. Ich glaube, die Masken *wollten* gefunden werden. Ich glaube, sie haben uns auserwählt.«

So hatte Julia es noch nicht betrachtet. Sie schauderte. Was war an ihr so besonders? An ihnen dreien? Natürlich, Mums Arbeit war ein Anhaltspunkt. War das auch nur ein Zufall? Unwahrscheinlich.

»Vielleicht hast du recht«, sagte sie. Schnell berichtete sie von der Forschung ihrer Mutter und ihrer Vermutung, die Masken könnten etwas mit Druiden zu tun haben.

»Ach, deshalb hast du die Spiralen … wie noch mal genannt?«

»*Morgaets*«, antwortete Julia.

Als sie die Maske wieder verstaute, fiel ihr Blick auf das andere Sandwich, und sie holte es heraus und bot es Abena an.

»Vegan?«, fragte Abena.

Julia schaute nach und nickte.

»Danke, sieht lecker aus. Ich weiß genau, was du jetzt denkst – wo bitte gibt's vegane Wölfe. Stimmt's?« Sie grinste, und Julia grinste unwillkürlich zurück.

Während sie aßen, bestritt Abena den Großteil der Unterhaltung. Ihre Mum und ihr Dad waren afrokaribische Einwanderer in zweiter Generation. Ihre Mum hatte die Familie verlassen, als Abena acht war, woraufhin sie einige Jahre bei ihrer Großmutter in Birmingham gelebt hatte. Als die Großmutter starb, war sie zu ihrem Vater und dessen Freundin gezogen. Abena erzählte das alles im fröhlichen Plauderton, doch Julia merkte, dass sie ihr nicht oft in die Augen sah. Ihr kam der Gedanke, dass ihre neue Freundin vielleicht doch nicht so selbstsicher war, wie sie auf den ersten Blick angenommen hatte.

»Was ist mit deinem Dad – wird er nicht merken, dass du weg bist?«

»Der ist Pilot«, erwiderte Abena. »Meistens ist er eine Woche am Stück unterwegs. Und Kat, meine sogenannte *Stiefmutter*« – sie machte Gänsefüßchen mit den Fingern – »macht ihr eigenes Ding. Meistens hängt sie vor dem Fernseher rum.«

Wieder klang Abenas fröhlicher Ton etwas getrübt. Julia schloss daraus, dass sie und die Freundin ihres Vaters sich nicht besonders gut verstanden.

»Wie auch immer, wie sieht's bei dir und deinen Eltern aus?«

»Es gibt nur mich und meine Mum«, sagte Julia. »Mein Dad ... Also, der ist tot.«

»Oh, das tut mir leid«, sagte Abena und schluckte schwer. »Ist er erst vor Kurzem gestorben?«

Julia spürte, wie sich ihre Kehle zusammenzog, als die Erinnerungen sie übermannten. Es war 18 Monate her, dass sie bei Beth auf ihren Dad gewartet hatte. Dass die Minuten dahingetickt waren. Dann der Anruf bei Beths Mutter, ihre gesenkte Stimmte, ihr Gesicht, als sie sich zu Julia umdrehte und Julias Herz durch den Boden fiel. »Vor einer Ewigkeit«, log sie.

»Und deine Mum – weiß sie, was wir vorhaben?«

»Es ist kompliziert«, sagte Julia. »Lange Geschichte.«

Abena schien zu merken, dass sie nicht darüber reden wollte. Das Schweigen hielt nicht lange an, schon bald redete sie wieder über die Maske.

»Am Anfang war es total überwältigend, aber als ich mich daran gewöhnt hatte, war es toll! Beim ersten Mal in der Umkleide hab ich Panik gekriegt, aber nachdem wir uns im Wald getroffen hatten, konnte ich nicht mehr einschlafen. Ich hab sie wieder aufgesetzt, und … es war einfach Wahnsinn! Ich bin raus aus der Wohnung und in der Dunkelheit um den Block geschlichen. Es war so, als könnte mich niemand sehen oder hören, dafür waren alle meine Sinne extrem scharf. Total irreal.«

»Bei mir auch«, erwiderte Julia. »Ich werde kein Hase, aber ich kann mich wie einer bewegen. Superschnell. Als hätte ich Zauberkräfte. Wenn ich die nicht gehabt hätte, als diese Fremden aufgetaucht sind …« Sie verstummte.

»Was glaubst du, wer sie sind?«, fragte Abena leise.

»Olwen hat gesagt, sie wäre eine Dienerin«, erwiderte Julia.

»Und der Mann meinte, er hätte einen *Herrn*«, murmelte Abena.

Das heißt, dass etwas noch Schlimmeres dahintersteckt … Jemand, dem sie dienen.

»Die Fahrkarten, bitte.«

Julia zuckte zusammen und bemerkte erst jetzt den Schaffner, der neben ihr stand. Abena öffnete bereits ihr Portemonnaie. Julia durchsuchte demonstrativ ihre Hosentaschen und runzelte die Stirn. Der Schaffner kontrollierte Abenas Fahrkarte, dann sah er Julia erwartungsvoll an. »Und Sie, Miss?«

»Ich … Äh, es tut mir leid«, sagte sie. »Ich glaube, ich habe sie verloren.«

Der Schaffner starrte sie vernichtend an. »Ach ja?«

Julia nickte heftig. »Gerade eben war sie noch da. Wirklich.«

Der Schaffner verdrehte die Augen, doch Abenas Hand schob sich an Julia vorbei und schwenkte eine Kreditkarte. »Alles in Ordnung«, sagte sie. »Ich übernehme das.«

Der Schaffner nahm die Karte und begann den Zahlvorgang.

»Das geht doch nicht!«, protestierte Julia. »Das ist zu teuer!« Sie senkte die Stimme. »Ich kann es dir nicht zurückzahlen …«

Abena grinste. »Entspann dich«, sagte sie. »Das Sandwich war echt lecker!«

In den nächsten drei Stunden bis nach Edinburgh lernten sie sich besser kennen. Abena schaute auch oft aufs Handy und chattete mit ihren Freunden. Ihr musste auffallen, dass Julia das nicht tat, doch sie sagte nichts dazu. Trotzdem übernahm Abena weiter den Großteil der Unterhaltung, was Julia entgegenkam. Sie waren beide Einzelkinder, hatten den gleichen Musikgeschmack und fanden heraus, dass sie ein Jahr zuvor sogar auf demselben Konzert in London gewesen waren.

Abena wurde etwas offener, was die Freundin ihres

Dads anging – es klang so, als kämen die beiden *überhaupt nicht* miteinander klar. Auch ihre Grandma erwähnte sie öfter. Es hörte sich so an, als wäre sie wie eine Mutter für sie gewesen, nachdem ihre richtige Mutter die Familie verlassen hatte. Als Abena erzählte, wie sie immer gemeinsam karibisch gekocht hatten, gab es einen Moment, in dem Julia spürte, dass sie den Tränen nah war – sie beugte sich ein paar Sekunden vor, um sich den Schuh zu binden, doch sie kam lächelnd wieder hoch. *Wir haben beide einen geliebten Menschen verloren,* dachte Julia und kam schnell auf die miserablen Kochkünste ihrer Mum zu sprechen, um die Stimmung aufzulockern.

Der Zug fuhr pünktlich in Edinburgh ein, und sie stiegen auf den belebten Bahnsteig unter der gläsernen Bahnhofskuppel. Im Zug hatte Julia sich nach und nach entspannt, doch nun kam ihre Nervosität mit voller Wucht zurück. Sie wussten nicht mal, wie Ehsan aussah oder wo er auf sie wartete. Eigentlich wussten sie überhaupt nichts über ihn.

Sie verließen die Bahnhofshalle und steuerten auf den Ausgang zu.

»Hier sollten wir wohl besser warten«, sagte Abena. Sie nahm ihren grünen Rucksack vor die Brust, damit Ehsan ihn leichter sehen konnte.

Plötzlich blieb eine Frau in einem eleganten schwarzen Hosenanzug vor ihnen stehen. Sie war etwa Mitte vierzig, hatte ein kantiges Gesicht, kurze schwarze Haare und blaue Augen.

»Ihr müsst Julia und Abena sein«, sagte sie.

»Ähm ... Und wer bitte sind Sie?«, fragte Abena misstrauisch.

»Bitte kommt mit mir«, entgegnete die Frau nur.

Sie drehte sich um und erwartete offensichtlich, dass sie ihr folgten, doch Julia konnte nur Abena anstarren. Die Frau blieb stehen. »Ehsan hat mich geschickt, um euch abzuholen«, sagte sie.

Julia trat unbehaglich von einem Bein aufs andere. *Was für ein Junge »schickt« jemanden, um ein paar Freunde abzuholen?*

»Sind Sie seine Mum?«, fragte sie.

Die Frau runzelte die Stirn. »Nein. Ich arbeite für die Familie. Stimmt etwas nicht?«

Julia war nicht ganz sicher. Die Frau *sah* ziemlich normal aus – jedenfalls hatte sie keine Spiralen-Tattoos –, aber das hieß nicht, dass sich das nicht plötzlich ändern konnte.

Abena bewegte sich nicht von der Stelle und nickte der Frau zu. »Haben Sie vielleicht einen Ausweis?«

Die Frau seufzte. »Ich habe ein Auto und genaue Anweisungen«, erwiderte sie lächelnd. »Mein Name ist Breida. Ich bin kein Monster.«

Gut zu wissen, dachte Julia. *Allerdings würde ein Monster* genau *das behaupten …*

Abena zuckte mit den Schultern und murmelte: »Bleibt uns wohl nichts anderes übrig.«

»Also gut«, sagte Julia. Sie hielt ihre Maske ganz fest, als sie der Frau namens Breida zum Ende der Taxireihe folgten, wo ein schwarzer, hochglanzpolierter Mercedes parkte. Ein Mann, ebenfalls in einem schwarzen Anzug, saß am Steuer und hatte die Fenster heruntergelassen. Breida öffnete die hintere Tür. »Bitte«, sagte sie. »Er erwartet uns.«

Abena grinste Julia mit hochgezogenen Augenbrauen an. Sie sah nicht weiter besorgt aus, aber es war offensichtlich, dass sie beide das Gleiche dachten.

Wer ist der Junge hinter der Hirschmaske?

8

Julia versuchte, sich zu entspannen, während sie durch die Stadt fuhren, durch Vororte und dann auf eine Schnellstraße. Die Fenster hatten getönte Scheiben, aber den Regen konnte sie trotzdem sehen, und sie hörte, wie er immer stärker aufs Dach prasselte.

»Wie lange fahren wir?«, fragte sie nervös.

»Ungefähr eine Stunde«, erwiderte die Frau auf dem Beifahrersitz. »In der Mittelkonsole sind Snacks und ein kleiner Kühlschrank, falls Ihr etwas braucht.«

Unter anderen Umständen hätte Julia das ziemlich cool gefunden, doch sie hatte keinen Hunger. Abena streckte den Arm aus und drückte ihre Hand. »Es ist alles in Ordnung«, raunte sie ihr zu. »Wenn das hier schiefgeht, haben wir immer noch uns. Ich werde dich als Ablenkung benutzen, damit ich fliehen kann.« Sie grinste, und Julia grinste unwillkürlich zurück.

Schweigend fuhren sie durch den Regen. »Wurde auch mal Zeit, dass der Junge ein paar Freunde findet«, brach der Fahrer irgendwann schroff die Stille. Die Frau warf ihm einen missbilligenden Blick zu, aber er gluckste nur. »Na, ist doch wahr!«, fügte er hinzu. »Den ganzen Tag allein rumhocken, das ist doch nichts in seinem Alter.«

Julia war noch nie in Schottland gewesen, und es gelang ihr, ihre Sorgen eine Weile zu verdrängen und die Landschaft zu betrachten. Nachdem sie die Schnellstraße hinter sich gelassen hatten, schlängelte sich der Mercedes über immer schmalere Landstraßen auf die Berge in der Ferne zu. Durch den dünnen Nebel sahen sie wie grüne und braune Streifen auf einer grauen Leinwand aus. Ihrem Dad hätte es gefallen – wäre er da gewesen, hätte er darauf bestanden, dass sie anhielten, damit er mit seiner Kamera aussteigen konnte. Sie stellte sich vor, wie er tief eingeatmet und die Lunge mit der frischen Luft vollgepumpt hätte, um dann die Arme auszubreiten, als wolle er den Ausblick umarmen. *Sieh dir* das *an, Julia! Einfach* fabelhaft*!*

Schon bald hatten sie jedes Anzeichen der Zivilisation hinter sich gelassen, abgesehen von der dunklen Asphaltstraße, über die sie fuhren. Es gab keine Mauern oder Hecken, keine Straßenschilder oder Gebäude, nicht mal besonders viele Bäume – nur Heideland mit lila Stechginster und steile Hänge mit Geröll und Gestrüpp. Ihr Fahrzeug war das einzige weit und breit. Julia wurde endlich etwas ruhiger und öffnete eine Tüte Chips aus der Konsole. Was auch immer ihr bevorstand, mit einem vollen Magen würde sie es besser durchstehen.

Es war kurz vor drei, als das Auto in ein Wäldchen bog und anschließend in ein Tal rollte, wo die Wildnis gezähmt worden war. Weitläufige Rasenflächen wurden von gepflegten Hecken gesäumt, doch Julias Augen wurden von dem herrschaftlichen Haus angezogen, das vor ihnen lag. Mit seinen drei Stockwerken und den dunklen Steinmauern sah es aus wie ein kleines Schloss. Der Fahrer hielt vor dem Haus neben einem Brunnen in Form eines Fischs, aus dessen Maul Wasser sprudelte und auf Meerjungfrauen hinabplätscherte, die in offenen Muscheln saßen.

»Willkommen auf Stag Grange«, sagte die Frau und stieg aus. Nachdem auch der Fahrer ausgestiegen war, wandte Abena sich mit tellergroßen Augen an Julia.

»Wow«, sagte sie. »Ehsan ist ja *stinkreich.*«

Der Fahrer und die Frau öffneten ihre Türen. Als Julias Füße in den Kies der Einfahrt sanken, öffnete sich die Flügeltür über der Eingangstreppe. Ein Junge in ihrem Alter kam zum Vorschein, die Hände in den Taschen. Er hatte breite Schultern und wirkte muskulös, seine Haut war hellbraun, und er trug eine dunkle Hose und ein weißes Hemd unter einem Wollpullover mit V-Ausschnitt. Sein schwarzes Haar war lockig und fiel ihm lässig ins Gesicht. Seine glänzend polierten Schuhe waren rotbraun. Alles an ihm sah nach Geld aus, und zwar haufenweise.

»Ihre Besucher, Mr. Ahmad«, sagte der Fahrer.

Ehsan hob grüßend die Hand. »Hallo! Bitte kommt rein.« Seine großen braunen Augen hatten etwas Sanftes, beinahe Verletzliches, fand Julia, das nicht so recht zu seiner wohlhabenden Erscheinung passte.

Julia und Abena stiegen die Treppe hoch und folgten ihm in eine große Eingangshalle mit einer weiteren Treppe, die ins Obergeschoss führte. Der Boden war mit versetzten Terrakottakacheln gefliest und mit dicken Teppichen ausgelegt, und im Licht eines gewaltigen Kronleuchters warfen zahlreiche ausgestopfte Tiere Schatten. Wohin Julia auch sah, überall blickten ihr tote Augen entgegen. Die Spanne reichte von Vögeln – Fasane und Moorhühner und ein Adler mit ausgebreiteten Flügeln – über Füchse, Otter und

Kaninchen. Zu beiden Seiten der Treppe hing ein Hirschkopf, und an den Wänden waren große Ölgemälde – weite Landschaften unter bewegtem Himmel, Männer und Frauen in altmodischen Kleidern und mit düsteren Gesichtern, die vermutlich selbst irgendwann mal in Stag Grange residiert hatten.

Stag Grange, dachte sie, das *Hirsch-Anwesen,* und Ehsans Gestalt im Traumwald fiel ihr wieder ein. *Natürlich.*

»Willkommen in meinem bescheidenen Heim«, sagte Ehsan verlegen.

Er war auf der untersten Stufe stehen geblieben und lehnte sich mit einem schüchternen Grinsen ans Geländer. Julia dachte an die Bemerkung des Fahrers, dass Ehsan nicht viele Freunde hatte. Kein Wunder, wenn man zwanzig Meilen vom nächsten Haus entfernt wohnte.

»Ähm … wo sind denn deine Eltern?«, fragte Abena.

Ehsan zuckte mit den Schultern. »Bei der Arbeit. Dad ist gerade in Shanghai, glaube ich. Und Mum … heute ist Montag, oder? Dann vermutlich in Stockholm.«

»Und du bist hier ganz allein?«, fragte Abena.

Das Lächeln des Jungen verblasste. »Schön wär's! Nein, Doug und Breida sind bei mir – die habt ihr ja schon kennengelernt. Sie kümmern sich um das Haus. Und mein Lehrer und der Koch. Mittwochs und samstags kommt mein Taekwondo-Trainer und heute der Reitlehrer, in etwa zwanzig Minuten.«

»Wow!«, sagte Abena. »Dir geht's ja ganz schön gut, was?«

Ehsan nickte. »Meiner Familie zumindest«, erwiderte er leise.

Was auch immer das bedeutet, dachte Julia. Sie blickte sich in der prunkvollen Halle um. Es sah aus wie im Film, und wenn man ein Wochenende mit Freunden hier verbringen könnte, wäre das bestimmt ziemlich cool. Aber für ein Einzelkind, das nur Personal um sich hatte, musste es ganz schön einsam sein. Ehsans Blick wurde ihr langsam verständlicher – es schien so, als wären seine Eltern nicht viel da. Julias Mum, wenn sie auch ständig in ihren Büchern steckte, war wenigstens meistens zu Hause. Julia tastete nach ihrem Handy und unterdrückte den Drang, es einzuschalten. Wie viele Anrufe sie wohl verpasst hatte, wenn sie das nächste Mal nachsah?

»Kommt!«, sagte Ehsan lebhaft. »Ich möchte euch etwas zeigen.«

Er führte sie von der Treppe durch eine bogenförmige Tür in einen anderen Raum. Beim Gehen ließ

Julia die Finger kurz über eine eingravierte Diestel im Treppengeländer gleiten. Sie folgte Ehsan ins nächste Zimmer, in dem sich ein großer Marmorkamin mit einem Feuerrost befand. Auch hier hingen Gemälde an den Wänden, und eine Menge unbequem aussehender Möbel standen auf einem alten Teppich. Das ganze Haus wirkte irgendwie verlassen und vernachlässigt – eher wie ein Museum als ein Ort, an dem eine Familie lebte. Das Einzige, das aus neuerer Zeit zu stammen schien, waren ein paar gerahmte Familienfotos auf einer Kommode. Eines zeigte einen etwas jüngeren Ehsan auf einer Skipiste, die Skibrille hochgeschoben. Zwei Erwachsene – wohl seine Eltern – standen hinter ihm. Auch ein Mädchen war auf dem Bild – etwa im gleichen Alter wie Ehsan. *Seine Schwester? Vielleicht ist sie im Internat oder so.* Ehsan bemerkte ihren Blick und sagte schnell: »Los, kommt.«

Er führte sie durch eine weitere Flügeltür mit Buntglasfenstern.

»Das war früher mal der Speisesaal«, sagte er mit der Hand auf dem Türknauf, »aber Mum und Dad haben mir erlaubt, einen Freizeitraum draus zu machen.«

Er drückte die Tür auf. Dahinter lag ein großer Saal, der ganz anders war als das, was sie bisher von dem altmodischen Haus gesehen hatten. In der Mitte stand ein Boxring in Originalgröße mit Boxsäcken und Hanteln. Außerdem gab es ein Sofa, Spielkonsolen und den größten Fernseher, den Julia je gesehen hatte.

Ehsan zog die Tür hinter ihnen zu und drehte den Schlüssel im Schloss. »Hier kommt nur rein, wen ich reinlasse«, erklärte er. Er ging durch den Raum zu einer Truhe neben dem Boxring.

Abena stupste Julia an. »Nur ein Controller«, murmelte sie und deutete mit dem Kinn auf die nächste Spielkonsole. »Der Typ kann echt ein paar Freunde gebrauchen.« Sie zog die Augenbrauen hoch. »Oder eine *Freundin.*«

Julia verkniff sich ein Grinsen und hoffte, dass sie nicht rot wurde.

Ehsan öffnete den Deckel der Truhe. Er nahm ein paar Boxhandschuhe und Polster heraus und warf sie beiseite. Dann holte er die Maske hervor. Sie hatte eine vorstehende Schnauze und spitze Ohren unter dem geschwungenen Geweih, dessen Hörner etwa dreißig Zentimeter lang waren.

»Ich habe einen Vogel auf dem Dachboden gehört«, sagte er, »und bin hochgegangen, um ihn rauszulassen. Da habe ich sie zwischen den Dachbalken gefunden. Habt ihr eure dabei?«

Julia und Abena holten ihre Masken heraus und verglichen sie. Sie waren eindeutig aus demselben dunklen Holz geschnitzt, vielleicht sogar von derselben Hand, wenn man die Machart genau betrachtete.

»Julia meint, die stammen noch aus grauer Vorzeit«, sagte Abena.

»Könnte sein«, erwiderte Ehsan.

Richtig überzeugt klang er allerdings nicht, und Julia verspürte den Drang, sich zu rechtfertigen. »Meine Mum ist Wissenschaftlerin«, erklärte sie. »Ihr Spezialgebiet ist Druidische Geschichte. Sie ist eine der führenden Wissenschaftlerinnen der Welt …« Sie merkte, dass Ehsans Augen glasig wurden. »Na, jedenfalls, Druiden haben die Geister von Tieren angebetet, deshalb dachte ich …« Sie verstummte.

»Ich bin zehnmal stärker als sonst, wenn ich sie trage«, bemerkte Ehsan, ohne auf Julias Worte einzugehen. Er zeigte auf einen der Boxsäcke, der aufgeplatzt war und aus dem Sand auf den Boden rieselte. »Seht ihr?«

»Wir haben auch besondere Kräfte«, erwiderte Abena. »Es ist … als ob wir den Geist des Tiers annehmen oder so.«

»Und was kann ein Hase?«, fragte Ehsan und musterte die Maske in Julias Händen mit einem spöttischen Grinsen.

»Wahnsinnig schnell rennen«, gab Julia zurück. »Springen. Sich verstecken.«

»Cool«, sagte er, doch er klang nicht sehr unbeeindruckt. »Wollt ihr mal sehen?«, fragte er dann und hob die Maske ans Gesicht.

»Nein!«, rief Julia und griff nach seinem Arm.

»He! Was soll das?«

Julia warf Abena einen Blick zu, dann legte sie ihm ihre Theorie dar: »Wir vermuten, dass sie uns aufspüren können, wenn wir sie tragen – die Diener.«

»*Wer*?«, fragte Ehsan. »Ihr meint diese komischen Typen, von denen ihr erzählt habt?« Er schüttelte den Kopf. »Ihr seid doch paranoid. Ich hab sie schon oft getragen.«

»Glaub mir«, sagte Abena. »Wenn sie kommen, wirst du dir wünschen, du hättest Turnschuhe an.«

Ehsans Grinsen wurde einen Hauch kleiner. »Wir sind meilenweit weg von allem«, sagte er. »Und Doug lässt sowieso niemanden rein.«

Ich glaube kaum, dass diese Leute auf eine Einladung warten, dachte Julia. Sie hatte das Gefühl, dass sie sich vielleicht in Ehsan getäuscht hatte. Schon möglich, dass er einsam und sensibel und nicht daran gewöhnt war, mit anderen zusammen zu sein. Trotzdem hatte er eine verdammt arrogante Art.

Allerdings war es wirklich schwer vorstellbar,

dass irgendjemand sie hier fand. Ehsan hatte schon recht – sie waren mitten im Nirgendwo.

»Lass es einfach, okay?«, sagte Abena.

»Spaßbremse«, knurrte Ehsan, doch zu Julias Erleichterung ließ er die Maske wieder sinken. Dabei bemerkte sie, dass auch sie dieses komische Muster an der Unterseite hatte – dünne, einander kreuzende Linien. »He, Abena, dreh deine mal um«, sagte sie. Abena tat es. »Wieder dieses Muster.«

»Das ist doch kein Muster«, sagte Ehsan. »Nur ein Haufen Linien.«

»Und sie sind auch nicht ganz gleich«, stellte Abena fest. Sie strich mit der Fingerspitze über ihre Maske. »Jede ist ein bisschen anders.«

Julia sah, dass sie recht hatte. Doch vermutlich hatte es nichts zu bedeuten.

»Und was machen wir jetzt?«, fragte Ehsan. Er sah auf die Uhr. »Ich hab gleich Reitunterricht. Ihr könnt gerne einen Film gucken oder so. Oder wollt ihr mit zum Stall?«

»Zum Stall?«, fragte Abena. »Hast du ein Pferd?«

»Sechs, um genau zu sein«, erwiderte Ehsan und grinste.

Weder Julia noch Abena konnten reiten, also sahen sie Ehsan eine Stunde lang dabei zu, wie er auf einem wunderschönen kastanienbraunen Hengst galoppierte und über Hindernisse sprang, während sein Lehrer ihm Anweisungen zubellte.

»Was für ein Leben«, bemerkte Abena, die Ellbogen auf den Zaun gestützt.

»Hm«, erwiderte Julia. Sie konnte nicht sagen, ob Abena neidisch war oder, wie sie, dachte, wie einsam Ehsan sein musste.

Abena hob die Hände und formte aus Daumen und Zeigefingern einen Rahmen um Ehsan. »Ein richtiger Märchenprinz, was?«

Julia schnaubte. »Ich kenne keinen Märchenprinzen, der Xbox spielt.«

Sie beobachtete, wie Ehsan auf seinem Hengst über eine Hürde sprang, wobei sein schwarzes Haar im Wind flatterte.

Nach der Reitstunde gab Ehsan ihnen eine Führung durchs Haus und über das Gelände, zeigte ihnen einen schilfbewachsenen See, an dessen Steg ein verwittertes altes Ruderboot vertäut war, dann den Tennisplatz, das überdachte Schwimmbad und den Obstgarten. Im Haus selbst schienen die meisten Zimmer verschlossen und ungenutzt zu sein, doch Ehsan öffnete ein paar Türen und zeigte ihnen die weitläufigen Räume mit den verschlossenen Fensterläden und den abgedeckten Möbeln. In der Bibliothek voller Regale mit ledergebundenen Büchern roch es leicht nach Schimmel.

An einem langen, von Kerzenständern erleuchteten Mahagonitisch im Speisesaal aßen sie Michelin-Stern-verdächtige Käsemakkaroni, mit veganem Käse für Abena. Das Besteck war so schwer, dass Julia überlegte, ob es aus massivem Silber bestand. Die Masken erwähnten sie kaum. Da die Bediensteten die meiste Zeit in der Nähe waren, hatten sie kaum Momente, in denen sie unter sich waren.

Ehsan erzählte von seinen Eltern – sein Vater war Iraner und arbeitete im Finanzwesen, seine Mum war die Erbin von Stag Grange. Das Haus war schon seit dreihundert Jahren im Besitz der Familie. Ehsan hatte keine Ahnung, wie die Maske auf den Dachboden gekommen war – sie konnte schon seit Jahrzehnten oder gar Jahrhunderten dort gewesen sein.

Mehrmals versuchte Abena, das Gespräch wieder auf die seltsamen Personen zu lenken, die sie verfolgt hatten, doch Ehsan fand immer einen Weg, das Thema zu wechseln, von dem Quad zu erzählen, mit dem er über das Gelände fuhr, oder von irgendeinem fantastischen Ort, wo er im Urlaub gewesen war. Da fiel Julia etwas ein.

»Hast du eine Schwester?«, fragte sie. Ehsan hörte auf zu kauen und richtete seine tiefbraunen Augen auf sie. Julia hörte das Ticken der alten Standuhr aus der Ecke des Raums. Sie merkte, dass ihre Wangen heiß wurden. »Irgendwo war ein Foto von euch beim Skifahren.«

Ehsan lächelte angespannt. »Ich *hatte* eine Schwester«, sagte er. »Meine Zwillingsschwester.« Er schaute auf seinen Teller.

»Das tut mir leid«, sagte Julia. »Ich wollte nicht …«

»Nein, alles in Ordnung«, erwiderte er. »Sie ist schon lange tot.«

Julia bezweifelte das. Das Foto hatte ziemlich aktuell ausgesehen. Aber sie erkannte die Gefühle hinter Ehsans Körpersprache. Sie hatte sie selbst so oft gespürt.

Abena bat Ehsan, ihr die Pfeffermühle zu reichen, und dann redeten sie über das weniger verfängliche Thema, wie es war, zu Hause unterrichtet zu werden.

Irgendwann holte Julia der vergangene Tag ein, und sie konnte das Gähnen nicht länger unterdrücken.

»Lasst uns morgen weiterreden«, sagte Ehsan. »Wir können bestimmt im Netz recherchieren und rauskriegen, was los ist.« Er läutete eine Glocke, die vor ihm auf dem Tisch stand, und Doug und Breida erschienen durch eine Seitentür. »Würdet ihr meinen Gästen ihre Zimmer zeigen?«, bat er.

Auf müden Beinen folgte Julia Breida nach oben.

Auf dem Treppenabsatz im ersten Stock wirkte das Haus sogar noch mehr wie ein Museum, mit der Galerie voll alter Vitrinen und Kommoden, staubigen, schlecht ausgeleuchteten Bildern und den vielen verschlossenen Türen. Weitere tote Tiere blickten vorwurfsvoll von ihren Ständern herab.

In dem Zimmer, das Julia zugewiesen wurde, stand ein großes Himmelbett mit einer Steppdecke und einigen dicken Federbetten. Das Fenster ging nach vorne raus. In dem angrenzenden Badezimmer gab es eine frei stehende Badewanne, keine Dusche. Julia wusste, dass sie einschlafen würde, sobald ihr Kopf das Kissen berührte, doch der Wunsch, die letzte Nacht abzuwaschen, die sie in dem kleinen Spielhaus verbracht hatte, war stärker als ihre Müdigkeit. Als sie den Hahn aufdrehte, um die Wanne zu füllen, war das Wasser zunächst braun. Sie wartete, bis es klar wurde, bevor sie den Stöpsel einsteckte.

Nach dem Bad schlüpfte sie in den Schlafanzug, der ordentlich gefaltet am Fußende des Betts lag, und kroch unter die Decken. Die Laken fühlten sich etwas klamm an, die Decken waren schwer, und sie hatte Mühe, es sich bequem zu machen.

Irgendwann musste sie dennoch eingeschlafen sein, denn als sie wieder aufwachte, war es stockdunkel vor dem Fenster. Sie hatte vergessen, die Vorhänge zuzuziehen. Dann hörte sie das Geräusch, das sie geweckt hatte – nicht laut, aber anhaltend. Ein Motor, der durch die Nacht brauste.

Sie schob die schweren Decken weg und sprang aus dem Bett. Kälte hatte sich im Raum ausgebreitet, und sie nahm eine Decke und legte sie sich um die Schultern. Wie spät mochte es sein?

Sie trat ans Fenster und blickte in die sternklare Nacht. Alles war in graues Licht getaucht, vom Brunnen, der unter ihr plätscherte, bis zu den hoch aufragenden Umrissen der Berge in der Ferne. Der Wald lag wie eine schwarze Decke über der Landschaft.

Das Motorengeräusch wurde stärker, und ein schwacher Lichtstrahl bewegte sich durch die Bäume und kam schließlich durch die Einfahrt. Zwei Scheinwerfer näherten sich zügig dem Haus. Ein dunkler Kleinbus. Er fuhr schnell – zu schnell –, und Julias Herz schlug ebenfalls schneller. Irgendetwas stimmte da nicht.

Der Wagen fuhr über den Kies, kam knirschend zum Stehen, und die Hintertüren öffneten sich. Gestalten in langen schwarzen Gewändern stiegen aus – erst dachte Julia, sie trügen Sturmhauben, bis ihr klar wurde, dass ihre Gesichter mit dunkler Farbe bemalt waren. Doch nicht deshalb schnappte sie nach Luft –

sondern wegen der glänzenden Waffen in ihren Händen. Geschwungene Sicheln und Sensen an langen Stielen.

Der letzte Insasse, der aus dem Fahrzeug sprang, war so groß, dass der Kleinbus nach seinem Sprung zurückfederte. Er trug keine Farbe im Gesicht, und der Mond glitzerte auf seinem kahlen Schädel. Seine Schultern waren gewaltig, und seine Muskeln zeichneten sich unter seiner Kleidung ab.

Der Mann, der Abena verfolgt hat, dachte Julia. *Das muss er sein.*

Ihr Magen zog sich zusammen.

Der Riese machte eine Art Stechbewegung mit seinem dicken Zeigefinger und schickte die maskierten Gestalten zum Haus. Dann legte er seinen quaderartigen Kopf zurück und blickte genau zu dem Fenster empor, hinter dem Julia stand.

Im Mondschein glänzten seine Augen pechschwarz.

9

Julia wich schwankend vom Fenster zurück und ließ die Decke fallen.

»Abena!«, schrie sie. »Ehsan! Wacht auf!«

Sie lief zum Bett, griff mit zitternden Fingern nach ihrem Handy und versuchte, es einzuschalten. Sie musste die Polizei rufen, obwohl sie genau wusste, dass sie lange brauchen würde, um herzukommen. Zu lange. »Na los, na los …«, murmelte sie vor sich hin.

Ein aufblitzendes Stecker-Icon sagte ihr, dass der Akku endgültig leer war.

»Wacht auf!«, schrie sie wieder, so laut sie konnte. Sie *mussten* sie hören.

Sie warf das Handy weg und fuhr in ihre Sachen. Auf einem Bein hüpfte sie zum Fenster, während sie sich die Jeans hochzog. Der Riese starrte nicht mehr nach oben, sondern hatte beide Hände vors Gesicht gelegt. Er schien tief ein- und auszuatmen. Schwarzer Rauch stieg aus seinen Händen und teilte sich in mehrere Schwaden, die auf das Erdgeschoss zukrochen. Julia sah wie gebannt zu. Hätte sie es nicht selbst gesehen, sie hätte es für unmöglich gehalten. Dann ging auch der Mann zum Haus und verschwand aus ihrem Blickfeld. Julia hatte gerade das andere Bein in die Jeans bekommen und den Reißverschluss hochgezogen, als Abena ins Zimmer stolperte. »Was ist los?«, fragte sie und rieb sich die Augen.

»Sie sind da!«, keuchte Julia.

»Wer?«

»Die Diener.«

Irgendwo unter ihnen zersplitterte eine Fensterscheibe. Abenas Augen weiteten sich, und Julia drehte sich vor Angst der Magen um. *Sie sind im Haus.*

»Wir müssen zu Ehsan«, sagte sie. »Hol deine Maske!«

Sie eilten auf den Gang. Abena schoss in ihr Zimmer und kam Sekunden später mit ihrer Maske zurück. »Wo ist sein Zimmer?«, fragte sie.

»Keine Ahnung!«, erwiderte Julia.

Sie liefen zur großen Treppe, wo Julia wie angewurzelt stehen blieb. Ein Licht huschte über die Wände, und als sie über die Balustrade blickte, sah sie Doug im Schlafanzug auf halber Strecke auf den Stufen. Das Licht kam von der Taschenlampe in seiner Hand, doch er zappelte und kämpfte gegen etwas, das sie nicht sehen konnte, drehte sich panisch im Kreis und ruderte mit den Armen.

Dann erkannte sie, was los war. Ein Band des schwarzen Rauchs, den sie aus der Hand des Mannes hatte aufsteigen sehen, schlang sich um Dougs Taille, um seinen Oberkörper und seinen Hals. Langsam schien ihm die Kraft auszugehen, und seine Bewegungen wurden langsamer. Gleichzeitig stolperte er, schrie auf und verlor das Gleichgewicht.

Julias Herz schlug ihr bis zum Hals. Sie erwartete, dass er jeden Moment die Treppe hinunterstürzte, doch stattdessen geschah etwas Sonderbares. Er schwebte halb in der Luft, sein Körper in einem unmöglichen, der Schwerkraft trotzenden Winkel, einen Fuß auf dem abgewetzten Treppenläufer, den anderen in der Luft. Die Taschenlampe blieb in seiner Hand und erhellte sein Gesicht, das zu einer Grimasse des Entsetzens gefroren war. Er war erstarrt, still wie eine Statue.

»Das ist unmöglich«, flüsterte Abena.

Julia sah, dass der Rauch weiter die Treppe hoch-

und auf sie zukroch. Sie hatte keine Zeit zu verarbeiten, was sie da sah, abgesehen von der Erkenntnis, dass es Magie sein musste. *Echte* Magie. »Komm«, sagte sie und zog Abena den Weg zurück, den sie gekommen waren. Sie rannten an ihren Zimmern vorbei zum anderen Ende des Gangs, wo eine kleinere Treppe hinter einer Tür lag. Ehsan hatte sie ihnen am Nachmittag gezeigt und gesagt, dass es die alte Dienstbotentreppe war. Sie war nicht beleuchtet, und Julia musste sich an der Wand entlangtasten, als sie nach unten eilten.

Wie haben sie uns gefunden?

Die Treppe endete auf einem schmalen Gang – die eine Richtung führte zur Küche, die andere direkt in den alten Speisesaal, wo Ehsan seinen Fitnessraum hatte. Sie öffneten die Tür und sahen ihn auf der Einfassung seines Boxrings sitzen, Kopfhörer auf den Ohren, eine Wasserflasche an den Lippen. Er trug ein ärmelloses Trainingsshirt, und seine schlanken, muskulösen Arme glänzten vor Schweiß. Als er sie bemerkte, nahm er die Kopfhörer ab und grinste. »Na, ihr?«

Er hat keinen Schimmer …

Julia sah die Maske neben einem Paar Boxhandschuhen auf dem Boden und verstand sofort. Die Worte waren draußen, ehe sie sich zurückhalten konnte.

»Du hast sie wieder getragen, stimmt's?«

Ehsans betretenes Gesicht reichte als Antwort.

»Du Idiot!«, schrie Abena. »Was haben wir dir gesagt?«

»Was ist schon dabei?«, fragte Ehsan und sprang auf den Boden. »Nur für eine Stunde. Ich hatte Lust auf ein anständiges Training.« Das Krachen zersplitternder Möbel hallte durchs Haus, und seine Augen weiteten sich. »Was … was war das?«

»Die Leute, die uns angegriffen haben, sind jetzt hier!«, fauchte Julia. »Du hast die Maske getragen, und sie haben es gespürt.«

»Das kann nicht sein«, entgegnete Ehsan. Aber man konnte ihm die Angst ansehen, auch wenn er versuchte, sie zu verstecken. Hastig zog er einen Kapuzenpulli über. »Ich habe sie nur für ein paar Runden getragen.«

Sie hatten keine Zeit für Diskussionen. »Wir müssen hier raus«, sagte Julia.

»Ich sage Doug, dass er den Wagen vorfahren soll«, sagte Ehsan. »Aber wir sollten die Polizei …«

»Nein!«, fiel Abena ihm ins Wort. »Doug kann uns nicht helfen. Er … er ist …«

»Er ist *was*?«, fragte Ehsan. Gedämpfte Stimmen drangen aus der Tiefe des Hauses zu ihnen. Julia dachte daran, wie die vermummten Gestalten aus dem Wagen ausgeschwärmt waren. Durch die Schatten gekrochen. Es würde nicht lange dauern, bis sie sie gefunden hatten. Trotz ihrer Angst versuchte sie, klar zu denken.

»Hört zu, sie wissen nur von *einem* Maskenträger hier«, sagte sie. »Die anderen beiden können also verschwinden.«

Ehsan sah sie verstört an. »Du willst, dass ich sie ablenke?«

»Nein«, sagte Julia. »*Ich* werde sie ablenken. Mit meiner Maske bin ich wahnsinnig schnell, schon vergessen? Ich führe sie hier weg. Dann stoße ich zu euch, sobald ihr hier raus seid.«

»Das können wir nicht zulassen!«

Sie alle zuckten zusammen, als etwas gegen die Tür des Fitnessraums krachte. Etwas polterte dagegen und wollte herein. »Jetzt macht schon!«, drängte Julia. »Gleich ist es zu spät.«

»Ich bleibe hier«, sagte Abena. Wieder wackelte die Tür.

»Ich kann vor ihnen wegrennen«, sagte Julia. »Es ist mir schon mal gelungen. Bitte. Wenn wir uns aufteilen, sind wir sicherer.«

Ehsan griff mit der einen Hand nach der Maske, mit der anderen nach Abenas Arm. »Sie hat recht.« Er sah Julia an, und etwas wie Dankbarkeit blitzte in seinem Blick auf. »Im Wald gibt es ein altes Jagdschloss. Du läufst zum See, über die Brücke und folgst dem Pfad. Du kannst sie nicht verfehlen. Dort treffen wir uns.«

»Alles klar«, sagte Julia. Abena sträubte sich immer noch, als Ehsan versuchte, sie hinter sich herzuziehen.

»Los!«, sagte Julia. »Mir passiert nichts. Versprochen.«

Endlich setzte Abena sich in Bewegung, und Julia sah ihnen nach, als die Tür erneut wackelte. Sie warf sich hinter einen Boxsack, der die Form und Größe eines männlichen Oberkörpers hatte. Alles war still, und sie hielt den Atem an. Vielleicht hatten sie aufgegeben …

KRACH!

Die Tür flog auf, und dahinter stand der Riese. Seine schwarzen Augen waren klein und eng zusammenstehend und verliehen ihm ein schweineartiges Aussehen. Langsam überblickte er den Raum. Dann ließ er die Knöchel knacken. Zwei der Gestalten mit den bemalten Gesichtern warteten neben ihm, ihre blitzenden Waffen fest umklammert.

Julia hob die Maske ans Gesicht, und die Welt wurde grau.

Auch der Mann änderte seine Erscheinung, und

beim Anblick seiner wahren Gestalt bekam Julia weiche Knie. Er war kein Mann mehr, sondern eine Art buckliger, unterernährter Oger. Die Haut hing ihm in faltigen Lappen von seinem verkrüppelten Körper, und er hatte einen übergroßen, felsartigen Kopf und fußballgroße Fäuste am Ende seiner knochigen Arme. Anstelle einer Nase hatte er zwei schmale, flache Löcher im Gesicht, und sein Unterkiefer stand vor und entblößte eine Reihe scharfer Reißzähne. Auf seiner Stirn prangte die krumme schwarze Spirale des *Morgaet*, und seine schwarzen Augen lagen in unförmigen Höhlen.

Ruckartig drehte sich sein Kopf in Julias Richtung, als könnte er sie spüren.

»Ich rieche was«, knurrte er und stapfte in den Raum. Hinter ihm zogen die schwarz gewandeten Gestalten die Klingen ihrer Sensen mit einem schabenden Geräusch über den Boden. Julia blieb stocksteif stehen und wagte es nicht, sich zu rühren. Sie wartete, bis sie an ihr vorbei waren, dann schob sie sich in Richtung der zertrümmerten Tür. Sie war zuversichtlich, dass sie sie im offenen Gelände abschütteln könnte, wenn es ihr gelang, an ihnen vorbeizukommen und sie nach draußen zu locken.

Die monströsen Nasenlöcher des Ogers weiteten sich, und sein Kopf schoss in ihre Richtung.

»Da!«, schrie er.

Eine der menschlichen Gestalten sprang vor und schwang ihre Sense. Julia duckte sich, als der Kopf des Boxsacks abgemäht wurde. Dann rannte sie durch die Seitentür in die Küche. Ihr Herz schlug ihr bis zum Hals, als sie eine Gestalt mitten im Raum stehen sah, und ihr Entsetzen wurde noch größer, als sie merkte, dass es Breida war, die noch ihren Hosenanzug trug und erstarrt war. Sie hielt ein Handy ans Ohr, und ihre Augen waren weit aufgerissen. Wie Doug hatte der schwarze Rauch sie an Ort und Stelle eingefroren.

Julia rannte an ihrer statuenhaften Gestalt vorbei und schlitterte auf der Suche nach einer Waffe um den Tisch, doch sie fand nur eine große Bratpfanne. Die musste reichen. Sie griff danach, gerade als der Oger und seine Gehilfen in den Raum polterten. Julia schleuderte die Pfanne und traf einen der Sensenträger am Kopf, der stöhnend zurückwankte. Der andere und der Riese teilten sich auf, um sie einzukreisen. Julia sah die Lücke und sprang auf den Tisch zwischen ihnen. Der Oger ließ die Faust auf die Tischplatte sausen und brach sie entzwei, doch Julia war längst weiter. Sie rannte durch die nächste Tür in einen Raum voller Billardtische und schnappte sich einen Billardstock. Der Oger setzte ihr nach, der Boden bebte unter seinen wuchtigen Schritten. Sie versuchte ihm auszuweichen, doch er bewegte sich mit ihr zur Seite und breitete die Arme aus, sodass sie in der Ecke des Raums in der Falle saß.

»Was willst du mit dem Stock, kleiner Hase?«

Julia schlug ihm damit auf den Schädel, und der Stock zerbrach wie ein Streichholz. Die dicken Lippen des Riesen teilten sich zu einem spöttischen Grinsen. »Gar nicht nett«, sagte er.

Dann sprang er auf sie zu. Julia duckte sich unter seinen schwingenden Armen hindurch und rollte sich unter den Billardtisch. Auf der anderen Seite kam sie wieder hervor und flitzte durch eine weitere Tür in einen Gang. *Dieses Haus ist ein Labyrinth!* Sie hoffte inständig, dass Ehsan und Abena entkommen waren.

Vor dem Fenster des nächsten Raums standen ein Flügel und eine Harfe. Schon erschien durch eine Seitentür eine weitere Gestalt mit bemaltem Gesicht. Es gab keinen anderen Ausweg als das Fenster. Julia grauste davor, doch sie sah keine andere Möglichkeit. Sie packte die Harfe mit beiden Händen, rannte los und schleuderte sie gegen die Fensterscheibe, die nach außen splitterte. Mit einem Satz sprang sie hinterher und landete gebückt im Gras. Sie befand sich an der Schmalseite des Hauses, wo eine Steintreppe nach unten in den Garten führte, der sich über den geschwungenen Hügel erstreckte. Sie sah den See, den Ehsan erwähnt hatte. Ihr Herz machte einen Satz, und sie machte sich bereit loszurennen …

In dem Moment umfing etwas ihren Knöchel. Julia stürzte nach vorn und schlitterte über den Kies. Ein stechender Schmerz durchzuckte ihre Handflächen, während der Druck um ihren Fuß stärker wurde.

In der Erwartung, eine Hand zu sehen, drehte sie sich um, doch es war ein schwarzer Rauchfaden, der sich aus dem Haus schlängelte und um ihre Wade wand. Es gelang ihr, sich zu befreien, aber als sie aufzustehen versuchte, konnte sie vom Knie abwärts nichts mehr spüren. Trotzdem rappelte sie sich auf und humpelte weiter, das taube Bein hinter sich herziehend.

Sie erreichte eine gepflasterte Terrasse an der Rückseite des Hauses, wo sie bereits zwei sensenschwingende Gestalten erwarteten und ihr den Weg versperrten. Als sie sich umwandte, kamen aus der anderen Richtung drei weitere auf sie zu. Rechts von ihr lag eine Mauer. Es musste ein etwa zehn Fuß tiefer Sprung in den darunterliegenden Garten sein, doch mit dem Hasen in sich und dem langsam zurückkehrenden Gefühl im Bein glaubte sie, sie könnte es schaffen. Sie wollte gerade springen, als etwas nach ihrem Haar griff. Sie wurde in die Luft gerissen, ihre

Kopfhaut brannte wie Feuer. Sie griff nach den Händen, die sie hielten, um den Schmerz zu lindern. Zappelnd drehte sie sich, bis sie sich Auge in Auge mit dem grässlichen Oger befand.

»Genug gerannt, kleiner Hase«, sagte er. Julia versuchte, nach ihm zu treten und seine Finger aus ihrem Haar zu lösen. Doch sein Griff ließ sich nicht öffnen. Hilflos hing sie da. »Der Schattenkönig hat Pläne für dich«, sagte er, und Geifer troff ihm von den Stoßzähnen.

Der Schattenkönig.

Seine Worte jagten ihr einen Schauder über den Rücken und ließen sie den Schmerz vergessen. Das musste der Herr dieser Wesen sein – ihr König.

»Bitte!«, stammelte sie. »Ich weiß nicht, wer Sie sind. Aber ich habe nichts getan!«

»Und das wirst du auch nicht«, erwiderte der Riese.

Ein goldenes Blitzen zog Julias Blick an, und der Oger drehte sich verblüfft um, als etwas die Treppe emporgestürmt kam. Julia schnappte nach Luft. Es war ein majestätischer Hirsch mit einem riesigen Geweih, sicher so breit wie ihre zu beiden Seiten ausgestreckten Arme, das ein blendend gelbes Licht verströmte. Er stieß erst den einen der vermummten Angreifer beiseite, dann den anderen. Erst jetzt bemerkte Julia, dass sein Kopf auf einem menschlichen Körper steckte – eine athletische Figur in Jogginghose.

»Ehsan?«, stammelte sie.

Der gewaltige Kopf drehte sich zu ihr. »Ich hab doch gesagt, es ist cool!«, raunte er.

Eine Frau im Umhang schwang ihre Waffe, doch Ehsan wehrte den Schlag mit dem Geweih ab. Die Klinge prallte ab und flog durch die Luft.

»Noch einer!«, brüllte der Oger, der Julia immer noch festhielt.

Plötzlich leuchtete ein blauer Blitz auf, der Schmerz an ihrer Kopfhaut verschwand, und sie fiel und landete auf den Füßen. Julia fuhr herum und sah Abena am Arm des Riesen hängen. Zumindest war es ihr Körper. Ihr Kopf war der eines Wolfs, die Ohren zurückgelegt, in einen elektrischen blauen Schein gehüllt. Die Zähne des Wolfs waren gebleckt und fest zusammengebissen. Der Oger taumelte rückwärts und versuchte, sie abzuschütteln, doch sie ließ nicht locker, und ein leises Knurren drang aus ihrer Kehle. Schließlich gelang es ihm mit einem heftigen Ruck, sie abzuschütteln, und sie fiel auf den Boden. Der Oger hob einen Fuß, bereit, damit auf Abena zu stampfen, doch Ehsan kam ihm zuvor und rammte ihm sein Geweih in den Oberkörper, sodass er gegen die niedrige Mauer stolperte. Schreiend stürzte er darüber und landete mit einem schweren Aufprall zehn Fuß tiefer. Julia eilte zur Mauer und sah ihn still am Boden liegen.

Abena war wieder auf den Beinen und knurrte.

»Ist er tot?«

Der Mann bewegte den Arm, und Julias Hoffnung schwand. »Leider nicht«, erwiderte sie. Sie sah Abena an. »Ihr seid zurückgekommen, um mir zu helfen.«

»Natürlich«, sagte Abena. »Wir konnten dich doch nicht alleinlassen.«

Ehsan hatte sich den letzten bewaffneten Gestalten zugewandt. Sie zögerten, keiner schien als Erster angreifen zu wollen. Allerdings flohen sie auch nicht.

Unterhalb der Mauer stemmte sich der Oger auf die Ellbogen und tastete mit der fleischigen Hand nach seinem Kopf.

»Lasst uns verschwinden!«, rief Abena.

Ehsan war immer noch dabei, die drei Vermummten mit seinem Geweih zu bedrohen. Dass der Riese sich wieder aufrichtete, hatte er nicht gesehen.

»Jetzt *komm*!«, schrie Julia. »Wir haben nicht viel Zeit.«

Endlich drehte Ehsan sich um. Kurz glaubte Julia, er würde bleiben und kämpfen, doch stattdessen hob er den Kopf und nickte. »Mir nach«, sagte er. Er senkte das Geweih und fegte die Sensenschwinger aus dem Weg. Julia und Abena folgten ihm. Sie rannten am Haus entlang auf einen großen Schuppen zu.

Irgendwo jenseits des Hauses nahm Julia entfernt das Geräusch von Sirenen wahr. *Breida muss es doch noch geschafft haben, die Polizei zu rufen.* Doch sie klangen zu weit entfernt, um ihnen helfen zu können. Ehsan stieß die Tür des Schuppens auf, und drinnen, zwischen alten Holzkisten und Möbeln, stand ein Quad. Er hob die Hand, und eine Sekunde später war sein Hirschkopf verschwunden, darunter kam sein eigenes verschwitztes Gesicht wieder zum Vorschein. Er steckte die Maske weg, schwang ein Bein über das Quad und rief ihnen zu, dass sie aufsteigen sollten.

Auch Julia und Abena nahmen ihre Masken ab, und Abena sprang hinter Ehsan auf den Sitz. Julia drehte sich um und sah vier vermummte Gestalten zum Schuppen eilen. Der Sitz war kaum groß genug für zwei Personen, aber irgendwie gelang es ihr, sich hinter Abena zu quetschen und an ihr festzuklammern, während Ehsan den Motor startete. Knurrend erwachte er zum Leben, und sie machten einen Satz vorwärts, bei dem Julia beinahe abgeworfen worden wäre.

Dann waren sie auch schon draußen und rasten durch die Nacht. Ehsan steuerte um ihre Verfolger herum, hinunter in den Garten, holpernd über das unebene Gelände. Vor der Rückseite des Hauses erhob sich ein riesiger Schatten. Ohne Maske sah Julia die Kreatur wieder als Mensch. Ein dunkles Rinnsal lief ihm von der Augenbraue über das Gesicht. Julias Herz zog sich angstvoll zusammen, aber er war zu langsam, um sie zu fangen. Ehsan steuerte das Quad abwärts auf den schimmernden See zu, über dessen gekräuselte Oberfläche der Mond sein silbernes Licht warf. Mit jedem Meter Abstand, den sie zum Haus gewannen, strömte mehr Erleichterung durch Julias Adern.

Sie hatten gekämpft, und sie hatten überlebt.

Sie waren in Sicherheit.

Fürs Erste.

10

Ehsan lenkte das Quad über die Brücke, die den See überspannte, dann einen Feldweg entlang durch einen dichten Wald. Julia blickte regelmäßig zurück, aber es gab keine Hinweise darauf, dass sie verfolgt wurden. Sie fragte sich, wie viele Polizisten wohl losgeschickt worden waren und was sie auf Stag Grange vorgefunden hatten. Hatten die Angreifer gekämpft, oder waren sie geflohen?

Nach etwa einer Meile stotterte der Motor und erstarb. Abrupt kamen sie zwischen den Bäumen zum Stehen. Die Scheinwerfer erloschen, und sie saßen im Dunklen.

»Benzin ist alle«, stellte Ehsan grimmig fest und schaltete die Lampe seines Handys ein. »Wir gehen zu Fuß weiter.«

»Was ist mit Doug und Breida?«, fragte Abena.

Ehsan sah sie an. »Willst du zurückgehen und nachschauen?«

Die Erinnerung an ihre unnatürlich erstarrten Körper kam zurück. Julia war sicher, dass die Angreifer sie längst getötet hätten, wenn das ihre Absicht gewesen wäre. »Ich glaube nicht, dass sie Doug und Breida was tun wollen«, sagte sie. »Die wollten uns. Außerdem ist jetzt die Polizei da. Ich würde sagen, wir laufen weiter.«

Abena sah unsicher aus. »Na gut, aber wohin?«

Ehsan zeigte auf einen Pfad zwischen den Bäumen. »Zur Ostseite hin wird das Grundstück von einer Straße begrenzt. Von da aus können wir in die nächste Stadt.«

Also liefen sie weiter den Hang hinauf. Nach etwa einem Kilometer entdeckte Julia einen schmalen, dreistöckigen steinernen Turm, und ihr fiel wieder ein, was Ehsan über das Jagdschloss gesagt hatte. Abena musste mit dem Fuß umgeknickt sein, denn sie hinkte und atmete schwer.

»Ich glaube, wir brauchen eine Pause«, sagte Julia.

Ehsan blieb stehen, sein Atem bildete kleine Wölkchen in der Luft. »Meinetwegen, aber es ist nur eine Ruine«, sagte er.

»Besser als nichts.«

Die Holztür schwang auf und gab den Blick auf einen kahlen Raum frei, in dem eine Holztreppe nach oben führte. Es roch feucht, und in den Ecken hingen Spinnweben. Auf der Fensterbank lagen die Überreste eines Vogelskeletts.

»Ich hab euch gewarnt«, sagte Ehsan. »Oben sieht es nicht besser aus.«

Abena ließ sich an der Wand nach unten rutschen, bis sie auf dem Boden saß, und Julia zog die Tür hinter sich zu und tat es ihr gleich. Einige Sekunden lang schwiegen sie alle drei.

»Das war irgendwie cool, oder?«, sagte Ehsan schließlich. Der Kampf schien ihn mit einer nervösen Energie erfüllt zu haben.

Abena warf ihm einen vernichtenden Blick zu. »Wir wären fast gestorben«, sagte sie.

»Aber nur fast«, gab Ehsan zurück. Er zögerte. »Was du gemacht hast, war echt stark, Julia. Dass du sie von uns weggelockt hast.«

Er schaute sie nicht an. Zum Glück, denn diesmal hätte er zweifellos gesehen, dass sie rot wurde. »Nicht der Rede wert«, murmelte sie schnell. »He, Abena, war das der Typ, der dich verfolgt hat?«

Abena nickte. »Er … sah anders aus, als ich die Maske aufhatte«, sagte sie leise. »Das ist kein Mensch.«

»Er hatte eine Spirale auf der Stirn«, sagte Ehsan. »Genau so eine, wie wir im Traumwald gesehen haben.«

»Das *Morgaet*«, sagte Julia. »Wie die beiden, die mich verfolgt haben. Ich glaube, es muss etwas mit diesem Schattenkönig zu tun haben.«

»Und wer ist das?«, fragte Ehsan.

»Wahrscheinlich ihr ›Herr‹. Sie haben gesagt, sie wären nur Diener. Sagt euch das irgendwas?«

Beide machten ratlose Gesichter.

Wieder breitete sich Schweigen aus, bis Abena gähnte. »Na, eigentlich ist es hier doch ganz nett«, sagte sie trocken.

Julia gluckste, trotz allem.

»Naima hat immer behauptet, hier würde es spuken«, sagte Ehsan.

Er nannte den Namen so, als müssten sie ihn kennen.

»Deine Schwester?«, fragte Julia.

Ehsan sah sie an. »Mhm.« Wieder gab er keine Erklärung. Dann wandte er sich ab, und der Moment war vorbei. »Lasst uns versuchen, ein bisschen zu schlafen«, sagte er. »Ich übernehme die erste Wachschicht. Wenn es hell wird, laufen wir weiter.«

Niemand widersprach.

Julia schlief fest – einen traumlosen Schlaf –, bis Abena sie für die letzte Schicht weckte. Doch als sie in der Tür saß und in den heller werdenden Himmel starrte, fühlte sie sich steif und unausgeschlafen.

Endlich regten sich die anderen, und sie verließen das Jagdschloss und setzten ihren Weg fort. Während sie sich durchs Unterholz schlugen, wirbelten Julia Fragen durch den Kopf. Wohin würden sie gehen? Würden diese Geschöpfe je aufhören, sie zu jagen? Würden sie je wieder in Sicherheit sein?

Und weiter hinten in ihren Gedanken – Schuldgefühle. *Was Mum wohl gerade macht?*

Sie schob sie weit weg und versuchte, sich darauf zu konzentrieren, nicht zu stolpern oder auf Zweige zu treten. Die Müdigkeit nahm ihr die Kraft, ihre Turnschuhe waren völlig durchnässt, und ihre neuen Sachen waren schmutzig. Wie viel Land besaßen Ehsans Eltern eigentlich? Als sie durch die letzten Bäume liefen und Julia eine hohe Mauer vor sich aufragen sah, hätte sie an Ort und Stelle zusammenbrechen können.

»Wir sind da«, sagte Ehsan. Er verschränkte die Hände. »Wer braucht eine Räuberleiter?«

Abena ging als Erste. Sie sah so mitgenommen aus wie Julia sich fühlte, einige ihrer Zöpfe hatten sich gelöst, und ihr Gesicht war mit Erde beschmiert. Sie setzte sich rittlings auf die Mauer und streckte eine Hand aus, um Julia nach oben zu helfen. Julia stieg vorsichtig auf Ehsans Schulter, doch der rührte sich nicht und stand da wie ein Stein, während sie ungeschickt die Mauer hochkletterte.

Jegliche Hoffnung, jenseits der Mauer die Zivilisation zu erblicken, zerschlug sich schnell. Vor ihnen lag eine verlassene Landstraße und dahinter eine weitere Menge dunkler Bäume. Als Letzter kam Ehsan, der sich mühelos über die Mauer schwang.

»Kommt. Etwa eine Viertelmeile von hier ist ein Café, das rund um die Uhr geöffnet ist. Ich bin schon Millionen Mal dran vorbeigefahren, aber noch nie drin gewesen. Da können wir frühstücken.«

Julia kam schon eine Viertelmeile unmöglich vor, aber was blieb ihr anderes übrig?

Wässriges Morgenlicht schien durch die Wolken, als sie das Café erreichten, ein trostloses, einstöckiges Gebäude mit einem Parkplatz voller Lastwagen. Auf einem schwach erleuchteten Schild stand Anytime Truck Stop. Julia schätzte, dass es etwa halb acht sein musste. Erschöpft wankten sie ins Café, in dem es nach Schweiß und gebratenem Speck roch.

Ungefähr ein halbes Dutzend Männer saßen allein an ihren Tischen, und hinter dem Tresen stand der Koch. Alle drehten sich zu ihnen um und starrten sie an, aber Julia war zu müde, um sich davon einschüchtern zu lassen. Sie ließen sich auf die Stühle am nächsten Tisch fallen, und eine Kellnerin um die fünfzig kam zu ihnen und musterte sie misstrauisch.

»Wie kann ich euch helfen?«

»Die Speisekarte, bitte«, sagte Abena höflich.

»Seid ihr ganz allein unterwegs?«, fragte die Frau. Sie schaute aus dem Fenster, als erwartete sie ein Auto zu sehen oder irgendeinen Hinweis auf ihre Eltern.

»Wir machen gerade die Duke-of-Edinburgh-Wanderung«, sagte Ehsan schnell. »Wir campen im Wald.«

Der Blick der Kellnerin wurde noch düsterer. »Die Wälder hier gehören zum Gower Estate«, sagte sie. »Das ist Privatbesitz.«

Ehsan lächelte. »Wenn Sie nichts verraten, verraten wir auch nichts.« Er zwinkerte ihr zu.

Die Frau schnaubte, dann zuckte sie mit den Schultern. »Die Karten liegen da drüben.«

Julia stupste Abena an. »Ich habe kein Geld«, flüsterte sie.

Ehsan musste sie gehört haben. »Das geht auf mich. Es ist das Mindeste, was ich tun kann.«

Julia fragte sich, ob das alles war, was sie an einer Entschuldigung kriegen würden – schließlich war es seine Schuld, dass sie auf Stag Grange aufgespürt worden waren. Sie bedankte sich trotzdem.

Abena bestellte ein Omelette mit Toast, Julia gebratenen Speck mit Bohnen und Spiegelei. Ehsan nahm das Gleiche, mit einer Extraportion Bratkartoffeln. Als sie endlich eine dampfende Tasse Tee zwischen den Händen hielt, begann Julia, sich endlich wieder halbwegs normal zu fühlen.

»Und was jetzt?«, fragte Abena. »Sollen wir irgendwen anrufen?«

»Wegen Monstern und Zaubermasken?«, fragte Ehsan sarkastisch. »An wen hast du gedacht, Ghost Busters oder Avengers?«

»Na ja … Was ist mit unseren Eltern?«, sagte Abena.

»Nein«, sagte Julia so entschieden, dass die anderen sie erstaunt ansahen. »Denkt doch mal nach«, fügte sie leiser hinzu. »Unsere Familien sind wehrlos. Sie haben keine Masken wie wir. Wenn wir sie da reinziehen, werden diese gruseligen Kreaturen sie nur gegen uns verwenden. Sie als Druckmittel benutzen. Oder noch schlimmer.«

Die anderen schwiegen. Julia konnte sehen, wie es in ihren Köpfen arbeitete. Langsam gelangten sie zu demselben Entschluss, den sie gefasst hatte.

»Meine Eltern kommen sowieso erst in zehn Tagen zurück«, sagte Ehsan leise.

»Mein Dad ist auf einem Transatlantikflug«, sagte Abena. Sie schüttelte sich, dann nickte sie. »Also gut, dann ist es beschlossen. Nur wir, bis wir … mit denen fertig sind, wer oder was sie auch sind.«

Bald kam das Essen, und alle fielen darüber her. Julia war völlig ausgehungert und konnte erst aufhören, als sie das letzte bisschen Eigelb mit Toast aufgewischt hatte.

»Du hast doch gesagt, dass deine Mum Expertin für Druiden ist«, sagte Abena, als sie aufgegessen hatten. »Echt schade, dass wir sie nicht nach diesem Schattenkönig fragen können …«

Julia ignorierte die beißenden Schuldgefühle beim Gedanken an ihre Mum. »Selbst wenn, Mums Forschungsarbeit ist ziemlich … bodenständig. Archäologische Ausgrabungen und so was. Steinabriebe und Tonscherben. Sie glaubt nicht an Zauberei.«

»Hab ich bis vor ein paar Tagen auch nicht«, gab Abena zurück. »Das alles ist einfach total *verrückt* …«

Sie verstummte, als ein Gast an ihnen vorbeiging, und sie warteten, bis er außer Hörweite war. *Verrückt* …

Das Wort brachte Julia auf einen Gedanken. »Vielleicht habe ich eine Idee«, sagte sie leise.

»Schieß los«, erwiderte Ehsan und musterte sie wachsam.

»Es gibt da so einen Typen«, sagte Julia, »der sich auch für Druiden interessiert, aber ein bisschen … abgefahrener.«

Sie erzählte ihnen von dem Mann, der sich Wanderfalke nannte, und von den Briefen, die er ihrer Mum geschrieben hatte.

»Klingt ja, als wäre der psychisch völlig stabil«, bemerkte Abena ironisch. »Überhaupt nicht gefährlich.«

»Nein«, sagte Ehsan und beugte sich mit blitzenden Augen vor. »Klingt genau nach dem, den wir brauchen. Hast du seine Nummer?«

»Die Nummer vom Stalker meiner Mum? Zufällig nicht«, entgegnete Julia. »Aber vielleicht können wir ihn im Netz finden. Mein Handy liegt allerdings bei dir zu Hause.«

Ehsan fischte sein Handy aus der Hosentasche und tippte »Wanderfalke« und »Druiden« ein. Es dauerte nicht lange, bis er jemanden gefunden hatte, der regelmäßig auf einer Seite über den Wicca-Kult postete. Sein Name war Wanderfalke, sein Profilbild ein Falke.

»Vielleicht ist er das gar nicht«, sagte Abena.

Es schien in der Tat weit hergeholt. »Es gibt nur einen Weg, es herauszufinden«, sagte Julia. »Wir müssen ihm schreiben.«

Ehsan schob ihr das Handy hin, und sie tippte:

Hallo Wanderfalke. Ich habe eine wichtige Frage. Können wir reden? Dann tippte sie auf Senden. »Es dauert bestimmt, bis er antwortet. Wo sollen wir in der Zwischenzeit …«

Das Handy gab ein leises *Bing* von sich. Jemand hatte geantwortet.

Lass mich in Ruhe.

»Der ist aber nett«, bemerkte Abena.

Julia war nicht bereit aufzugeben, doch der Ton der Nachricht war eindeutig. Wenn sie ihn nervte, würde er sie ganz ignorieren. Sie hatte nur eine Chance, seine Neugier zu wecken. Kurz dachte sie nach. »Okay, ich versuche es anders«, sagte sie dann. Sie tippte: *Es geht um den Schattenkönig.*

Sie wartete und starrte auf das Display, aber es kam keine Antwort.

»Er hat es wohl ernst gemeint«, sagte Ehsan. »Also noch mal von vorne. Vielleicht sollte ich doch meinen Dad anrufen? Er könnte uns ein paar Bodyguards besorgen.«

»Oder vielleicht«, sagte Abena, »sollten wir einfach diese Masken loswerden. Wenn wir sie nie wieder aufsetzen, ist vielleicht alles vorbei.«

Der Vorschlag hing in der Luft. *Logisch* war der Gedanke schon. Aber Julia fielen Varuns Worte wieder ein. Die Maske gehörte ihr jetzt. Und es waren nicht die Masken, hinter denen die Diener des Königs her waren.

Außerdem, ohne die Masken waren sie wirklich nichts anderes als wehrlose Teenager. Sie gaben ihnen wenigstens die Möglichkeit zu kämpfen. Abena sah so aus, als dächte sie das Gleiche.

Ehsan sprach für sie alle. »Die Maske gebe ich nicht her«, sagte er. »Nicht, bis ich weiß, was sie ist.«

Sein Handy meldete sich erneut, und alle zuckten zusammen.

Wanderfalke hatte geantwortet. Diesmal war es kein Text, sondern eine scheinbar willkürliche Folge von Zahlen und Buchstaben.

53°21'35.9«N 1°49'47.2«W.

»Ich glaub, der ist auf seiner Tastatur eingepennt«, sagte Ehsan.

»Blödsinn«, entgegnete Abena. »Das sind Koordinaten. Gib sie mal bei Google ein.«

Ehsan sah nicht überzeugt aus, doch er tat wie geheißen. Und tatsächlich öffnete sich eine Karte und zeigte einen Punkt mitten in einem Meer aus Grün. Julia fühlte ihr Herz schneller schlagen. Ehsan zoomte raus – der Punkt schien irgendwo im Norden Englands zu liegen. »Ich glaube, das ist der Peak District«, sagte Julia. »Da war ich mal mit meinen Eltern im Urlaub.«

Das könnte was sein … Ein echter Hinweis.

»Sieht aus wie mitten im Nirgendwo«, stellte Ehsan stirnrunzelnd fest.

»Sagt der Junge, der nur Schafe als Nachbarn hat«, konterte Abena.

»Okay, stimmt schon«, lenkte Ehsan ein. »Aber er kann doch nicht ernsthaft erwarten, dass wir zu irgendwelchen beliebigen Koordinaten kommen.«

Eine weitere Nachricht. *Heute, 16 Uhr.*

»Ich glaube, genau das erwartet er«, erwiderte Julia. »Und ich glaube, es bleibt uns nichts anderes übrig.« Die Kellnerin kam, um ihre Teller abzuräumen.

»Darf's noch was sein?«, fragte sie.

»Nein, danke«, sagte Ehsan. »Nur die Rechnung, bitte.«

Die Kellnerin hielt inne. »Auf welche Schule geht ihr noch mal?«

Die drei sahen sich an und rangen nach Worten. Julia und Abena hatten natürlich keine Ahnung, wie die nächste Schule hieß, und Ehsan wurde ja zu Hause unterrichtet.

»Ich hab's mir anders überlegt«, sagte Ehsan. »Ich hätte gerne noch eine Portion Pfannkuchen.«

Die Frau kniff die Augen zusammen. »Einen Moment«, sagte sie.

Julia hatte ein schlechtes Gefühl. Sie blickten der

Kellnerin nach, die zum Tresen ging und dem Mann in der Kochschürze etwas ins Ohr flüsterte. Er warf einen scharfen Blick in ihre Richtung, dann nickte er.

»Oh, oh«, murmelte Abena.

Die Kellnerin hielt jetzt ein Telefon in der Hand und wählte. Drei Ziffern.

»Polizei«, sagte Julia. »Lasst uns abhauen.«

Hastig standen sie auf und nahmen ihre Masken. Ehsan ließ mehrere Zehn-Pfund-Noten auf den Tisch fallen.

Zur gleichen Zeit kam die Kellnerin zurückgeeilt, sah die Geldscheine und rief ihnen nach: »He! Euer Wechselgeld!«

»Können Sie behalten!«, rief Ehsan zurück.

Er übernahm die Führung, als sie sich durch die Tür drängten, die Straße hinunterliefen und schon bald zu rennen begannen.

Die Frau saß im Schneidersitz auf einem felsigen Berggipfel und blickte nach Osten, als die ersten Sonnenstrahlen auf ihr Gesicht fielen. Sie spürte keine Wärme, und als sich ihre blassen Augen öffneten, lag keine Freude darin. Ihr linker Arm war ausgestreckt, ihre offene Hand nach oben gedreht. So hielt sie sie schon seit Einbruch der Nacht, still und schweigsam all die Stunden der Dunkelheit, als wartete sie geduldig darauf, etwas zu empfangen.

Und nun, endlich, kam es. Anfangs war es nur ein tanzender Punkt, eine Motte mit einer schädelartigen Zeichnung. Die Totenkopfmotte flatterte näher und landete auf ihrer Handfläche. Die Lippen der Frau verzogen sich zu einem Lächeln.

Von unten hörte sie keuchenden Atem und schwere Schritte näher kommen. Sanft schloss sie die Finger um die Motte und stand in einer flüssigen Bewegung auf. Dann drehte sie sich zu ihren Besuchern um. Der Junge und die Alte waren da, kletterten den steinigen Hang unterhalb des Gipfels hinauf. Varun und Olwen. Beide schienen Angst zu haben, wichen ihrem Blick aus. Als sie etwa dreißig Fuß vor ihr waren, fielen sie auf die Knie und senkten die Stirn auf den Boden. Das konnte nur eins bedeuten.

»Der Hase ist euch entwischt«, sagte die Frau tonlos.

Olwen wagte einen Blick nach oben. »Verschone uns, wir flehen dich an.«

Die Frau lächelte weiter. »Es ist nicht an mir, euch zu strafen«, sagte sie. »Euer König wird über euren Wert entscheiden.«

Varun, sah sie, zitterte ein bisschen. Gut. Sie sollten *Angst haben.*

»Zu eurem Glück«, fuhr sie fort, »hat Triton die Sache selbst in die Hand genommen.«

Olwen blickte wieder auf. »Hat er sie gefunden?«

»Er hat sie in die Enge getrieben«, sagte Morvina. »Den Hasen, den Hirsch und den Wolf.«

»Und den Vierten?«, fragte Olwen. »Die Eule?«

Die Frau nickte. »Das ist eure Aufgabe«, sagte sie. »Findet sie. Beweist euch dem König. Dann wird er euch vielleicht verzeihen.«

Olwen und Varun rappelten sich hastig auf und verbeugten sich.

In ihrer Hand konnte die Frau das Flattern der Motte spüren, ihre Flügel waren so leicht wie blin-

zelnde Augenlider. Sie hob die Faust an den Mund und flüsterte etwas hinein.

Das zappelnde Geschöpf hielt still.

Als die Frau die Finger öffnete, strömte ein riesiger Mottenschwarm heraus wie ein schwarzes Band. Sie flogen in die Luft, trennten sich, flatterten über den Berg, durch Lücken und Spalten, unter Felsen und Steine und verschwanden außer Sicht. Unter ihren Füßen drangen sie in die Tunnel und Höhlen der Caer Droia *ein.*

»Das Ritual beginnt schon bald«, sagte die Frau. »Die Sterne stehen richtig, zum ersten Mal seit tausend Jahren. Bald ist es Zeit, dass der König wieder auf dieser Welt wandelt.«

11

»Aufwachen!«

Zu der Stimme gehörte eine Hand, die sanft ihre Schulter rüttelte, und Julia schlug die Augen auf und sah einen Bahnsteig näher kommen. Für ein paar Sekunden hatte sie absolut keine Ahnung, wo sie war. Auf dem Sitz gegenüber warf Ehsan Erdnüsse in die Luft und versuchte, sie mit dem Mund aufzufangen. Eine verfehlte er, die auf den Tisch hopste und auf Abenas Schoß landete. Sie warf ihm einen gereizten Blick zu.

»Was?«, fragte er. »Bist du allergisch?«

»Nur gegen Leute, die sich nicht benehmen können«, fauchte Abena. Sie sah Julia an und deutete mit einem Nicken aus dem Fenster. »Hier müssen wir raus.«

Julia sah das Schild für Manchester Piccadilly, als die Zugbremsen kreischten. Sie blinzelte sich den Schlaf aus den Augen. Es fühlte sich an, als wären sie tagelang gereist, dabei waren es nur sechs Stunden. Erst mit dem Bus vom Dorf in der Nähe des Cafés, dann mit dem Zug nach Edinburgh und von da mit einem anderen Zug weiter. Wieder einmal war Julia der Sozialfall, dessen Fahrkarte Ehsan übernahm. »Kein Problem«, hatte er ihr versichert. »Das Geld gehört meinen Eltern.«

Das machte es nicht wirklich besser. Seine Eltern erwartete sowieso schon eine böse Überraschung, wenn sie nach Hause kamen. Aber wenigstens musste sie nicht stehlen.

»Wie spät ist es?«, fragte sie.

Abena wandte sich zur Tür. »Kurz vor zwei.«

Zwei Stunden hatten sie also noch bis zu ihrem Treffen mit Wanderfalke, aber der Treffpunkt war noch gut 25 Meilen weit weg. Sie besorgten sich am Bahnhof ein paar Getränke, dann liefen sie zum Taxistand. Als sie an der Reihe waren, nannte Abena dem Fahrer den Namen des Dorfs, das den Koordinaten am nächsten lag – es hieß Mexton. Der Fahrer runzelte kurz die Stirn, zweifellos fragte er sich, was drei Teenager ganz allein mitten im Peak District zu suchen hatten.

»Das kostet etwa fünfzig Pfund«, sagte er misstrauisch.

Ehsan zog eine Karte heraus. »Nehmen sie American Express Gold?«

Der Fahrer wirkte erleichtert. »Hüpft rein.«

Sie quetschten sich zu dritt auf den Rücksitz. Julia wurde etwas wacher, als sie ihre Cola trank. Sie verließen die Stadt und waren bald in der offenen Landschaft, inmitten sanft geschwungener Hügel und Weiden mit Schafen, die von verfallenen Steinmauern gerahmt wurden. Sie kamen durch ein paar Dörfer, ansonsten sahen sie nur einsam stehende Gehöfte. Der graue Himmel wurde immer dunkler – Regen war im Anzug.

Ehsan saß in der Mitte und verfolgte ihr Vorankommen auf dem Handy. Sie waren noch einige Meilen von Mexton entfernt, als er den Fahrer bat, bei der nächsten Abzweigung links abzubiegen. Als sie dort ankamen, lag vor ihnen nur ein Feldweg mit tiefen, schlammigen Rillen hinter einem Gatter.

»Da kommt mein Wagen nicht hoch«, sagte der Fahrer. »Seid ihr sicher, dass ihr da hinwollt?«

Julia war sich alles andere als sicher, sagte aber nur: »Ist schon in Ordnung – wir gehen zu Fuß weiter.«

Der Fahrer sah verwirrt zu, wie sie ausstiegen, dennoch nahm er Ehsans Geldkarte zum Bezahlen entgegen und fuhr dann davon. Abena schaute auf die Uhr. »Kurz vor drei. Wir haben noch Zeit.«

Der Punkt auf der Karte schien etwa eine Meile hinter dem Gatter zu liegen. Sie kletterten darüber und stapften durch den stärker werdenden Regen, der Julia stechend ins Gesicht wehte. Sie folgten einem Pfad durch lila Heidekraut, und je höher sie kamen, desto windiger wurde es. Bald erreichten sie ein weiteres Gatter mit der Aufschrift: »Kein Zutritt – Unsicheres Gelände.«

»Was soll das denn heißen?«, fragte Abena.

»Das heißt, dass du vorgehst und schaust, ob es sicher ist«, erwiderte Ehsan grinsend. Doch dann sprang er als Erster über das Gatter, und sie folgten ihm, kletterten hoch und schwangen die Beine über die oberste Holzlatte. Dahinter befanden sich die Überreste eines kleinen Steinbruchs – nackter Stein aus der Landschaft geschnitten und ein paar kleine Tümpel, wo Wasser in die alten Aushublöcher getreten war. Der ganze Ort strahlte etwas Ödes, Trostloses aus.

Julias Hoffnungen machten einen Sturzflug. Die Vorstellung, dass irgendjemand diesen Ort als Treffpunkt auswählte, war einfach nur lächerlich. Ehsan hob einen Stein auf und schleuderte ihn ins Wasser. »Und jetzt?«

»Jetzt warten wir«, sagte Abena. Ihr skeptisches Gesicht verriet, dass sie selbst alles andere als zuversichtlich war.

Aber niemand wollte es aussprechen. Also warteten sie.

Es wurde vier Uhr, es wurde zehn nach vier, und es regnete immer stärker. Julia lief auf und ab und suchte die Gegend nach Wanderfalke ab, nach irgendetwas anderem als einem im Wind treibenden Vogel, der ab und zu durch den grauen Himmel taumelte. Der Regen drang an allen möglichen Stellen durch ihre Kleidung.

Um Viertel nach vier war Ehsans Gesicht so düster wie das Wetter. Er trat gegen einen Stein, der polternd davonschlitterte. »Ich wusste, dass das ein Fehler ist!«, zeterte er und wischte sich die nassen Locken aus den Augen. »Wir sind fast dreihundert Meilen umsonst gefahren.«

»Wir haben uns alle gemeinsam dazu entschlossen«, sagte Abena und verdrehte die Augen.

»Was sollte ich denn machen?«, gab Ehsan zurück. »Ihr seid bei mir zu Hause aufgetaucht und …«

»Du hast uns eingeladen!«, fuhr Julia ihn an. Sie spürte die Wut in sich aufwallen. »Und wenn du deine Maske nicht aufgesetzt hättest, WIE WIR GESAGT HABEN …«

»Leute, hört auf!«, rief Abena. »Lasst uns nicht darüber streiten, wessen Schuld es ist.«

Ehsan verschränkte die Arme, und Julia funkelte ihn wütend an. *Märchenprinz – ja, klar.* Fast hatte sie vergessen, wie arrogant er bei ihrer ersten Begegnung aufgetreten war.

»Wir könnten Wanderfalke noch eine Nachricht schreiben«, sagte Abena. »Vielleicht …«

Ehsan stampfte mit dem Fuß auf. »Kapierst du denn nicht, dass der Typ uns verarscht hat? Er wollte gar nicht mit uns reden. Er hat einfach nur irgendwelche Zahlen zusammengestoppelt und uns ins Nirgendwo geschickt …«

»Halt!«, sagte Abena. Sie starrte an Ehsan vorbei, und Julia folgte ihrem Blick. Ihr Herz machte einen Satz. Ein Büschel Heidekraut schwankte seltsam im Wind. Dann erhob es sich vom Boden. Es saß auf einem Hut, und der Hut saß auf dem Kopf eines Mannes in einem Tarnanzug, der sich ein Fernglas vor die Augen hielt.

»Oh, krass …«, murmelte Julia.

»Das muss er sein!«, flüsterte Abena aufgeregt.

»Oder irgendein verrückter Vogelbeobachter«, setzte Ehsan hinzu.

Wir sind drei gegen einen, rief Julia sich ins Gedächtnis. *Kein Grund zur Sorge.*

Da die anderen sich nicht rührten, wagte Julia sich als Erste vorsichtig auf den Fremden zu. Der Mann bewegte sich nicht. Erst als sie nur noch etwa zehn Meter von ihm entfernt waren, senkte er das Fernglas und hob eine Hand. »Stehen bleiben!«, sagte er mit heiserer Stimme. Sie taten wie befohlen. Julia sah, dass auch sein Gesicht dunkel bemalt war, nicht wie die dunkle Schminke der vermummten Gestalten, sondern eher mit einer Art Tarnmuster. »Wisst ihr, wer ich bin?«, fragte er.

Wenn Julia noch Zweifel gehabt hatte, so lösten sie sich nun gänzlich in Luft auf. Ein Vogelbeobachter würde wohl kaum diese Frage stellen.

»Ein Spinner?«, murmelte Ehsan.

Julia warf ihm einen wütenden Blick zu. Sie brauchten diesen Mann und konnten es sich nicht leisten, ihn zu verärgern. »Sie sind Wanderfalke«, sagte sie.

Der Mann reckte das Kinn und musterte sie mit zusammengekniffenen Augen. »Also, was wollt ihr über den Dämmerkönig wissen?«

»Schattenkönig«, korrigierte sie ihn.

Seine Augenbrauen schossen nach oben, und er grunzte zufrieden. »Sehr gut. Du bist also wirklich die, die mir geschrieben hat. Und du bist nicht ganz unwissend. Kommt.«

Damit drehte er sich um und stapfte flink durch

das dichte Heidekraut. Ein weißer Pferdeschwanz baumelte unter seinem Hut hervor. Mit der Tarnbemalung war sein Alter schwer einzuschätzen, doch Julia nahm an, dass er mindestens sechzig war. Sie wechselte einen fragenden Blick mit den anderen. Dann folgten sie ihm.

Wanderfalke führte sie durch die Wildnis, einen steilen Abhang hinunter. In der Ferne lagen Wälder, und gerade als Julia sich fragte, wie weit er noch gehen wollte, bog er plötzlich scharf nach rechts, und sie entdeckte eine erhöhte Betonplattform von etwa sechs mal sechs Fuß. In der Mitte befand sich eine runde Eisenluke, deren gebogener Griff mit einem Vorhängeschloss versehen war. Wanderfalke kramte einen Schlüssel aus der Tasche, öffnete das Schloss und hob die Luke an, wobei die schlecht geölten Scharniere quietschten. Drinnen kam eine steile Steintreppe zum Vorschein, die in die Dunkelheit führte.

Julia wurde augenblicklich nervös.

»Was um alles in der Welt ist das hier?«, sprach Ehsan ihren Gedanken aus.

»Mein trautes Heim«, erwiderte Wanderfalke. »Ein alter Atombunker. Man findet hier überall welche, wenn man weiß, wo man suchen muss.« Er stieg einige Stufen hinunter, dann drehte er sich um und tippte sich gegen den Nasenflügel. »Was auf die meisten natürlich nicht zutrifft.«

Sein Kopf verschwand, als er weiter abwärtsstieg.

Julia blickte sich um, und ihr wurde klar, dass die Betonplatte tatsächlich kaum zu finden war, wenn man nicht zufällig darüber stolperte.

»Da geh ich auf keinen Fall rein!«, erklärte Abena.

»Sei keine Memme«, sagte Ehsan, obwohl Julia auch über sein Gesicht Furcht huschen sah, bevor er entschlossen das Kinn vorschob und die Treppe hinunterstieg.

Julia legte die Hand auf Abenas Arm. »Hab keine Angst. Wir halten zusammen.«

»Traust du dem etwa?«, murmelte Abena. »Was, wenn er ein Psychopath ist? Keiner weiß, dass wir hier sind.«

Derselbe Gedanke war Julia auch schon gekommen, und zu sehen, dass Abenas übliche Gelassenheit schwand, ließ ihre Zweifel noch größer werden. Das war der Mann, der ihre Mum belästigt hatte, der sogar so weit gegangen war, sie an ihrem Wohnort aufzusuchen. Aber sie versuchte, rational zu denken. »Er weiß nicht, dass wir heimlich hier sind, und er hätte uns nicht treffen müssen. Außerdem haben wir die Masken. Wenn wir mit diesem schwarzäugigen Riesen und seinen Helfern klargekommen sind, dann ja wohl auch mit einem alten Mann.« Abena wirkte noch immer unsicher. »Weißt du was, wahrscheinlich hat er mehr Angst vor uns als wir vor ihm«, fügte sie hinzu.

Abena überlegte einen Moment, dann nickte sie. »Na schön. Aber wenn wir sterben, gebe ich dir die Schuld.«

Sie folgte Ehsan, Julia ging als Letzte. Der Schein von elektrischem Licht drang zu ihnen herauf. »Macht die Tür hinter euch zu«, rief Wanderfalke von unten. »Sonst geht die Wärme raus!«

Julia zog die Luke wieder zu und bemühte sich, sich nicht von ihren Ängsten überwältigen zu lassen.

Lieber Gott, bitte mach, dass das kein Riesenfehler ist …

Am Fuß der Treppe fand sie sich in einem Raum wieder, der eine Mischung aus einem Gebrauchtmöbellager, einem Esoterikladen und einem Hexenhaus war. An der Decke hingen Mobiles aus Holz, Zweigen und Tierknochen, und ein leichter Weihrauchgeruch lag in der Luft. Es gab ein großes, abgewetztes Sofa, aus dem die Polsterung hervorschaute und über das ein Schlafsack gebreitet war. Durch eine Türöffnung sah Julia Regale voller Konservendosen und Tüten mit Mehl und Reis. Die Wände waren, soweit sie sehen konnte, aus nacktem Beton, doch fast überall hingen Landkarten mit handschriftlichen Notizen, krakelige Zeichnungen von Mustern sowie Luft- und Nahaufnahmen alter Gegenstände, von denen einige kaum erkennbare Gravuren oder verblasste Buchstaben oder Zeichen trugen.

Wanderfalke trat an ein Waschbecken in einer Ecke, beugte sich darüber und wusch sich mit einem Waschlappen das Gesicht. Als er sich umdrehte, hatte er sein langes, krauses weißes Haar aus dem Pferdeschwanz gelöst. Jetzt sah er eher wie siebzig aus, dachte Julia. Sein Gesicht hatte tiefe Falten, doch seine großen blauen Augen blitzten vor Misstrauen. Oder vor Humor, das konnte sie nicht so genau sagen.

Wanderfalke zog seine Tarnjacke aus, unter der ein lockeres, kittelartiges Hemd zum Vorschein kam. Dabei ging ein muffiger Geruch von seinem Körper aus. Julia nahm an, dass er seine Kleidung selbst wusch, und das nicht besonders gründlich. Um seinen Hals hingen mehrere Holzperlenketten, und seine Arme waren bis zu den Handgelenken rundum von Tätowierungen bedeckt, die mit der Zeit verblasst waren.

»Verzeiht mir die Heimlichtuerei«, sagte er. »Aber wir können gar nicht vorsichtig genug sein.«

»Hallo erst mal«, sagte Abena und streckte die Hand aus. »Ich heiße …«

»Nein!«, rief er und hielt sich die Hände vor die Ohren. »Bitte keine Namen. Also, seid ihr sicher, dass euch niemand gefolgt ist?«

»Wir sind aus Schottland angereist«, sagte Ehsan erschöpft. »Ich glaube kaum.«

Wanderfalke wandte sich stirnrunzelnd zu ihm. »Die, die dem Schattenkönig dienen, würden euch noch viel weiter verfolgen, glaub mir, mein Lieber. Und wenn ihr sie nicht ernst nehmt...«

»Niemand ist uns gefolgt«, sagte Julia schnell. So langsam fürchtete sie, dass Wanderfalke wirklich nicht ganz richtig im Kopf war. Verrückt, aber harmlos.

»Und habt ihr jemandem – *irgendjemandem* – gesagt, wohin ihr geht?«

»Nein«, sagte Abena.

»Auch nicht dem Taxifahrer?«, fragte Wanderfalke.

Julia war überrascht. Er hatte sie also schon eine ganze Weile beobachtet.

»Nein, dem auch nicht«, sagte sie.

»Und was ist mit euren... euren...« Er schnippte mit den Fingern, als suche er nach dem richtigen Wort. »Euren Tele-Dingsdas?«

Ehsan lächelte. »Unseren *Handys*?«

Wanderfalke verzog das Gesicht. »Genau. Schreckliche Dinger.« Er zeigte auf einen altmodischen Computer in einer Ecke des Raums. Die Abdeckung war geöffnet worden, Kabel ragten heraus, und die Seiten und die Rückseite des Monitors waren mit Alufolie verkleidet. »Man kann nie wissen, wer einen belauscht.«

»Da haben Sie recht«, sagte Julia und gab sich Mühe, besorgt dreinzublicken. »Wir sind sehr froh, dass Sie uns geantwortet haben.«

»Wie auch nicht?«, gab er zurück. »Ihr habt den Schattenkönig erwähnt. Die Frage ist … warum?«

Julia wechselte einen Blick mit den anderen, und sie zogen gleichzeitig ihre Masken hervor.

Das Gesicht des alten Mannes wurde bleich, und mit einem Wimmern taumelte er rückwärts, stieß gegen den Tisch und verschüttete Weihrauchöl aus einer Schale über den Boden.

»Oh nein«, stammelte er. »Wie ist das möglich? Nein, nein, nein …«

»Sie wissen, was das ist?«, fragte Julia und hielt ihm die Maske hin.

Wanderfalke wich vor ihr zurück, sank rückwärts aufs Sofa und raufte sich die Haare.

»Kommen Sie!«, drängte Ehsan. »*Reden* Sie mit uns. Haben die irgendwas mit diesem Schattenkönig zu tun?«

Wanderfalke schüttelte den Kopf. Als er zu ihnen aufblickte, waren seine Augen voller Angst, und die Haare standen ihm vom Kopf ab, als hätte er in eine Steckdose gefasst. »Nicht nur *etwas. Alles!*«, sagte er. »Es ist besser, ihr setzt euch. Ihr müsst erfahren, was sie sind. Was *ihr* seid.«

Seine erschrockene Reaktion war ansteckend, und Julia spürte, dass ihre Knie weich wurden. Sie setzte sich auf einen Stuhl, während Ehsan auf der Sofalehne Platz nahm und Abena auf der untersten Treppenstufe.

Wanderfalke faltete die Hände wie zum Gebet, dann atmete er tief durch die Nase ein.

»Wo fange ich an? Im frühen Mittelalter war *König* ein weit gefasster Begriff. Es gab viele Königreiche im Lande Albion und viele Herrscher. Die Gebiete wechselten oft die Hände in gewaltsamen Konflikten. In jener Zeit gab es einen Druidenpriester und Kriegsherrn namens Mhenadur. Die Legenden über ihn sind zweifellos übertrieben, aber sie beschreiben ihn als einen gewaltigen Riesen, zwei Meter groß, das Gesicht vernarbt vom Kampf. Es heißt, er konnte ein einjähriges Kalb über die Schulter heben und mit der bloßen Hand junge Bäume fällen.«

»Coole Story«, murmelte Ehsan. Doch Julia entging nicht, dass seine Stimme zitterte.

»Frühes Mittelalter – wann genau soll das gewesen sein?«, fragte Julia. Von ihrer Mum und vielen langweiligen Museumsbesuchen wusste sie, dass die Periode, die als frühes Mittelalter bezeichnet wurde, ziemlich vage definiert war und etwa vom Ende der Römischen Herrschaft in England bis zum 9. oder 10. Jahrhundert reichte – eine Spanne von etwa fünfhundert Jahren.

Wanderfalke musterte Julia mit zusammengekniffenen Augen. »Du kommst mir irgendwie bekannt vor.«

Julia zögerte. Wanderfalke hatte es selbst gesagt – keine Namen. Doch sie konnte nicht widerstehen. »Meine Mum ist Expertin auf dem Gebiet.«

Der alte Mann starrte sie an, dann stieß er einen leisen Pfiff aus. »Die Tochter von Professor Holt. Faszinierend… Ich habe versucht, deine Mutter zu warnen, wo sie da mit ihrer Forschung hineingerät.«

»Warnen? Sah eher nach Belästigung aus.«

Wanderfalke schnaubte. »Sie wollte nicht auf mich hören! Diese Wissenschaftler bilden sich ein, sie wüssten alles. Aber es gibt jede Menge Steine, die sie nicht umdrehen. Vieles, was man nur außerhalb von staubigen Bibliotheken erfahren kann.«

Er schüttelte den Kopf. »Wo war ich? Ach ja. Die überzeugendste Schätzung geht davon aus, dass

Mhenadur im frühen 7. Jahrhundert lebte. Zu einer Zeit, als das Christentum sich immer weiter ausbreitete, aber die letzten Flammen der alten Religionen noch nicht erloschen waren. Die Druiden verehrten die Natur und lebten ihr Leben im Wechsel der Jahreszeiten, doch Mhenadur sah das Ende seinesgleichen voraus, und er konnte es nicht ertragen.

Es heißt, dass er den Glauben an die Natur aufgegeben hat. Stattdessen wandte er sich der dunkelsten Art der Magie zu, um daraus Nutzen zu schlagen, und begann gnadenlos zu überfallen und zu morden – Männer, Frauen, Kinder. Später, als er verfolgt wurde, soll er einen Weg gefunden haben, den Tod zu besiegen und sich und seinen engsten Gefährten zu ewigem Leben zu verhelfen. So ist er zum Schattenkönig geworden.«

»Unsterblichkeit?«, fragte Abena skeptisch.

Wanderfalke wandte sich ihr mit starrem Blick zu. »Und nicht nur das. Es heißt, er konnte auch Tote zurückholen.«

»Zombies«, murmelte Ehsan. »Das wird ja immer besser.«

»Wie schön, dass du das amüsant findest«, sagte Wanderfalke. »Seine Zeitgenossen waren auch so überheblich. Die christlichen Bischöfe glaubten die Geschichten nicht, und die anderen Druidenstämme waren zu schwach, um Mhenadurs Gräueltaten ein Ende zu bereiten.«

Wanderfalke betrachtete die Maske in Julias Hand.

»Aber das Totenreich sah zu, und ausgerechnet von dort kam die Rettung. Vier Tiergeister taten sich zusammen, um den Schattenkönig zu bekämpfen. Es war ein erbitterter Kampf, doch das Gute hat gesiegt. Die Untoten wurden überwältigt, und die Geister begruben Mhenadur unter einer heiligen Eiche und schlossen ihn mit einem mächtigen Zauber darin ein.«

Julia wusste nicht, was sie davon halten sollte. Sie konnte sich vorstellen, was ihre Mum zu der ganzen Geschichte sagen würde. Doch Wanderfalke sprach mit einem so entschlossenen Ernst, dass es ihr, so verrückt seine Worte auch klangen, schwerfiel, ihm nicht zu glauben. Verstohlen musterte sie die anderen. Abena lauschte gefesselt, und selbst Ehsan hatte seinen Spott abgelegt.

»Bevor die Geister diese Welt wieder verlassen haben«, fuhr Wanderfalke fort, »haben sie die letzten Druiden gewarnt, der Zauber werde nur so lange halten, wie die Wurzeln des Baums sich von der Erde ernähren. Der Baum dürfe nie gefällt werden.«

»Sogar ich weiß, dass Eichen nicht so lange leben«, sagte Ehsan. »Das war ja vor fast 1500 Jahren!«

»Dieser Baum schon«, sagte Wanderfalke. »Aber sein Standort ist ein streng gehütetes Geheimnis. Die Geister wussten, dass der Schattenkönig Diener hatte, die bis ans Ende der Zeit danach suchen würden. Und sie wussten auch, dass sie ihn irgendwann finden würden. Deshalb haben sie den Druiden eine letzte Anweisung hinterlassen. Sie haben sie aufgefordert, vier starke Äste der Eiche abzusägen und daraus vier Masken zu schnitzen, eine für jeden Geist, der gegen Mhenadur gekämpft hat. Diese Masken sollten die Kräfte der Geister für den erneuten Kampf gegen den Schattenkönig an dessen zukünftige Gegner weitergeben.«

Er hielt inne, und er wirkte weit weg, als er seine blauen Augen durch den Raum wandern ließ. »Es sieht so aus, als wäre dieser Zeitpunkt endlich gekommen.«

12

Ausnahmsweise hatte Ehsan mal keine spöttische Bemerkung parat.

Julia presste die Maske an die Brust. Konnte es wahr sein? War es möglich, dass die Maske die Kräfte eines uralten Hasengeistes in sich trug? Es war etwa so plausibel wie jede andere Erklärung. Die geisterhaften Wesen, die sie verfolgt hatten, erinnerten jedenfalls eher an Untote als an Menschen aus Fleisch und Blut.

Aber wenn Wanderfalke recht hatte, war ihre Lage sehr viel ernster, als sie bisher gedacht hatte. Es konnte doch nicht in ihrer Verantwortung liegen – in den Händen ganz normaler Teenager aus dem 21. Jahrhundert –, den Kampf gegen einen komischen unsterblichen Druidenkönig namens Mhenadur aufzunehmen.

Wir sind Kinder. Wir sind keine Krieger, selbst wenn die Masken uns Zauberkräfte verleihen.

»Heißt das, dass er jetzt frei ist?«, fragte Abena. »Der Schattenkönig?«

Wanderfalke schüttelte den Kopf. »Noch nicht«, sagte er, stand auf und trat an die Wand, wo ein Kalender hing. Jeder Monat zeigte das Foto eines niedlichen Kätzchens, was nicht so recht zu dem düsteren Raum passen wollte. Im März war es eine rote Katze, die inmitten von Wollknäulen auf dem Rücken lag. »Seine Diener sind unterwegs«, sagte Wanderfalke, »aber sie sind nur die Vorhut. Mhenadur kann nur unter sehr speziellen Bedingungen wiedererweckt werden, wenn der Mond und die Sterne richtig stehen. Dazu kommt es nur alle tausend Jahre. Und selbst dann muss es an einem ganz bestimmten Tag geschehen.«

»Zur Tagundnachtgleiche«, sagte Julia. »Die ist in drei Tagen.«

Es war nur eine Vermutung, doch Wanderfalke nickte. »Ein heiliger Tag. Ein Tag des Neuanfangs. Ein Tag der Wiedergeburt.«

»Der einundzwanzigste März«, sagte Julia schaudernd. Leise fügte sie hinzu: »Mein 14. Geburtstag.«

Wanderfalke zeigte mit dem Finger auf sie. »Der Hase ist zur Frühjahrs-Tagundnachtgleiche geboren.«

Sein Finger wanderte zu Ehsan. »Der Hirsch zur Sommersonnenwende.« Zu Abena: »Der Wolf zur Wintersonnenwende.«

»Äh …«, krächzte Abena.

Und Ehsan machte so ein erschrockenes Gesicht, dass Wanderfalke auch bei seinem Geburtstag richtig getippt haben musste. Julias letzte Zweifel an seiner Geschichte lösten sich in Luft auf. Woher hätte er sonst wissen sollen, wann sie Geburtstag hatten?

»Moment mal«, sagte Ehsan. »Sie haben gesagt, dass es *vier* Geister waren. *Vier* Masken.«

»Richtig«, sagte Abena. »Und es gibt doch auch eine Herbst-Tagundnachtgleiche?«

Wanderfalke nickte. »Der Hase, der Hirsch, der Wolf und die …«

»Eule«, fiel Julia ein. Der geheimnisvolle Vogel aus dem Traumwald … Er hatte beängstigend gewirkt, ein stummer Beobachter. Aber was, wenn die Eule nicht anders war als sie?

»Ihr müsst herausfinden, wer die Eulenmaske trägt«, sagte Wanderfalke. »Nur wenn ihr alle vier zusammenarbeitet, habt ihr eine Chance, die Eiche zu finden und Mhenadurs Rückkehr zu verhindern.«

»Und wenn wir gar nicht wollen?«, knurrte Ehsan.

Wanderfalke ließ die Hand so hart auf den Tisch

sausen, dass sie alle zusammenzuckten. »Was muss ich sagen, damit du es begreifst, Junge?« Er senkte die Stimme, doch sein ganzer Körper zitterte. »Es geht nicht darum, ob ihr wollt oder nicht! Sollte der Schattenkönig seinem Gefängnis entkommen, wird es die Welt, wie ihr sie kennt und für selbstverständlich haltet, nicht mehr geben. Alle … *alle,* die ihr kennt und liebt, werden ihm auf Gedeih und Verderb ausgeliefert sein.«

Ehsan wirkte etwas aus der Fassung gebracht, dennoch verschränkte er trotzig die Arme. »Tut mir leid, wenn ich skeptisch bin, aber wir leben nicht mehr im Mittelalter. Wir haben heute mehr als Knüppel und Dolche. Wir haben die Polizei. Eine Armee. Gewehre, Flugzeuge, Technik. Die werden doch nicht zulassen, dass dieser Typ sein Baumgefängnis sprengt, und ihm den Schlüssel zum Buckingham Palace überreichen.«

Wanderfalke kniff die Augen zusammen. »Es sind Mächte am Werk, von denen du nichts ahnst. Mhenadurs Kräfte sind mit nichts zu vergleichen, was sich unsere mickrigen Gehirne ausdenken können. Er kann mit einem Gedanken Metall in Staub verwandeln. Er kann Gewitterstürme heraufbeschwören, wie du sie nie gesehen hast. Er kann noch den widerspenstigsten Geist nach seinem Willen formen und aus Feiglingen tapfere Krieger machen. Mit seinen Untoten kann er unsere ganze Welt *auf den Kopf stellen!*«

Ehsan hielt die Arme weiter verschränkt, doch er entgegnete nichts.

»Wir haben einige seiner *Diener* kennengelernt«, sagte Julia. »Olwen und Varun …«

»Und einen Typen von der Größe eines Kleinwagens«, ergänzte Abena.

»Triton!«, rief Wanderfalke. Seine Stimme bebte vor Aufregung. »Entschuldigt«, sagte er schnell. »Ich habe ihre Wiederkehr lange gefürchtet, aber bis heute waren sie nichts als Namen in vergessenen Geschichten.«

»Und ein Haufen Schläger mit Kriegsbemalung und Sensen«, fügte Ehsan hinzu.

»Die *Kithren«,* flüsterte Wanderfalke.

»Die *was?«*, fragte Abena.

»Das bedeutet Armee. Auch bekannt als ›die Kinder des Schattenkönigs‹. Ein geheimer Kult – sterbliche Anhänger, die den Blutschwur geleistet haben, die Rückkehr Mhenadurs zu erwarten. Ich hätte nicht gedacht, dass es sie nach so vielen Jahrhunderten noch gibt. Aber anscheinend lag ich falsch.«

»Es sind also Menschen«, sagte Julia.

»Noch«, erwiderte Wanderfalke. »Sie dienen Mhenadur in der Hoffnung, mit dem ewigen Leben belohnt zu werden.« Er massierte sich die Schläfen. »Es ist schlimmer, als ich befürchtet habe. Umso wichtiger ist es, dass wir vorsichtig vorgehen. Keine Telefongespräche. Nichts, was sich verfolgen lässt.«

»Also auch keine Kreditkarten, was?«, sagte Ehsan.

Wanderfalke schien in seiner eigenen Welt zu sein, denn er murmelte weiter vor sich hin. »Wenn die Kithren noch immer Anhänger rekrutieren, lässt sich nicht sagen, wie viele es von ihnen gibt. Sie könnten in höchsten Machtpositionen sein, sich ausbreiten wie Ungeziefer, bereit, um jeden Preis …«

»Wo ist dieser Baum?«, unterbrach Julia sein Gemurmel. Schwarzseherei brachte sie jetzt nicht weiter.

Wanderfalke verstummte und blinzelte. »Ich habe leider nicht die leiseste Ahnung. Vieles von dem, was ich euch erzählt habe, wurde nur mündlich weitergegeben oder aus einzelnen Aufzeichnungen auf Pergament und Gravuren auf Steinen im ganzen Land zusammengetragen. Es gibt Gedichte darüber in Sprachen, die nur noch von wenigen Menschen gesprochen werden. Aber in keinem davon wird erwähnt, wo sich der Baum befindet. Wohl aus dem naheliegenden Grund, dass es gefährlich wäre, es zu wissen.«

»Oh«, sagte Abena. »Und jetzt?«

»Jetzt …«, sagte Wanderfalke. »Jetzt essen wir erst mal einen Teller Suppe. Ihr seid herzlich eingeladen.«

Er schlurfte durch den Raum zu einem Gasherd und zündete die Flamme unter einem großen Topf an. Vor sich hin summend griff er nach einem Stapel tiefer Teller.

Ehsan gesellte sich zu den Mädchen am anderen Ende des Raums.

»Glaubt ihr das?«, flüsterte er ihnen zu. »Der Typ hat doch nicht mehr alle Tassen im Schrank.«

»Was nicht heißen muss, dass er nicht die Wahrheit sagt«, erwiderte Abena. »Er wusste dein Geburtsdatum, schon vergessen? Und meins.«

»Ich glaube ihm«, sagte Julia bestimmt. Sie rief sich die Briefe ins Gedächtnis, die Wanderfalke ihrer Mum geschickt hatte, und deren todernsten Tonfall. »Ich glaube, dass er schon so lange mit diesem Wissen lebt, dass es ihn ein bisschen … sonderbar gemacht hat, das ist alles.«

»Die Frage ist nur, was wir jetzt tun«, sagte Abena.

»Wir finden die Eule«, erwiderte Julia. »Dann haben wir den Beweis. Ihr habt doch gehört, was er gesagt hat – wir müssen alle zusammenarbeiten.«

»Und wo sollen wir suchen?«, fragte Ehsan. »Wer es auch ist, könnte überall im Land sein, oder etwa nicht?«

»Dann suchen wir eben da, wo wir sie zuletzt gesehen haben«, sagte Julia. Sie konnte kaum glauben, was sie da vorschlug. Aber nach einem Tag voller verrückter Erkenntnisse kam es ihr gar nicht mehr so verrückt vor. »Wir suchen sie im Traum.«

In dieser Nacht lagen sie auf muffigen Kissen und Decken auf dem Boden. Das einzige Licht kam von einer Öllampe unter dem Tisch. Wanderfalke schnarchte auf einem Feldbett hinter einem Vorhang in der Ecke.

Julia knurrte der Magen, und sie fragte sich, ob sie überhaupt würde schlafen können, so hungrig war sie. Die Suppe war dünn und wässrig gewesen, und Wanderfalke hatte stolz verkündet, dass sie aus Brennnesseln gekocht war, die er draußen am Hügel gepflückt hatte. »Wenigstens ist sie vegan«, hatte Abena geflüstert, während Ehsan seinen Teller angewidert von sich geschoben hatte.

Neben Julia wälzte sich Abena hin und her und zog die Decke enger um sich. »Mann, ist das kalt hier!«

Ehsan, der in dem Bett neben Abenas lag, setzte sich auf. »Ich mache garantiert kein Auge zu. Ich traue dem Kerl nicht.«

»Wir können die Eule nur finden, wenn wir schlafen«, entgegnete Julia und versuchte, sich ihre Gereiztheit nicht anmerken zu lassen.

»Wer sagt denn, dass sie überhaupt da sein wird?«, gab Ehsan zurück.

»Hast du einen besseren Vorschlag?«

»Nein, aber... Na ja, ich verstehe einfach nicht, warum wir das alles machen sollen. Wir sollten zur Polizei gehen, zur Regierung, was weiß ich. *Denen* die Masken geben, dann sollen sie sich damit rumschlagen.«

Das Schnarchen verstummte, der Vorhang wurde zurückgezogen, und Wanderfalke kam zum Vorschein. Sein Gesicht lag im Schatten. Er trug einen dicken Frotteebademantel, der vor langer Zeit vermutlich weiß gewesen, jetzt aber schmutzig grau war. »Die Masken haben *euch* auserwählt«, sagte er. »Kinder auf der Schwelle zum Erwachsenwerden – ein magisches Alter. Es ist eure Pflicht, ganz allein eure. Ob ihr mir vertraut, ist mir gleich. Aber wenn ihr denkt, ich würde zulassen, dass ihr meinen Unterschlupf den Behörden verratet, täuscht ihr euch gewaltig... Wenn ihr jetzt bitte mit dem Krawall aufhören würdet, ich bin hier Ruhe und Frieden gewohnt.« Damit zog er den Vorhang wieder zu.

Ehsan machte eine unhöfliche Handbewegung in seine Richtung, dann legte er sich wieder hin.

Julia blickte zur Betondecke hinauf und musterte die Risse an der Stelle, wo die nackte Glühbirne an einem Draht herunterhing. Es war ihre dritte Nacht fort von zu Hause, und sie vermutete, dass auch ihre Mum gerade wach lag. Vielleicht war sie bereits nach Oxford zurückgekehrt, und ganz sicher hatte sie die Polizei benachrichtigt und alle Leute, die Julia kannten, damit sie halfen, sie zu finden. Sie dachte an ihre Freunde. Auch die würden sich Sorgen machen – sich halb erschrockene, halb sensationslüsterne Nachrichten hin und her schicken, dass sie abgehauen war, dass sie es hatten kommen sehen, vor allem nach der Sache mit ihrem Dad. Und sie konnte es ihnen nicht vorwerfen. Niemand konnte die Wahrheit ahnen, nicht mal in den wildesten Fantasien.

Wenn die Polizei informiert war, könnte es kompliziert werden. Sie würde jeden ihrer Schritte genau überlegen müssen. Würde man ihr Handy orten können? Wenn ja, dann würde man es in Schottland finden, und ihre Mum würde nur noch mehr in Panik geraten. Das alles war ein einziges Chaos, und Julia konnte den Gedanken nicht abschütteln, dass es einen besseren Weg hätte geben müssen, die Sache anzugehen. Vielleicht, wenn sie die Maske nicht geheim gehalten hätte … Aber jetzt steckte sie schon so tief drin, dass sie nur noch vorwärtskonnte. Es lag an ihr und ihren neuen Freunden, eine Lösung zu finden, und wenn sie es irgendwie schaffen sollten … tja, dann hätte sie immer noch alle Zeit der Welt, es bei ihrer Mum wieder gutzumachen.

Es tut mir so leid, Mum. Wirklich …

Der Traumwald hatte sich verändert. Der Sturm hatte seine Spuren hinterlassen, der Boden war mit Laub und großen, herabgefallenen Ästen übersät. Bäume waren umgestürzt, Stämme geborsten oder gänzlich entwurzelt. Noch immer wehte ein kalter Wind, der Julia das Fell zu Berge stehen ließ. Sie konnte die Gefahr spüren, als lauerte das Böse in den zahllosen Schatten.

Julia schob ihre Angst beiseite und hüpfte über Zweige und Laub. Alle paar Sprünge blieb sie stehen, um zu schnuppern und den Blick zu den kahlen Zweigen über sich zu heben. Sie suchte nach der Eule.

Von den anderen war nichts zu sehen, als sie die Lichtung erreichte. Hier schien der Sturm am heftigsten gewütet zu haben. Der Hinkelstein war zertrümmert, die Bruchstücke lagen verstreut am Boden. Dazu war kein Sturm der Welt in der Lage, und sie spürte den heftigen Drang, sich den Stücken zu nähern. Tiefe Furchen zogen sich durch die Erde, und während Julia die Lichtung umrundete, erkannte sie, dass es ein Muster war. Sie sprang auf einen Baumstumpf, um die Fläche besser überblicken zu können, und ihr Verdacht bestätigte sich – eine Spirale war in den Boden geritzt wie ein Stempel des Bösen. Das *Morgaet.* Die »Todestür«. Nach dem, was Wanderfalke über Mhenadur gesagt hatte, ergab es plötzlich Sinn. Es war das Zeichen des Schattenkönigs.

Plötzlich stellten sich Julias Ohren auf. Der einsame Ruf einer Eule.

Hallo?, sagte sie in Gedanken und sprang vom Baumstumpf.

Da war es wieder: *Schuhu.*

Julia meinte, grob die Richtung ausmachen zu können, aus der es kam, und lief darauf zu, sprang immer rascher über die verworrenen, vom Sturm herabgewehten Zweige. Es war kein Ruf mehr zu hören, doch ihre Nase witterte den Geruch eines Vogels, und sie hörte das scharfe Flattern von Flügeln. Ohne zu verlangsamen, änderte sie die Richtung und schoss unter einem Ast hindurch, der noch wippte, als hätte der Vogel ihn erst Sekunden zuvor verlassen.

Und dann sah sie ihn, einen dunklen Umriss im Gleitflug zwischen den Bäumen.

Flieg nicht weg!, rief sie und lief noch schneller. *Wir müssen mit dir reden.*

Die Eule blickte sich nicht um und stieg mit einem Flügelschlag höher zwischen die Äste. Julia verstand nicht, warum sie vor ihr floh. Wenn es noch jemanden gab, der eine Maske gefunden hatte, dann musste er sich doch auch verwirrt und einsam fühlen?

Ihre Beine trieben sie weiter, doch plötzlich war alles anders. Die Bäume um sie herum waren fort, und sie fand sich am Waldrand wieder und blickte auf… Leere und Ödnis.

Das Land war flach, so weit sie sehen konnte, eine riesige schwarze Ebene unter einem Himmel, der die Farbe von wässrigem Blut hatte. Vielleicht hatten auch hier einst Bäume gestanden, denn entlang der verkohlten Fläche standen schwarze Baumstümpfe. Die Eule glitt darüber hinweg, eine einsame Silhouette am Himmel.

Warte!, rief Julia. Sie wollte gerade weitereilen, als etwas am Horizont sie innehalten ließ. Dunkelheit stieg dort wie eine Welle auf, schwärzte die Ferne und rollte auf sie zu. Es war schwer zu sagen, wie schnell sie über die Ebene hinwegglitt, aber als sie näher kam, verdunkelten sich auch die höheren Lagen des Himmels und färbten sich tiefrot. Die Welle brach, und schwarze Schwaden schossen vor wie die Greifarme einer gigantischen Bestie, breiteten sich über die Ebene und kräuselten sich in dieselbe Spiralform, die sie auf der Lichtung und auf den Gesichtern der Diener des Schattenkönigs gesehen hatte.

Das Morgaet.

Auch die Eule sah es und schwang sich höher, flatterte panisch in der Luft, wie gefangen in einem Strudel der Unentschlossenheit zwischen der näher kommenden Welle und ihr.

Bitte! Wir brauchen dich! Wir sind auf deiner Seite.

Die Wolke zog rasch heran, verschlang mehr und mehr Boden, je näher sie kam. Julia konnte die Luft zittern hören – ein dunkles Grollen.

Die großen, verängstigten Augen der Eule drehten sich zu ihr. *Hilf mir!*, sagte sie. *Finde mich!*

Die Stimme klang jung und verängstigt.

Wer bist du?, rief Julia.

... eingesperrt ..., rief die Eule.

Julia konnte kaum ein Wort verstehen. Sie entfernte sich weiter vom Waldrand. *Wo?*

Der erste der schwarzen Tentakel strich über ihren Kopf, und die Eule wirbelte davon, gefangen in seinem Griff. Während sie verschwand, fing Julia ein paar Worte in ihrem Kopf auf:

Ihr findet mich in Rosc...

Die Eule war fort, und die schwarze Welle ergriff

Julia und schleuderte sie durch die Luft. Sie umfasste ihre Schultern wie ein Schraubstock, schüttelte sie, riss sie herum, und Julia schrie um ihr Leben –

»NEIN!«

»Julia, was ist los? Wach auf!«

Die Schreie erstarben in ihrem Hals, als sie die Augen aufschlug und im schummrigen Licht des Bunkers zu sich kam. Es roch noch immer nach Weihrauch. Abena umfasste ihre Schultern, als sie sich aufsetzte. Ehsan musterte sie besorgt. »Ich glaube, sie kann dich nicht hören«, sagte er.

»Ich höre euch«, schnaufte Julia. Ihr Atem ging keuchend.

Abena ließ sie los. »Du hast geschrien«, sagte sie. »Du hattest einen Albtraum.«

»Nein«, krächzte Julia. Ihre Kehle war trocken, und ihr Herz hämmerte in ihrer Brust. »Ich war wieder im Wald. Ich habe die Eule gesehen.«

»Und?«, fragte Abena mit großen Augen. »Wer ist es?«

Julia schob die Decke weg und versuchte, sich zu beruhigen. »Ich weiß es nicht. Er hatte Angst. *Eingesperrt*, hat er gesagt. Aber ich weiß, wo er ist.«

Jetzt spähte auch Wanderfalke aus seiner Nische. »Wo?«, fragte er.

Die letzten Worte der Eule lagen im Nebel ihrer Gedanken, gerade so außer Reichweite, begraben unter der Heftigkeit des Sturms. *Findet mich. Findet mich in …*

Dann fiel es ihr ein.

Findet mich in …

»Roscallen«, flüsterte sie. »Wir finden ihn in Roscallen.«

13

»Bist du sicher, dass du richtig gehört hast?«, fragte Ehsan etwa zum zwanzigsten Mal an diesem Morgen. Sie fuhren im Schnellzug nach Westen. Ab und zu kam hinter dem Fenster auf der rechten Seite das glitzernde Meer in Sicht.

»Zu neunzig Prozent«, sagte Julia.

Ehsan schnaubte. »Vor einer Stunde waren es noch 95!«

»Ich bin zu 95 Prozent bereit, dir einen Schuh über den Schädel zu ziehen«, stöhnte Abena. »Können wir uns bitte aufs Wesentliche konzentrieren?«

»Sorry, dass ich nicht voll dahinterstehe«, gab Ehsan zurück. »Aber wir machen diesen Trip hier wegen eines Worts, das Julia *in einem Albtraum* gehört hat.«

Abena bückte sich und griff nach ihrem Schuh. »99 Prozent.«

»Ist ja gut!«, sagte Ehsan.

Vor ihrem Traum hatte Julia noch nie von Roscallen gehört, was ihre Überzeugung bestärkte, dass sie dorthin mussten. Denn woher hätte sie sonst wissen sollen, dass es wirklich einen Ort gab, der so hieß? Außerdem war der Junge total verstört gewesen, und nicht nur wegen der schwarzen Wolke. Er hatte gesagt, er sei eingesperrt. Er hatte verängstigt und verzweifelt geklungen, und wenn irgendeine Chance bestand, dass sie ihm helfen konnten, durften sie sich nicht abwenden. *Wenn er mir doch nur seinen Namen gesagt hätte …*

Wanderfalke hatte ihnen am Morgen Frühstück gemacht – trockenes Rosinen-Zimt-Brot, das er selbst im Bunker gebacken hatte (»Letztes Jahr?«, hatte Ehsan nach dem ersten Bissen gemurmelt). Dann war er mit ihnen eine kurze Strecke zu einer Parkbucht in der Nähe des Hügels gelaufen, wo ein hellblauer Campingbus stand. Er war von einer beachtlichen Menge Aufklebern und Rost bedeckt.

»Ist das Ihrer?«, hatte Abena gefragt.

»So ist es!«, hatte Wanderfalke stolz erwidert.

Er ließ sie hinten auf die Rückbank steigen. Während sie sich nebeneinanderquetschten, huschten seine Augen nervös die Straße auf und ab.

»Ganz ehrlich, ich glaube nicht, dass wir beobachtet werden«, sagte Ehsan.

»Man kann nie wissen«, entgegnete Wanderfalke und kletterte auf den Fahrersitz. Der Motor brauchte mehrere Anläufe, bis er zum Leben erwachte.

»Keine Gurte«, stellte Abena fest.

»Wenn das die größte Gefahr ist, die ihr zu befürchten habt, seid froh«, murmelte Wanderfalke. Er fuhr mit einem Satz an, und im Bus stank es nach Rauch.

Nach einer kurzen Fahrt setzte er sie am Stadtrand ab. Er weigerte sich, näher an die Zivilisation heranzufahren. »Kann ich nicht riskieren«, sagte er und blickte paranoid um sich. »Man weiß nie, wann sie kommen und einen holen.«

Julia hatte nicht gefragt, wer »sie« waren. Vermutlich wusste Wanderfalke es selbst nicht. Aber sie war dankbar für seine Hilfe. Nach reiflicher Überlegung hatte er ihnen erlaubt, seinen Computer zu benutzen, um Roscallen zu finden. Als Julia den Namen eingab, hatte sie Angst gehabt, dass es überhaupt kein Ort war, doch das war es, wenige Meilen westlich von Mount Snowdon, dem höchsten Berg von Wales. Roscallen war nur ein kleines

Dorf. Drum herum lagen ein paar Bauernhöfe an einer Landstraße und ein kleiner Laden, der zugleich auch das Postamt war. Es gab einen Bahnsteig, aber der Zug hielt dort nur nach Bedarf, nicht regulär.

Sie hatten gemeinsam die Karte studiert, und Ehsan hatte am Dorfrand ein großes Gebäude namens »Roscallen Lodge« entdeckt. Es gab einen Link zu einer Website, und als sie ihm gefolgt waren, hatten sie etwas Interessantes herausgefunden: Roscallen Lodge war ein Kinderheim. Hatte der Junge das gemeint, als er gesagt hatte, er sei »eingesperrt«?

Auf dem Sitz gegenüber verzog Ehsan plötzlich das Gesicht, und seine Augen schossen zu Julia.

»Was ist?«, fragte sie.

Ehsan nahm die Ohrhörer raus und zeigte ihr das Display seines Handys. Da, neben dem Bild eines Nachrichtensprechers, war ein Foto von Julia in ihrer Schuluniform. Das Blut gefror ihr in den Adern. Sie hatte erraten, was es bedeutete, bevor Ehsan den Ton lauter stellte.

»*Julia Holt ist 13 Jahre alt, hat braune, schulterlange Haare, ist etwa 1,60 Meter groß und schlank. Sie wurde zuletzt in Jeans und einem roten Kapuzenpullover gesehen. Unbestätigten Berichten zufolge soll sie am Bahnhof Manchester gesichtet worden sein, aber die Polizei sucht nach Informationen zu ihrem aktuellen Aufenthaltsort.«*

»Scheiße!«, flüsterte Abena.

Julia griff mit zitternden Fingern nach dem Handy. Eigentlich hätte sie nicht überrascht sein sollen. Trotzdem war es ein Schock, ihr eigenes Gesicht in den Nachrichten zu sehen.

»Du wirst gesucht«, stellte Ehsan fest.

Ein Stück den Gang hinunter sah sie zwei Männer in Anzügen, die sich unterhielten. Einer von ihnen fing ihren Blick auf, und sie legte schnell eine Hand vors Gesicht.

»Was machen wir jetzt?«, fragte Abena. »Wenn die Polizei nach dir sucht, wird es nicht lange dauern, bis sie dich gefunden hat.«

»Und bis sie auch nach uns sucht«, fügte Ehsan hinzu.

Doch Julias Aufmerksamkeit galt wieder dem Display, wo sie ihre Mum in ihrem Wohnzimmer in Oxford sitzen sah. Der Anblick ihres erschöpften, abgehärmten Gesichts brach ihr das Herz. Sie sah fünf Jahre älter aus als bei ihrem Ausflug nach Llangelin – als hätte sie seit Tagen nicht mehr geschlafen. Hatte sie vermutlich auch nicht.

»Ich will einfach nur, dass sie nach Hause kommt«, sagte sie. »Was auch passiert ist, es spielt keine Rolle.

Sie soll sich nur melden. In zwei Tagen hat sie Geburtstag …« Sie schluckte die Tränen hinunter und blickte mit roten Augen in die Kamera. »Bitte, mein Schatz. Es tut mir alles so leid, aber bitte, bitte komm nach Hause.«

Julia spürte Tränen in den Augenwinkeln. Abena legte den Arm um sie. »Du musst sie anrufen«, sagte sie. »Ihr alles erklären. Du kannst mein Handy nehmen.«

»Kannst du nicht!«, widersprach Ehsan. »Wenn du mit ihr Kontakt aufnimmst, finden sie uns.«

»Es ist ihre *Mum*«, sagte Abena. »Du bekommst deine Eltern vielleicht nie zu sehen, aber bei den meisten Leuten ist das nicht so.«

Ehsan senkte gekränkt den Blick, doch Julia wurde klar, dass sein Einwand berechtigt war.

»Er hat recht«, sagte sie. Es wäre so einfach, jetzt zu Hause anzurufen. Es würde nur ein paar Worte brauchen, um ihre Mum zu beruhigen. Oder ihr wenigstens einen Teil ihrer Angst zu nehmen. Aber dieser kurze Moment der Erleichterung hätte seinen Preis. Er würde nur noch mehr Aufmerksamkeit auf sie lenken. Und wenn man sie gefunden hätte, würde man sie von Ehsan und Abena trennen und jeden von ihnen zurück nach Hause bringen. Es war unmöglich zu sagen, was dann passieren würde. Sie hatten das Glück gehabt, von Stag Grange zu entkommen, aber wenn Wanderfalke recht hatte, hielten die sterblichen Anhänger des Schattenkönigs jetzt überall nach ihnen Ausschau. Sie würden herausfinden, wo sie wohnten. Sie würden ihnen die Masken wegnehmen, und dann hätten sie nichts mehr, was sie oder ihre Familien schützen konnte. »Die Diener können uns aufspüren, wenn wir die Masken tragen«, sagte sie. »Aber die Polizei kann unsere Handys orten. Wenn wir gefasst werden, bringen wir damit nur noch mehr Menschen in Gefahr.«

Sie drückte Abenas Hand. »Trotzdem danke.«

»Es ist die richtige Entscheidung«, sagte Ehsan. Er wirkte erleichtert, doch in seinem Blick lag auch Mitgefühl. »Tut mir leid, dass ich so ein Blödmann bin«, murmelte er. »Wir müssen einfach diesen Eulentyp finden, egal wie schwer das wird, und das Problem lösen.«

Julia sah ihn überrascht an. »Du glaubst mir also doch?«

Ehsan grinste aufrichtig. »Zu 95 Prozent«, sagte er.

Wieder mussten sie umsteigen, diesmal in einen Bummelzug, der durch die Berge von Nordwales fuhr. Die Landschaft war beeindruckend, als der Zug neben kristallklaren Flüssen durch flaschengrüne Täler tuckerte. Hier in dieser abgelegenen Gegend war der Zug voller Touristen – hauptsächlich Wanderer, die die Aussicht genossen, gelegentlich ein älteres Ehepaar –, doch niemand, der sich viel um die aktuellen Nachrichten und ein vermisstes Schulmädchen namens Julia Holt gekümmert hätte. Trotzdem behielt Julia die ganze Fahrt über die Kapuze auf und vermied es, dem Schaffner ins Gesicht zu sehen, als er ihre Fahrkarten kontrollierte.

Als der Halt Roscallen durchgesagt wurde, sammelten sie ihre Sachen ein und gingen ans Ende des Waggons, wo es einen Knopf gab, den man bei Haltewunsch drücken musste. Als der Zug hielt, waren sie die Einzigen, die ausstiegen, abgesehen vom Schaffner, der sich vergewisserte, dass der Bahnsteig leer war, in seine Pfeife blies und wieder in den Zug kletterte. Der »Bahnhof« war nicht mehr als ein Wartehäuschen, einen Schalter gab es nicht.

»Das ist ja wie eine Geisterstadt«, murmelte Abena, als sie den Hügel hinauf zum Ort stapften, an einem geschlossenen Laden und den Überresten einer leer stehenden und verrammelten Tankstelle vorbei, wo Unkraut durch die Risse im Asphalt wuchs. Der ganze Ort machte einen verlassenen Eindruck.

Roscallen Lodge lag noch etwa eine halbe Meile

weiter, ein dunkles, altes Gebäude mit einem hässlichen modernen Anbau. Ein böiger Wind blies ihnen entgegen, und Julia schauderte. »Was für ein Ort zum Aufwachsen«, murmelte sie, ebenso zu sich wie zu den anderen. An einem Fenster im Obergeschoss hingen ein paar Fensterbilder, Kinder waren jedoch nicht zu sehen. Es war leicht vorstellbar, dass sich jemand hier eingesperrt fühlte. Julia war plötzlich dankbar, dass sie noch eine Familie hatte, auch wenn nicht alles einfach war. Wenigstens hatte sie zu Hause ein warmes Zimmer. Sie konnte sicher durch ihr Viertel laufen, in Geschäfte oder zu Freunden nach Hause gehen.

»Und was machen wir jetzt?«, fragte Abena. »Klopfen wir an und fragen, ob jemand hier eine Vorliebe für Eulen hat?«

Stimmen ertönten auf der Rückseite des Hauses.

»Wir haben nur einen Versuch«, sagte Julia. »Lasst uns mal sehen, ob es einen Nebeneingang gibt.«

Sie folgten den Stimmen – es waren mindestens zwei, die johlten und lachten. Neben dem Gebäude war eine etwa zehn Fuß hohe Mauer mit einem Tor, das in einen Hof oder Garten zu führen schien. Vor der Mauer stand ein Müllcontainer.

»Hilf mir mal hoch«, sagte Julia, und Ehsan half ihr auf den Deckel des Containers. Von dort aus konnte sie über die Mauer in einen armseligen kleinen Garten blicken, in dem ein platter lederner Fußball auf dem Boden lag und ein paar alte Fahrräder an der Hauswand lehnten. Ein einziger großer Baum stand in der Mitte, seine Äste reichten bis über die Mauer. Zwei Jungen, die etwa 15 sein mussten, standen darunter und schleuderten abwechselnd Stöcke in die Höhe. Der eine war lang und dünn und trug ein übergroßes Basketballtrikot, der andere war stämmig, hatte ein rotes Gesicht und einen kahl rasierten Schädel.

»Komm runter, Lee!«, rief der Schlaksige. »Was ist los mit dir?«

»Hat er vor irgendwas Angst?«

Durch das Blattwerk entdeckte Julia einen Jungen, der in einer Astgabel hockte. Sie konnte sein Gesicht nicht sehen, doch seine bebenden Schultern deuteten darauf hin, dass er weinte.

Ehsan und Abena kletterten neben ihr auf den Container, um auch einen Blick über die Mauer zu werfen.

»Lee, wir wollen nur spielen!«, beteuerte der Große.

Allerdings sah es nicht danach aus.

Der rotgesichtige Junge hob einen Stein auf und grinste. »Damit kriegen wir ihn schon«, sagte er und holte aus.

»He!«, brüllte Abena. In Sekundenschnelle flog sie über die Mauer, landete auf der anderen Seite und stürmte auf die Jungen zu. »Lasst ihn in Ruhe!«

Julia und Ehsan sahen sich verdattert an. »Was macht sie?«, fragte Ehsan.

Die beiden Jungen hoben verblüfft den Blick, und der Stämmige ließ den Stein fallen.

»Wer bist du?«, fragte er mit großen Augen und wich einen Schritt zurück.

»Dein schlimmster Albtraum!«, entgegnete Abena und kam näher. Ihre Fäuste waren geballt, und Julia machte sich ernsthaft Sorgen, dass ihre bislang so sanftmütige neue Freundin tatsächlich zuschlagen würde.

Julia sah, dass die Jungen schnell über ihren Schrecken hinwegkamen und sich zum Kampf bereit machten. Doch da schwang Ehsan sich auf die Mauer. »Vier gegen zwei«, rief er und wies mit dem Daumen auf Julia. »Und ich hab den schwarzen Gürtel in Taekwondo.«

Die Jungs zögerten. Dann verzog der Große spöttisch das Gesicht. »Ihr seid es nicht wert.« Sie schlenderten zum Haus und blieben an der Tür noch mal stehen. »Passt bloß auf. Wenn ihr hier reinkommt, kriegt ihr richtig Probleme.« Sie verschwanden durch die Tür.

»Das war ja leicht«, sagte Ehsan. »Ich halte Wache.«

Er blieb auf der Mauer sitzen, während Julia hinüberkletterte, sich auf der anderen Seite herunterließ und neben Abena stellte, die mit ruhiger Stimme zu dem Jungen im Baum sprach.

»Hey, es ist alles in Ordnung. Du kannst runterkommen.«

Der Junge gab keine Antwort. Er war klein, mager und sehr blass, hatte sandfarbenes Haar und große, blaue, weit aufgerissene Augen. Er trug einen Wollpullover, eine schmutzige Jogginghose und abgewetzte weiße Turnschuhe. Julia war davon ausgegangen, dass er jünger war als sie, doch jetzt, da sie sein Gesicht sehen konnte, nahm sie an, dass er möglicherweise auch 13 war, nur ein ganzes Stück kleiner als sie und mager, als bekäme er nicht genug zu essen. Aus irgendeinem Grund war sie sicher, dass er derjenige war, wegen dem sie hier waren, aber sie konnte nicht genau sagen warum. Alles an seiner Haltung und Erscheinung passte zu dem schüchternen, nervösen Geschöpf im Traumwald.

»Du bist die Eule, stimmt's?«, sagte sie.

Der Junge heftete den Blick auf sie und schüttelte heftig den Kopf. Er gestikulierte wütend mit den Händen, um sie wegzuscheuchen.

Julia schaute schnell zum Haus. Wenn die Jungs

einem Betreuer im Heim sagten, dass sie hier waren, würde man sie sicher bald rauswerfen. Sie hatten nicht viel Zeit.

»Wir sind weit gereist, um dich zu finden«, sagte sie. »Bitte. Wir müssen mit dir reden.«

Der Junge umklammerte immer noch die Äste, als hätte er Angst, herunterzukommen.

»Wir sind wie du«, sagte Abena. »Du hast auch eine Maske, oder?«

Julia entdeckte eine kleine Beule unter dem Pullover des Jungen und nahm an, dass er sie bei sich hatte.

»Wir wissen, was das bedeutet«, sagte sie. »Wir kennen die Kräfte, die sie dir verleiht. Ich bin der Hase, den du im Wald gesehen hast. Wir können dir helfen, Lee. Bitte komm runter.«

Die Augen des Jungen huschten weiter unruhig zwischen ihnen und dem Haus hin und her, als erwartete er, dass seine Peiniger jeden Moment zurückkamen.

»Keine Angst – sie sind weg«, ermunterte Julia ihn. »Wir lassen nicht zu, dass sie dir etwas tun.«

Zögernd kletterte er abwärts, bis er auf einem Ast ein Stück über ihren Köpfen war.

»Ich bin Julia«, sagte sie.

»Abena«, sagte Abena. Oben auf der Mauer winkte

Ehsan und nannte seinen Namen, bevor auch er sich in den Garten fallen ließ. »Komm, wir müssen hier verschwinden«, drängte er.

Der Junge sagte nichts, und Julia fragte sich, ob er vielleicht stumm war. Vielleicht war der Traumwald der einzige Ort, an dem er eine Stimme hatte.

Sie streckte die Hand lächelnd nach ihm aus, um ihm vom Baum zu helfen. »Ich verspreche dir, dass wir dir nichts tun«, sagte sie.

Der Junge kaute auf seiner Unterlippe. *Er traut mir immer noch nicht.*

Dann hatte sie eine Idee und griff in die Tasche ihres Kapuzenpullovers, um die Hasenmaske herauszunehmen. »Hier«, sagte sie. »Siehst du? Ich sage die Wahrheit.«

Ein Teil der Anspannung schien von dem Jungen abzufallen, während er die Maske wie gebannt anstarrte. Dann streckte er den Arm aus.

Kurz bevor ihre Finger sich berührten, zuckte er zusammen, seine Augen weiteten sich und blickten zum Haus. Julia schaute über die Schulter und erwartete, die Typen von eben wieder zu sehen, oder einen Mitarbeiter des Heims.

Doch es war viel schlimmer. Ein kleiner Angstschrei entfuhr Julias Lippen.

»Was ist?«, rief Abena und folgte Julias Blick,

konnte von ihrer Position aus die beiden Gestalten jedoch nicht sehen, die grinsend im Torbogen standen. Vor den bunten Fensterbildern wirkten sie völlig fehl am Platz, wie Wesen aus einer anderen Welt. Die eine in zerlumpten Kleidern, der andere mit nacktem Oberkörper und grauer Haut.

Olwen und Varun, die Diener Mehnadurs.

14

Gemeinsam traten sie vor. Ohne Hast, was es irgendwie nur noch schlimmer machte.

»Lauft …«, brachte Julia hervor. Sie konnte nur flüstern. »Wir müssen laufen.« Doch ihre Füße rührten sich nicht.

»Wer ist das?«, rief Ehsan nervös von der Mauer.

»Da bist du ja wieder, kleiner Hase«, raunte Olwen. Ihr Gesicht war wächsern, und ihre Haut hing nach unten – beinahe wie eine unförmige Verkleidung. »Wir haben uns gedacht, dass wir dich hier finden würden.«

Lee kletterte wieder höher in die Zweige. In Julias Kopf überschlugen sich panische Gedanken. *Wie konnten wir nur so blöd sein? Natürlich sind sie hier. Lee muss ja auch seine Maske aufgesetzt haben …*

Sie haben ihn aufgespürt. Und dann haben sie auf uns gewartet.

Sobald ihr das klar geworden war, verstand sie auch, warum Lee gewollt hatte, dass sie gingen. Warum er gesagt hatte, er sei *eingesperrt.* Er hatte die ganze Zeit gewusst, dass sie hier waren.

Und jetzt sind wir in die Falle getappt.

»Schau, Mutter«, sagte Varun. »Der Wolf und der Hirsch.« Obwohl er den Körper eines Jungen hatte, war etwas in seinem Blick, das ihn viel älter wirken ließ. In seinen aufgerissenen Augen lag keine Unschuld.

»Wir müssen hier weg«, sagte Abena. Sie blickte zum Baum. »Lee, kommt jetzt mit!«

Doch der Junge kletterte nur noch höher.

Varun trat zur Seite und schnippte mit den Fingern. Drei Gestalten mit dunkel bemalten Gesichtern kamen aus dem Haus, die genauso gekleidet waren wie die Angreifer auf Stag Grange, in schwarze Gewänder, die über den Boden schleiften. *Kithren* hatte Wanderfalke sie genannt. Die sterblichen Anhänger des Schattenkönigs. Jeder von ihnen trug eine blitzende silberne Sense.

Ein Rascheln im Baum ließ Julia aufblicken. Lee krabbelte über einen Ast, der bis zur Mauer reichte. Er sprang nach unten und verschwand.

»Danke für die Unterstützung«, murmelte Ehsan.

Dann setzten sich die *Kithren* in Bewegung. Julia drehte sich um und rannte los, durch den Garten, um die Rückseite des Hauses. Abena und Ehsan eilten ihr nach. Als sie um die Ecke bog, sah Julia vor sich ein hölzernes Tor mit einem Vorhängeschloss. Eine Sackgasse. Vor Angst zog sich ihr Magen heftig zusammen.

Wir sitzen fest!

»Aus dem Weg!«, brüllte Ehsan und setzte seine Maske auf. Ein goldenes Geweih blitzte an seiner Stirn auf, und sein Gesicht nahm die Züge eines Hirschs an. Er senkte das Geweih und schlug es krachend gegen das Tor, wobei er einen goldenen Lichtstrahl hinter sich herzog. Mit einem lauten Splittern flog das Tor auf, und er stolperte hindurch. Julias Herz machte einen Satz, und alle drei rannten aus dem Garten und auf den Weg, der dahinter weiterging. Am Ende des Wegs lag ein Spielplatz. Lee rannte schon darauf zu, seine Füße flogen, die Beine traten wild in die Luft.

»Bleib stehen, du Idiot!«, brüllte Ehsan, schüttelte sich Holzsplitter vom Kopf, ohne seinen Lauf zu unterbrechen, und eilte dem Jungen nach. Julias Angst trieb sie voran.

Da ertönte hinter ihr ein spitzer Schrei. Julia blickte zurück und sah, dass Abena gestolpert und zu Boden gestürzt war, ihr halb geöffneter Rucksack fiel ihr aus den Händen. Einer der Sensenmänner war sofort bei ihr und drückte sie zu Boden. Varun schnappte sich den Rucksack und wühlte darin herum. »Hab sie!«, krähte er und schwenkte die Wolfsmaske. »Du bist kein Wolf mehr!«

Julia zögerte und wollte gerade zurückrennen, als Abena ihr etwas zurief.

»Lauf!«, schrie sie, während sie auf die Füße gezogen wurde. »Ihr müsst Lee einholen!«

Zwei der *Kithren* kamen auf Julia zu und schwangen ihre Sensen so kraftvoll, dass sie begriff, dass ein einziger Hieb sie locker in zwei Teile schneiden konnte.

»Sei nicht blöd!«, brüllte Abena.

Julia wich vor den nahenden Kämpfern zurück. Sie hatte keine Waffe. Und wenn sie sich teilten – sich einer nach dem anderen von den Schergen des Schattenkönigs fangen ließen –, hätten sie keine Chance. Sie löste die Augen gewaltsam von Abena und rannte hinter Ehsan und dem Jungen her.

»Keine Sorge!«, rief Olwen ihr mit ihrer trällernden Stimme nach. »Wir werden alle schon bald beste Freunde sein.«

Julia folgte Ehsan mit brennender Lunge, ihre Turnschuhe schlitterten und rutschten über den nassen

Untergrund. Sie hörte die Diener Mhenadurs hinter sich und hielt kurz inne, um die Maske aufzusetzen.

Augenblicklich veränderte sich die Welt, und das Gewicht ihrer Beine schwand. Ihr Körper fühlte sich leicht und wendig an. Mit plötzlichem Tempo flog sie über den Boden, fast ohne ihn zu berühren. Sie überholte Ehsan mit Leichtigkeit und rückte Lee immer näher. Der Junge drehte sich um, Panik in den Augen, und kletterte unbeholfen über ein niedriges Metallgeländer auf den Spielplatz. Julia sprang einfach darüber hinweg, flog durch die Luft und umklammerte sein Bein wie beim Rugby. Beide stürzten zu Boden. Lee versuchte, sich zu befreien, doch sie hielt seinen kleinen, knochigen Körper ganz fest und zog ihn hinter ein rostiges Klettergerüst, außer Sichtweite. Wenige Sekunden später war Ehsan bei ihnen. Der arme Lee starrte sie mit großen Augen an.

»Nimm die Maske ab!«, sagte Julia.

»Auf keinen Fall«, erwiderte Ehsan. »Dann rennt er weg.«

Julia ließ eine Hand auf Lees Arm, während sie selbst die Maske abnahm.

Er wand sich ein bisschen, aber nicht genug, um sich zu befreien. »Alles ist gut«, flüsterte sie. »Ich bin es – Julia.«

Die Furcht wich aus Lees Augen. Ehsan trat einen

Schritt zurück und nahm ebenfalls die Maske ab. Das Geweih verschwand, und sein Gesicht kam zum Vorschein, verschwitzt und mit finsterer Miene.

Lees Blick sprang zwischen ihnen hin und her, und der Anflug eines Lächelns überzog seine Lippen.

Julia spähte hinter dem Klettergerüst hervor. Sie kamen. Olwen und Varun in der Mitte, mit langen, kraftvollen Schritten, die nicht zu der ausgemergelten Erscheinung der alten Frau und des Jungen passten. Zwei Kithren eilten neben ihnen her, Abena zwischen sich. Eine dritte Gestalt mit dunkel bemaltem Gesicht folgte ihnen mit Abenas Rucksack.

»Genug gerannt«, rief Olwen, und der Wind trug ihre Stimme zu ihnen herüber. »Kommt spielen, meine jungen Freunde.«

»Was machen wir?«, fragte Ehsan.

Julia schob die Maske von einer Hand in die andere. Sie hatte Angst, war aber auch wütend. *Wir können nicht ewig wegrennen.* »Wir kämpfen«, sagte sie entschlossen und sah Lee an. »Wir alle.«

Lee schüttelte heftig den Kopf.

»Hör zu«, sagte Ehsan grimmig. »Wir sind hergekommen, um dich zu befreien. Und jetzt haben sie unsere Freundin. Wenn du dich nicht zusammenreißt, dann …«

»He, schnauz ihn nicht so an«, fauchte Julia.

Ehsan holte tief Luft und stieß sie langsam wieder aus. Er legte Lee eine Hand auf die Schulter und sah ihm in die Augen.

»Tut mir leid. Die letzten Tage waren ziemlich krass. Jetzt ist keine Zeit, dir alles zu erklären, aber wir sind die Einzigen, die verhindern können, dass sehr böse Leute etwas sehr Böses tun.« Er zögerte kurz, dann sprach er mit sanfterer Stimme weiter. »Ich habe immer geglaubt, ich könnte so ziemlich alles allein regeln. Ganz ehrlich, manchmal bin ich ein ganz schön egoistischer Idiot.« Er warf Julia einen raschen Blick zu, und seine braunen Augen blitzten reumütig. War das etwa eine Entschuldigung? Julia wusste nicht, was sie sagen sollte. Doch Ehsan hatte sich schon wieder Lee zugewandt. »Wir brauchen deine Hilfe. Wir brauchen *dich*. Hilf uns, unsere Freundin zu retten. Bitte.«

Lee runzelte die Stirn, ihm war anzusehen, dass er hin- und hergerissen war. Julia spähte wieder hinter dem Klettergerüst hervor, und ihr Herz zog sich zusammen, als sie sah, dass die Diener den Zaun vor dem Spielplatz erreicht hatten. Abena wehrte sich nicht mehr und hing schlaff zwischen den beiden schwarzen Gestalten. Olwen deutete mit einem Nicken auf ihr Versteck, und ihr grausiges Lächeln verblasste. »Bringt sie mir«, zischte sie.

Lee griff unter seinen Pullover und zog eine Maske hervor. Sie war schön, ein perfekt symmetrisches, ernstes Eulengesicht mit spitzen Ohren und einem scharfen, gebogenen Schnabel. »Na los«, drängte Ehsan sanft. »Nur so kommen wir lebend hier raus.«

Lee hob die Maske langsam ans Gesicht.

Kaum hatte sie seine Haut berührt, glitt ein schwaches silbernes Licht über seine Gesichtszüge und seine Hände. Federn sprossen aus seinem Kopf und seinen Armen. Seine Augen nahmen einen grimmigen gelben Glanz an, und die Spitzen seiner Finger wurden zu langen Krallen. Julia schnappte nach Luft. Dieser Junge hatte nichts Ängstliches oder Verschüchtertes mehr an sich. Er sah aus, als wäre er bereit, ihren Angreifern das Gesicht zu zerkratzen.

Ehsan wandte sich mit einem halben Lächeln zu Julia. Dann setzte er ebenfalls die Maske auf, und Julia tat es ihm gleich. Augenblicklich wurde Ehsan wieder der majestätische Hirsch mit dem mächtigen Geweih. »Bereit?«, fragte er.

»Bereit«, erwiderte Julia.

Für Abena …

Alle drei stürmten gleichzeitig aus ihrem Versteck, doch Lee schnellte in die Höhe und flog mit ausgestreckten Armen – oder waren es Flügel? – über das Klettergerüst. Hinter ihrer Maske nahm Julia die echte Gestalt ihrer Feinde wahr. Varun war ein halbes Tier, seine wilden schwarzen Augen flackerten in ihren Höhlen, als er den Kopf drehte. Wo Olwens menschliches Gesicht gewesen war, waren nur noch Knochen, ihre papierweißen Wangen gezeichnet durch das *Morgaet*.

Ehsan galoppierte weiter und sprang mit gesenktem Kopf über den Zaun und auf die dunklen Typen zu, die Abena festhielten. Er erwischte einen von ihnen am Bein und schleuderte ihn in die Luft, sein Körper wirbelte herum, bevor er als Häuflein am Boden landete. Julia sah Lee auf den anderen losgehen und das Gesicht des Mannes mit seinen Klauen zerkratzen. Der Mann ließ seine Sense fallen. Abena riss sich los, fiel auf die Knie und griff nach der Waffe. Dem Mann gelang es, sich vor Lees hackendem Schnabel zu retten, doch als er die Sense in Abenas Hand sah, riss er die Augen auf. Er drehte sich um und rannte mit flatterndem Gewand davon.

»Feigling!«, schrie Olwen durch die entstellten Überreste ihrer Zähne. »Unser Herr will ihre Köpfe!«

Julia sah eine weitere Sense durch die Luft in ihre Richtung schwingen und machte einen Satz zurück. Die scharfe Klinge streifte die Rutsche, Funken sprühten, und ein metallisches Quietschen ertönte. Julia flitzte dem Mann durch die Beine und stürzte sich auf Varun. Die schwarzen Augen des Jungen weiteten sich, und er taumelte rückwärts und schlug mit der Hand nach ihr, in der er Abenas Maske hielt. Mit erstaunlicher Kraft stieß er Julia von sich. Sie rollte über den Boden und landete in einer Matschpfütze, fing sich jedoch schnell wieder und schüttelte sich den Schlamm aus dem Fell.

Ehsan rammte sein Geweih mit voller Wucht einem weiteren Mitglied der *Kithren* gegen den Oberkörper. Dann hob er den Kopf, wich zurück und ließ den erschrockenen Angreifer beiseiterollen, aufstehen und seinem bereits geflohenen Gefährten nachrennen.

Wir schaffen das, dachte Julia. *Wir können sie schlagen.* Sie spürte das Triumphgefühl im ganzen Körper.

Lee attackierte immer noch den letzten schwarz vermummten Diener. Er drängte den Mann mit wildem Geflatter rückwärts und hackte mit dem Schnabel nach ihm, wenn er sich wehren wollte.

Abena hob ihre Maske auf, wo Varun sie hatte fallen lassen. Hastig setzte sie sie auf und verwandelte sich in einen Wolf, senkte knurrend den Kopf und ging in Angriffsstellung. Geifer troff ihr von den gelben Zähnen, und Julia spürte einen Anflug von Angst, obwohl sie auf derselben Seite kämpften.

Abena stürzte sich auf Varun, der ihr geschickt

auswich und aufs Klettergerüst sprang, flink auf die Stange über den Schaukeln kletterte und darüber balancierte, während er das Metall mit seinen übergroßen, klauenartigen Händen umfasste. Abena kam schlitternd zum Stehen und wandte sich dem Diener Mhenadurs zu, der immer noch verzweifelt gegen Lee kämpfte. Es gelang ihm, den mageren Jungen abzuschütteln, aber als er auch noch einen Wolf vor sich hatte, wagte er keinen weiteren Angriffsversuch mit seiner Sense.

»Sei standhaft, wenn der König nicht von deiner Schwäche erfahren soll!«, schrie Olwen.

Doch nun kam auch noch Ehsan. Der letzte Diener ließ seine Waffe fallen und rannte davon, so schnell ihn seine Beine trugen. Ehsan senkte den Kopf und jagte ihn über das Feld.

Wir haben es geschafft!, dachte Julia grimmig.

In diesem Augenblick spürte sie einen heftigen Stoß an der Schulter und flog durch die Luft. Sie prallte gegen den Zaun und landete auf dem Hintern. In ihrem Kopf schrillte der Schmerz. Blitzartig war Olwen bei ihr, schloss die Finger wie Eisenklauen um ihren Hals und presste sie zu Boden. Ihre Zahnstümpfe teilten sich zu einem boshaften Lächeln, und ihre schwarzen Augen bohrten sich in Julias. »Die Maske hätte sich jemand Stärkeren suchen sollen«, höhnte sie und beugte sich tiefer. Ihr Atem war wie ein Hauch aus einer Gruft. »Ihr Kinder seid zu schwach, um unseren König aufzuhalten.«

Julia zappelte und wand sich. Panik überkam sie. Sie bekam keine Luft mehr, und ihre Bewegungen verloren an Kraft. Ihre Beine fühlten sich taub an, und der Druck in ihren Kopf gab ihr das Gefühl, ihre Augen würden gleich explodieren. Olwen streckte die freie Hand aus und schob die langen Fingernägel unter den Rand der Maske. Ein heftiger Schmerz durchzuckte Julia von Kopf bis Fuß, und sie schrie. »So fühlt es sich an, wenn dir die Seele aus dem Leib gerissen wird«, zischte Olwen. »Ohne sie bist du nichts als eine leere Hülse. Haut und Knochen und moderndes Fleisch, bis zu dem Tag, an dem dein Körper den Kampf aufgibt und stirbt.«

Als das Holz von Julias Gesicht gezerrt wurde, fühlte es sich an, als wäre ihre Haut ganz dicht vor einer lodernden Flamme und könnte jeden Moment Feuer fangen. Julia versuchte, die Hand von ihrem Hals zu lösen, doch es war unmöglich. Olwen war zu stark.

Während das Licht vor ihren Augen verblasste, dachte Julia an ihre Mum und dass sie nicht einmal die Chance gehabt hatte, sich von ihr zu verabschieden.

Und plötzlich war da Erleichterung. Olwen flog mit einem Aufschrei zur Seite – eine graue Gestalt hatte sie umgeworfen. Mühsam setzte Julia sich auf. Sie sah Ehsans Hirschkopf hin und her schwingen, während er Varun abzuschütteln versuchte, der auf seinem Rücken saß, doch der Junge hielt sich fest und grub die Krallen tief in die Flanken des Hirschs. Die Eule flatterte über ihnen hin und her, als suchte sie nach einer Lücke zum Angreifen.

Schließlich fiel Julias Blick auf Abena, deren Hände rechts und links von Olwens liegender Gestalt auf den Boden gestützt waren und von deren gebleckten Reißzähnen Geifer troff.

»Du kannst uns nicht aufhalten!«, zischte die Hexe. »Du bist nur ein Kind. Ein lächerliches kleines …«

Ihre Worte erstarben, als der Wolf seine Zähne in ihrem Hals versenkte und sie hin und her schüttelte. Unter Abenas Körper zerfiel Olwens Gestalt und schrumpfte in sich zusammen, bis nur noch Lumpen und ein Häuflein Asche übrig waren.

Der Wolf hob die Schnauze und stieß ein langes, triumphierendes Heulen aus. Ein Teil von Olwens staubigen Überresten wurde vom Wind erfasst und wehte über das Feld.

Einen Augenblick herrschte Stille. Julia versuchte zu begreifen, was passiert war und was es bedeutete.

Da durchstieß ein Schrei ihr Gehirn wie ein Dolch aus Eis.

»Neiiiin!«

Es war Varun. Er rutschte von Ehsans Rücken und machte ein paar wacklige Schritte auf das Aschehäuflein zu. Seine Klauen waren zu Fäusten geballt, seine schwarzen Augen auf Olwens Überreste gerichtet wie die eines verwirrten Hundes. Dann drehte er sich um und funkelte sie nacheinander wütend an.

»Dafür werdet ihr büßen«, sagte er leise. »Bevor ihr sterbt, werde ich mich rächen. Ich werde euch diejenigen nehmen, die ihr am meisten liebt, und ihre Todesschreie werden in euren Ohren widerhallen.« Während er sprach, zerrte ein Windstoß an seinen Haaren und seiner Hose, sodass sie um ihn flatterten. »Das verspreche ich euch«, schrie er. »Im Namen Mhenadurs, ich schwöre, dass ihr einen schrecklichen Preis zahlen werdet.«

Die Luft um ihn herum wurde zu einem wirbelnden Tornado, und seine Gestalt in der Mitte verlor an Schärfe, bis nur noch zwei schwarze Augen zu sehen waren, die vor Hass brannten. Dann waren auch sie verschwunden, und die Luft war wieder still.

Dort, wo er gestanden hatte, qualmte das Gras in Form einer Spirale.

Julia lief ein Schauer über den Rücken, als sie

die Maske abnahm. Mit zitternden Knien stand sie da und hielt sich am Zaun fest. Es war vorbei. Der Kampf war vorüber.

»Was habe ich getan?«, flüsterte eine verstörte Stimme.

Julia wandte den Kopf und sah Abena neben einem Häuflein Asche knien, das einmal die Dienerin des Schattenkönigs gewesen war. Sie hielt ihre Wolfsmaske in der Hand und starrte zu Boden.

Auch Ehsan und Lee nahmen ihre Masken ab und verwandelten sich in ihre menschliche Gestalt zurück. Beide verharrten an Ort und Stelle und sahen Abena unsicher an. Julia ging zu ihr, während sie vorsichtig ihre Kehle massierte. Es war schwer, darüber hinwegzugehen, dass der Staub am Boden bis vor wenigen Augenblicken ein Mensch gewesen war. Oder zumindest etwas, das einem Menschen *geähnelt* hatte. Asche bedeckte Abenas Kleidung und hing in ihren Zöpfen.

»Ich habe sie getötet«, murmelte Abena und starrte ins Leere.

Julia hockte sich neben sie und half ihr, sich aufzurichten.

Dann legte sie ihr die Hände auf die Schultern. Abenas Arme hingen schlaff an ihr herab, und sie blickte weiter zu Boden.

»Du hast mir das Leben gerettet«, sagte Julia. »Du warst unglaublich.«

Abena riss die Augen von Olwens Überresten los, um Julia anzusehen, doch ihr Blick war noch immer glasig. »Ich habe sie getötet«, wiederholte sie.

»Sie hatte es verdient«, sagte Ehsan. »Du konntest nicht anders. Sonst hätte sie dich getötet.«

Julia nahm Abenas Wangen in die Hände und sah ihr in die Augen. »Er hat recht«, sagte sie leise und nickte. »Du hast uns alle gerettet.«

Abena nickte ebenfalls, auch wenn Julia nicht sagen konnte, ob sie ihr zustimmte oder nur benommen war.

»Wir sollten von hier verschwinden, bevor der Kleine zurückkommt«, sagte Ehsan. »Wer weiß, wen er beim nächsten Mal mitbringt.« Lee wandte sich zum Kinderheim um. »Du kannst nicht zurück – noch nicht«, fügte er hinzu.

Erst jetzt merkte Julia, dass Ehsans Jacke zerrissen war. Ihre Brust zog sich zusammen. »Ist alles okay mit dir?«, fragte sie und zeigte darauf.

Ehsan blickte nach unten und schob die Hand in die Jacke. Als er die Finger wieder hervorzog, waren sie blutverschmiert – zweifellos ein Ergebnis Varuns scharfer Klauen. »Ist nur ein Kratzer«, sagte er, verzog jedoch das Gesicht. Dann drehte er sich zu Lee.

»Gibt es hier irgendwo einen Ort, wo wir in Ruhe reden können?«

Lee biss die Zähne zusammen und nickte, dann winkte er sie in Richtung Straße. Julia nahm Abenas Hand, und gemeinsam stapften sie über das schlammige Feld.

Wir haben die Eule gefunden. Wir haben getan, was Wanderfalke gesagt hat. Die vier Masken sind vereint.

Dennoch fragte sich Julia, als sie ihren neuen schweigsamen Gefährten und ihre mitgenommenen, verletzten Freunde ansah, ob ihr Kampf nicht gerade erst richtig losging.

15

Ein träger Fluss schlängelte sich durch die Landschaft, sein Ufer war voller Müll, der von der darüberliegenden Straße herabgeweht worden war.

Lee hatte noch immer kein einziges Wort gesprochen, als sie sich etwa eine Stunde später unter einer mit Graffiti beschmierten Brücke niederließen. Seine Miene zeigte jedoch, dass er genau verstand, was sie sagten, und als sie ihre Geschichte erzählten – von den Masken, den Dienern, von Wanderfalke und dem Mythos des Schattenkönigs –, spiegelten seine Gesichtszüge alles, was er nicht in Worten ausdrückte.

Julia überließ das Reden weitgehend den anderen. Sie war erleichtert, dass Abena ihren Schock nach Olwens Tod überwunden zu haben schien, zumindest vorerst. Ihre eigenen Gedanken kreisten jedoch um Varuns Abschiedsworte.

Ich werde euch diejenigen nehmen, die ihr am meisten liebt …

Was, wenn er seine Drohung wahr machte? Sie war doch überhaupt nur von zu Hause weggelaufen, um ihre Mum zu schützen, und weil sie gehofft hatte, sie könne das Problem allein lösen. Jetzt aber, da ihr Gesicht in den Nachrichten war, stieg mit jeder Stunde die Wahrscheinlichkeit, dass die Anhänger des Schattenkönigs ihre Mum fanden und an ihr Rache nahmen.

»Alles okay?«, fragte Abena.

Julia nickte abwesend. Ihr war gerade etwas eingefallen, was Wanderfalke gesagt hatte – dass die *Kithren* Anrufe verfolgen konnten. Das hieß, dass sie unter ihrem Radar bleiben mussten. Im Verborgenen. Oder nicht?

»Und du, Lee«, fragte Ehsan. »Wo hast du deine Maske gefunden?«

Lee blickte auf. Er deutete mit der Maske auf den Fluss, neben dem sie saßen.

»Da drin?«, fragte Abena. »Da hast du sie gefunden?«

Lee nickte. Es war auch nicht merkwürdiger als ihre eigenen Fundorte. Vielleicht hatte er deshalb diesen Platz ausgesucht. Es schien genau der Ort zu sein, an den ein einsamer Junge sich zurückzog, um seinem Leben zu entkommen und nachzudenken.

»Wie alt bist du?«, fragte Abena.

Lee hob zehn Finger, dann drei. *13, wie wir.*

»Lass mich raten«, sagte Julia. »Die Eule ist ... zur Herbst-Tagundnachtgleiche geboren.« Lee sah sie verständnislos an, und sie fügte hinzu: »Dein Geburtstag – der ist am 22. September, stimmt's?«

Auf seinem Gesicht breitete sich ein Grinsen aus, und er nickte heftig. Nicht, dass es diesen Beweis überhaupt noch gebraucht hätte. Wanderfalke hatte die Wahrheit gesagt.

»Jetzt sind wir also alle zusammen«, sagte Ehsan. »Als Nächstes müssen wir diese Eiche finden. Irgendwelche Vorschläge?«

Der Junge zuckte mit den Schultern, Julia schwieg.

»Vor der Frühjahrs-Tagundnachtgleiche«, fügte Abena hinzu.

»Hier können wir jedenfalls nicht bleiben«, stellte Julia fest.

»Wir sollten nach London fahren.« Ehsan stand auf. »Meine Eltern haben da eine Wohnung. Sie nutzen sie nie.«

Lee hob überrascht den Blick.

»Er ist reich«, erklärte Abena. Dann sah sie Ehsan

mit hochgezogenen Augenbrauen an. »Haben sie nichts dagegen?«

»Wahrscheinlich haben sie längst vergessen, dass sie die Wohnung überhaupt besitzen«, erwiderte Ehsan. »Es ist garantiert niemand da.«

»Stinkreich«, murmelte Abena kopfschüttelnd.

Es war schon dunkel, als sie von der Tube-Station durch den Mayfair District liefen – riesige rote Backsteinhäuser wie zur Zeit von Eduard VII. mit elektrischen Toren und teuren Autos in den Einfahrten. Nach dieser weiteren langen Zugfahrt wollte Julia nur noch schlafen.

Auf der Fahrt hatte sie in Gedanken noch einmal den Kampf auf dem Spielplatz durchlebt. Trotz des schrecklichen Ausgangs konnte sie einen Anflug von Stolz nicht unterdrücken – sie hatten drei Erwachsene mit gefährlichen Waffen überwältigt. Sie hatten zusammengehalten, und sie hatten gesiegt. Trotzdem hatte sie Angst. Angst vor dem, was als Nächstes kam. Vor Varuns düsterer Drohung und was sie für ihre Mum bedeutete.

Die Wohnung von Ehsans Eltern entpuppte sich als elegantes Stadthaus in einer ruhigen Straße. Ehsan machte sich nicht mal die Mühe anzuklopfen, bevor er den Schlüssel ins Schloss steckte. Wie vorhergesagt war niemand da, und Julia bemerkte eine dünne Staubschicht auf dem Tischchen hinter der Tür. Lee betrachtete mit großen Augen die hohen Decken und polierten Holzböden. Julia nahm an, dass der Unterschied zur Inneneinrichtung des Kinderheims in Roscallen größer nicht sein konnte.

Ehsan führte sie ins Wohnzimmer. Moderne Gemälde hingen an den Wänden, in der Mitte des Raums stand ein riesiges Sofa und in den Ecken ein paar wuchtige Lautsprecher. Eine Tür führte in eine Küche mit Glasdach und einer Menge Edelstahlarbeitsflächen. Es gab einen großen Kamin, und Ehsan machte Feuer. Als sie sich aufs Sofa fallen ließen, knisterten die Flammen, und eine wohltuende Wärme breitete sich aus.

»Das ist euer *Zweitwohnsitz*?«, fragte Abena.

»Eher der Viertwohnsitz«, erwiderte Ehsan mit einem verlegenen Lächeln. »He, ich kann nichts dafür, dass meine Eltern so viel Geld haben. Sollen wir was zu essen bestellen?«

Sie einigten sich auf einen chinesischen Lieferdienst, und Ehsan gab die Bestellung mit dem Handy auf. Es würde eine halbe Stunde dauern, bis das Essen kam, und sie beschlossen, die Zeit zu nutzen, um sich frisch zu machen.

Abena zupfte an ihrer Armeejacke, die schmutzig

und zerrissen war. »Wozu? Meine Klamotten sind sowieso nur noch Fetzen.«

Ehsan lachte und zeigte zur Decke. »Oben im Schrank sind ein paar Sachen. Gleich die erste Tür. Mädchensachen. Nehmt euch, was ihr braucht.«

Abena runzelte die Stirn. »Ähm, okay, aber …« Sie stockte, und nun begriff auch Julia. »Oh. Sind die von deiner Schwester?«

»Sie *waren* von meiner Schwester.«

Abena wechselte einen Blick mit Julia. »Wir können doch nicht die Klamotten von deiner Schwester anziehen«, sagte sie dann.

»Klar könnt ihr«, entgegnete Ehsan. Sein Lächeln war angespannt. »Ganz ehrlich, sie landen sowieso im nächsten Wohltätigkeitsladen, wenn Mum es über sich bringt, herzukommen und ihren Kram auszusortieren.« Abena wirkte noch immer unsicher. »Wirklich«, beteuerte Ehsan. »Nehmt euch wenigstens was, solange eure Sachen in der Wäsche sind. Ihr zwei riecht ein bisschen, wisst ihr?«

Julia war dankbar, dass er versuchte, die Stimmung aufzulockern, und auch Abena wirkte erleichtert.

»Na gut«, sagte sie.

Sie fühlte sich etwas komisch dabei, den Schrank einer Fremden zu durchwühlen, vor allem, da sie wusste, dass die Person nicht mehr am Leben war.

Naimas Kleider waren überhaupt nicht ihr Stil – alles teure Marken –, aber sie fand eine passende Jeans und ein Oberteil. Abena suchte sich einen Pulli, einen Rock und schwarze Leggings aus.

Als sie mit ihren schmutzigen Sachen wieder nach unten gingen, wusste Julia nicht, welche Reaktion sie erwartete. Glücklicherweise kam im selben Moment das Essen, und Ehsan nahm es an der Haustür in Empfang. Als er mit den Papiertüten das Wohnzimmer betrat, blieb sein Blick für eine Sekunde an ihnen hängen.

»Schon komisch, oder?«, murmelte sie und spürte, dass sie rot wurde. »Es tut mir wirklich leid, ich –«

»Nein«, sagte Ehsan schnell. »Na ja, doch, ehrlich gesagt schon. Ein bisschen.« Er lächelte, aber seine Schultern hingen nach unten. Er sah plötzlich sehr verloren aus, und Julia hätte ihn am liebsten fest umarmt, wusste aber nicht, wie. Stattdessen blieb sie stehen und trat von einem Bein aufs andere.

Abena räusperte sich. »Ähm… sollen wir den Tisch decken?«

Sie setzten sich an den Küchentisch. Lee hatte es vorgezogen, seine eigene Kleidung anzulassen, obwohl Ehsan ihm Wechselsachen angeboten hatte. Einige Minuten lang fiel kaum ein Wort, während sie das Essen in sich hineinschlangen. Dann wurde ein paarmal gelächelt und schließlich sogar gelacht, als Abena versuchte, Ehsan beizubringen, wie man mit Stäbchen aß. Julia wurde klar, dass es ihr schon lange nicht mehr gelungen war, so entspannt mit Freunden zusammen zu sein. *Freunde.* Waren sie das? Sie fühlte sich ihnen im Moment jedenfalls näher als irgendwem aus ihrem alten Leben. Beth, Niq, Olivia … Bei dem Gedanken fühlte sie sich plötzlich einsam und traurig.

Während ihre Mägen sich füllten und die Essensreste abkühlten, wurden die Witze spärlicher. Es war kurz vor neun, als Abena ihren Stuhl zurückschob.

»Was machen wir da eigentlich?«, fragte sie mit einem Kopfschütteln.

»Wir chillen«, erwiderte Ehsan verteidigend.

»Wir wissen nicht mal, wo wir diesen Baum finden sollen«, sagte Abena. »Es sind nur noch zwei Tage bis zur Tagundnachtgleiche, und wir sitzen hier rum und schlagen uns den Bauch voll.«

»Aber vorher haben wir diese Skeletthexe fertiggemacht«, gab Ehsan zurück und versetzte Lee einen freundschaftlichen Stoß mit dem Ellbogen. »Wir haben alles unter Kontrolle, stimmt's?«

Julia war klar, dass seine Worte nur Show waren, aber sie konnte es ihm nicht verübeln. Sie hatten ganz schön was durchgemacht. Ein paar sorglose Stunden waren nicht zu viel verlangt. Doch sie wusste, dass ihre Feinde nicht ruhen würden. Wenn Wanderfalke recht hatte, dann hatte der Schattenkönig nahezu 1500 Jahre auf diesen Moment gewartet. Seine Diener, die untoten und die sterblichen, würden nach ihnen suchen und Rache nehmen, vielleicht schon in diesem Augenblick.

Mum …

Die Sorgen, die sie unterdrückt hatte, kamen in einem plötzlichen Schwindelanfall wieder hoch, der durch ihren vollen Magen noch verstärkt wurde. *Abena hat recht. Wir können uns nicht einfach verstecken und denken, dass das Problem sich von selbst löst.*

»Alles okay, Julia?«, fragte Abena.

»Ich bin nur müde«, erwiderte sie. »Ich gehe jetzt duschen und dann schlafen, wenn das in Ordnung ist?«

»Klar«, sagte Ehsan. »Such dir ein Zimmer aus.«

Julia wünschte allen eine gute Nacht und ging nach oben. Als sie sich noch einmal umdrehte, sah sie, dass Lee sie eindringlich beobachtete.

Sie wusste schon, welches Zimmer sie nehmen wollte, weil sie vorhin das Telefon auf dem Nachttisch gesehen hatte. Sie zog die Tür hinter sich zu, ging in das kleine Bad, das zum Zimmer gehörte, und stellte die Dusche an. Dann nahm sie das Telefon aus der Station und setzte sich neben das Bett auf den Teppich, so weit weg von der Tür wie möglich. Sie wählte eine Nummer, die sie auswendig konnte – ihre Nummer in Oxford –, und presste den Hörer ans Ohr, damit ihre Finger nicht zitterten.

Nach dem dritten Klingeln nahm ihre Mum ab. »Hallo?«

Schon beim Klang ihrer Stimme traten Julia Tränen in die Augen, und einen Moment wusste sie nicht, was sie sagen sollte.

»Jules?«, fragte ihre Mutter verzweifelt. »Bist du das?«

»Hallo«, sagte sie leise.

Stille, dann ein Wimmern. »Oh mein Gott … Jules. W-wo bist du? Geht es dir gut?«

»Alles in Ordnung, Mum«, sagte sie. »Ich … ich bin in London.«

»Mit *wem*?«, fragte ihre Mum. »Jules, ich habe überall angerufen. Alle deine Freunde … die Polizei.«

»Es tut mir leid«, sagte Julia. »Bitte, hör mir zu. Es ist wichtig …«

Doch die Stimme ihrer Mutter wurde schrill. »Warum hast du nicht *angerufen*?«

»Das ist jetzt egal, Mum. Wichtig ist nur …«

»*Dir* ist das vielleicht egal, aber jede Menge Menschen suchen nach dir!«

Die Tränen in Julias Augen trockneten schnell. Trotz allem, was passiert war, war es genau wie früher – ihre Mutter hielt ihr einen Vortrag. »Mum, bitte – sei still!«

Sie hatte die Stimme ganz leicht erhoben, und es funktionierte. Am anderen Ende herrschte Schweigen.

»Ich glaube, du bist in Gefahr.«

»*Was?*«

»Es würde zu lange dauern, es dir zu erklären. Du musst das Haus sofort verlassen und an einen sicheren Ort gehen. Irgendwohin, wo dich niemand finden kann.«

»Julia, hör auf damit. Das ist nicht komisch, du machst mir Angst.«

»Gut«, entgegnete Julia heftig. »Du sollst auch Angst haben. Ich habe etwas gefunden, Mum. Eine Maske. Eine Druiden-Maske. Sie hat etwas mit dem Schattenkönig zu tun – Mhenadur.« Ihre Mum gab ein ersticktes Prusten von sich. Sie schien den Namen zu kennen, nicht aber die Bedeutung. »Das ist kein Witz«, sagte Julia mit zusammengebissenen Zähnen. Sie wollte schreien, aber die anderen unten durften sie nicht hören. »Ich habe Dinge gesehen, die du niemals glauben würdest. Geschöpfe, die gar nicht existieren dürften. Du musst das ernst nehmen. Ich lüge nicht. Ich schwöre es bei … bei Dads Grab.«

Die Stimme ihrer Mutter war nüchtern und etwas kühl. »Also gut, mein Schatz. Ich höre dir zu.«

Tust du nicht, dachte Julia. *Du willst mich nur nicht weiter verärgern.*

»Gibt es irgendeinen sicheren Ort, wo wir uns treffen können? Irgendwo in London?«

»Ja, bestimmt«, sagte ihre Mum, nachdem sie kurz nachgedacht hatte. »Aber ich verstehe nicht, warum du nicht herkommen kannst und –«

»Ich erkläre es dir, wenn du da bist, versprochen«, sagte Julia. »Kannst du das für mich tun? Bitte?«

Wieder herrschte Schweigen. Julia konnte regelrecht vor sich sehen, wie ihre Mum sich die Schläfen massierte. »Gut«, sagte sie schließlich. »Wie wäre es bei Mark Thakeray? Er wohnt… Warte mal kurz…« Julia hörte sie in ihrem Adressbuch blättern. »In Chelsea. The Glassworks, Apartment 49.«

Thackeray war Mums Verleger, der auch ihr letztes Buch in Auftrag gegeben hatte. Er war ein älterer, weißhaariger, durch und durch harmloser Mann. Er war sogar zu Dads Beerdigung gekommen. Julia war schon einmal in seiner Wohnung in Chelsea gewesen, auf einer langweiligen Party, auf der sie die meiste Zeit mit ihren Freunden gechattet und sich mit edlen Häppchen vollgestopft hatte.

»Perfekt«, sagte Julia. »Und keine Polizei, in Ordnung? Niemand darf wissen, wo du bist. Versprochen?«

»Ich kann in eineinhalb Stunden da sein. Aber bitte, sag mir, wo du jetzt bist.«

Julia dachte an ihre Freunde unten. Ihr *Team.* Sie vertrauten ihr, und obwohl es einen guten Grund für ihr Tun gab, ließ sie sie im Stich – zumindest für eine Weile. »Hab dich lieb, Mum«, sagte sie. »Wir sehen uns bei Thackeray.«

Dann legte sie auf.

16

Julia wartete, bis es im Haus still und sie sicher war, dass die anderen schliefen. Dann erst, kurz nach Mitternacht, schlich sie aus ihrem Zimmer und die Treppe hinunter. Sie verließ das Haus durch die vordere Tür, die sie leise hinter sich zuzog. Sie blickte die Straße hinauf und hinab. Sie war leer.

Ihre Haut kribbelte vor Nervosität beim Gedanken, ihre Mum wiederzusehen. Es war erst ihre vierte Nacht fort von ihr, fühlte sich aber viel länger an. Es war so viel passiert. So vieles hatte sich verändert.

Es war nur ein kurzer Fußmarsch nach Süden durch Westlondon bis nach Chelsea, und obwohl auf den Straßen immer noch Verkehr war, waren nur wenige Fußgänger unterwegs. Julia hatte sich die Maske unter den Arm geklemmt, eingehüllt in einen Kopfkissenbezug. Ein- oder zweimal spürte sie ein Kribbeln im Nacken, doch als sie sich umdrehte, konnte sie nichts Verdächtiges entdecken. *Es gibt keinen Grund, paranoid zu sein.* Dennoch hielt sie die meiste Zeit den Kopf gesenkt, machte sogar einen Umweg und lief einen Block hin und zurück, um sich zu vergewissern, dass niemand ihr folgte. Sie hatten ihre Masken seit Roscallen nicht mehr getragen, also konnte Varun sie bestimmt nicht aufgespürt haben.

Sie gelangte zum Fluss und steuerte auf den Komplex mit den teuren Wohnungen zu, in dem Thackeray lebte. Als sie um die Ecke bog und die Tür des Gebäudes erreichte, löste sich ein Schatten von der gegenüberliegenden Wand, und ihr Herz setzte einen Schlag aus. Doch eine Sekunde später, kurz bevor die Gestalt ins Licht trat, erkannte sie den Umriss des langen, in der Taille gebundenen Mantels. »Mum!«

Sie verlor die Beherrschung und rannte los. Auch ihre Mum rannte, und sie fielen einander in die Arme. Julia spürte, wie der Körper ihrer Mum vor Schluchzern bebte, und drückte sie ganz fest. Sie hatten sich seit den Tagen kurz nach Dads Tod nicht mehr richtig umarmt, und es fühlte sich ungewohnt, aber gut an. Sie sog den vertrauten Duft ein. Ein paar Sekunden war sie ganz in die Umarmung versunken und ließ den Tränen freien Lauf, bis ihre Mum sich ein Stück zurückbewegte. Julia sah ihr in die Augen.

»Ich habe hier draußen gewartet«, sagte Mum, »weil ich Angst hatte, du würdest es dir in letzter Sekunde doch noch anders überlegen.« Sie nahm Julias Wangen zwischen die Hände, und ihre Lippen zitterten immer noch. »Ich kann nicht glauben, dass es nur drei Tage waren«, sagte sie. »Es hat sich angefühlt wie ein ganzes Leben.«

»Es tut mir so leid«, sagte Julia schniefend. »Ich wollte nicht, dass das alles passiert.«

»Ich verstehe es immer noch nicht. Du hast am Telefon völlig wirr geredet. Etwas über Mhenadur und eine Maske ...«

Julia hatte sich diesen Moment vorgestellt, seit sie die Maske zum ersten Mal berührt hatte. Wie sie sie ihrer Mum zeigte. Das Geheimnis mit ihr teilte. Dennoch zögerte sie und dachte an die anderen, die jetzt sicher fest schliefen. Die Masken waren ihr Geheimnis, und doch war sie hier und drauf und dran, es zu verraten, wenn auch nur ihrer Mutter. Sie nahm die Maske langsam aus dem Kissenbezug. Das Notlicht über der Eingangstür ließ ihre Oberfläche glänzen.

»Du lieber Himmel!«, flüsterte ihre Mutter stirnrunzelnd. »Wo hast du die denn her?«

»Aus Llangelin«, sagte Julia. »Ich habe sie im

Wald in der Nähe vom Cottage gefunden. Und es gibt noch drei weitere.«

Ihre Mum nahm die Maske vorsichtig in die Hand und betrachtete sie schweigend. »Erstaunlich. Ich würde vermuten, dass sie wirklich sehr alt ist.«

»Etwa 1500 Jahre«, sagte Julia. Stolz stieg in ihr auf, als sie das faszinierte Gesicht ihrer Mutter sah. Sie drehte die Maske um und strich mit den Fingerspitzen über die Unterseite. »Ley-Linien …«, murmelte sie.

»Wie bitte?«, fragte Julia.

»Diese Kerben«, erklärte ihre Mum. »Sie sehen aus wie Ley-Linien. Vielleicht ist es auch Zufall, aber …« Sie sah Julia an, und ihre Augen blitzten vor Neugier. »Komm, lass uns reingehen und uns aufwärmen. Mark erwartet uns.«

Julia wickelte die Maske wieder in den Kissenbezug, und sie gingen zur Tür und klingelten bei Apartment 49. Thackerey drückte den Summer, und sie nahmen den Aufzug in den vierten Stock.

Als die Aufzugstüren sich öffneten, empfing Thackeray sie am Ende des Gangs neben seiner Tür. Er war ein großer, kräftiger Mann mit rosigen Wangen und wie immer makellos gekleidet in Tweed-Anzug und Krawatte, trotz der späten Stunde. Um den Hals hing ihm seine Brille.

»Hereinspaziert, meine Damen. Wie wäre es mit einem Tee?«

»Ja, gerne«, sagte Julia. Einfach wieder unter normalen Menschen zu sein, bei ihrer Mum, fühlte sich komisch an. Erst jetzt, da sie in der Lage war, sich ein bisschen zu entspannen, merkte sie, wie nervös sie die ganzen letzten Tage gewesen war. Sie wusste jetzt schon, dass es ihr sehr schwerfallen würde, wieder zu gehen, aber sie wusste auch, dass es sein musste, wenn die Zeit gekommen war.

Die Wohnung war großzügig und modern – es gab eine offene Wohnküche mit bodentiefen Fenstern, durch die man auf die Themse blickte. Auf dem glatten Betonboden lagen dicke Teppiche, und an einer Wand stand ein deckenhohes Bücherregal. Ein weiteres frei stehendes Regal mit kleinen Keramikgegenständen teilte den Raum. Julia hielt sich dicht bei ihrer Mum, und sie setzten sich auf ein Ledersofa vor einem ovalen Beistelltisch mit polierter Kupferoberfläche.

»Ich muss zugeben«, sagte Thackeray, während er das kochende Wasser in die Teekanne goss, »dass ich ziemlich überrascht war, heute von deiner Mutter zu hören. Normalerweise lassen Schriftsteller so kurz vor dem Abgabetermin nichts von sich hören.«

Julias Mum lachte. »Ich danke dir, dass du mir

noch ein paar Tage Aufschub gegeben hast«, sagte sie.

»Ich bin vor allem froh, dass du Julia gefunden hast«, sagte Thackeray. »Als ich in den Nachrichten gesehen habe, dass du vermisst wirst, habe ich deine Mutter sofort angerufen und ihr jeglichen Beistand angeboten.«

Julia ließ sich tiefer in die Kissen sinken. Alle Zweifel, die sie daran gehabt hatte, ihre Mum anzurufen, lösten sich in Luft auf. Es war die richtige Entscheidung gewesen. Je mehr Menschen wussten, was vor sich ging, desto besser war es. Gemeinsam waren sie stärker. Die Vorstellung, dass sie vorgehabt hatten, alles allein zu regeln, kam ihr jetzt völlig absurd vor. Schließlich waren sie nur Kinder.

»Dürfte ich kurz ins Bad?«, fragte Julias Mum.

»Aber natürlich«, sagte Thackeray. »Du weißt noch, wo es ist?«

Mum ging davon, ihre Schuhe klackerten über den harten Boden. Etwa eine Minute später brachte Thackeray die Teekanne, Tassen und Untertassen auf einem Tablett herüber. Mit einem leisen Schnaufen stellte er sie auf den Tisch. Sein Blick fiel auf den Kissenbezug auf Julias Schoß. »Na, so was«, sagte er. »Die Maske! Das klingt ja *sehr* spannend. Ich würde sie zu gerne sehen.«

Julia spürte, dass sie sich versteifte. Ihre Hand schloss sich enger um die Maske, und sie warf einen Blick in die Richtung, in die ihre Mutter verschwunden war. Kein Wunder, dass Thackeray interessiert war – schließlich hatte er Mums Bücher über Druiden in Auftrag gegeben. Doch als sie in Gedanken die letzten Minuten durchging und nach dem Moment suchte, in dem sie die Maske erwähnt hatten, wurde sie nicht fündig. *Wir haben sie nicht erwähnt, oder?* Vermutlich hatte ihre Mum etwas gesagt, als sie das Treffen hier arrangiert hatte. *Du bist schon wieder paranoid,* sagte sie sich.

»Das sieht gut aus«, sagte sie zu Thackeray und deutete mit einem Nicken auf den Tee. »Könnte ich etwas Milch haben, bitte?«

Thackeray schlug sich gegen die Stirn. »Ich Schussel! Natürlich, meine Liebe! Einen Moment.«

Während er weg war, kam Julias Mum wieder und legte ihr beschützend eine Hand auf den Oberschenkel. »Es ist so wunderbar, dich zu sehen, mein Schatz.«

»Mum«, flüsterte Julia. »Hast du Mark von der Maske erzählt?«

Ihre Mutter runzelte die Stirn. »Nein … Ich glaube nicht. Warum?«

Der Knoten in Julias Magen festigte sich, als Thackeray mit einem hübschen kleinen Milchkännchen zurückkam und es auf den Tisch stellte. »Bitte sehr!«

Vielleicht war er gerade auf dem Balkon gewesen und hatte das Gespräch vier Stockwerke weiter unten mit angehört. Oder er hatte über die Gegensprechanlage gelauscht. Keine der beiden Möglichkeiten war sehr wahrscheinlich.

»Woher wissen Sie von der Maske?«, fragte sie rundheraus. Die Frage klang selbst in ihren eigenen Ohren unvermittelt und barsch.

»Julia, sei nicht unhöflich!«, sagte ihre Mum. »Es ist wirklich nett von Mark, dass wir uns bei ihm treffen können.«

Thackeray schwieg einen Augenblick, dann begann er, den Tee einzuschenken, ohne Julias Blick zu erwidern. »Entschuldige, Liebes. Deine Mutter muss sie erwähnt haben.«

»Hat sie aber nicht«, sagte Julia. »Oder, Mum?«

Ihre Mutter sah verwirrt aus. »Also, ich erinnere mich jedenfalls nicht, Liebling. Aber vielleicht habe ich sie doch kurz erwähnt.«

Nun sah Thackeray Julia an und lächelte. »Das wär's also. Rätsel gelöst.« Er schob eine Tasse über den Tisch. Dabei rutschte der Ärmel seines Jacketts ein Stück nach oben. Etwas an der Unterseite seines

Handgelenks zog Julias Blick an. Ein Zeichen auf seiner Haut.

Ihr wurde eiskalt, doch es gelang ihr, ihre Reaktion zu verbergen. Sie wollte nur noch weg, und ihre Mum wollte sie mitnehmen.

Sie hatte das Symbol nur halb gesehen, doch sie hätte es überall erkannt.

Eine schwarze Spirale, die in die Haut geritzt war.

»Ähm«, sagte sie. »Hätten Sie vielleicht auch noch Zucker?«

Ihre Mutter warf ihr einen Seitenblick zu. »Seit wann nimmst du Zucker?«

Thackeray straffte die Schultern. Die Freundlichkeit war aus seinem sonst so schalkhaften Gesicht gewichen. »Ich glaube nicht, dass sie welchen will«, sagte er. »Ich habe das Gefühl, sie will mich loswerden.«

Julias Mutter schien die veränderte Atmosphäre zu spüren. »Mark?«

»Die Kleine ist ganz schön ausgekocht, was?«, sagte er.

»Mum, lass uns gehen«, sagte Julia.

Sie stand auf, doch ihre Mutter brauchte länger. »Was ist los?«

Thackeray wandte sich ab, trat gelassen ans Fenster und hob seine Teetasse. In der schwarzen Spiegelung konnte Julia sein blasses Gesicht über den Fluss blicken sehen. »Weißt du, ich hatte ja eigentlich erwartet, dass du die Masken finden würdest, Frau Professor. Ich hätte nie gedacht, dass es deine Tochter sein würde.«

Jetzt stand auch Julias Mum auf. »Mark, wovon sprichst du?«

Julia ergriff die Hand ihrer Mutter und versuchte, sie zur Tür zu ziehen, doch sie widersetzte sich.

»Deshalb habe ich dich ja beauftragt. Ich dachte, deine Nachforschungen könnten von Nutzen sein. Na, so oder so, das Ergebnis kommt aufs Gleiche raus.«

»Mum, er ist einer von ihnen«, zischte Julia und zog fester. »Einer der *Kithren* …«

»Der *was?*«, fragte ihre Mutter stirnrunzelnd.

»Er ist in einer Art Sekte. Die Sekte Mhenadurs.«

Julias Mum lachte schnaubend. »Jetzt wird es albern«, sagte sie. Dennoch ließ sie sich mit einem unsicheren Lächeln durch den Flur ziehen. »Aber ich finde es nicht wirklich komisch.«

»Gut«, sagte Thackeray und drehte sich wieder zu ihnen. »Denn ich kann euch versichern, es ist todernst. Und jetzt gebt mir bitte die Maske.«

»Auf keinen Fall«, sagte Julia. Sie zog die Maske aus dem Kissenbezug und hob sie ans Gesicht.

Im selben Moment schrie ihre Mum auf, und zwei Hände packten Julia von hinten. Die Maske glitt ihr aus der Hand und rollte über den Teppich zu Thackeray. Julia wurde von den Füßen gerissen.

»Loslassen!«, schrie ihre Mum. Während Julia zappelte, sah sie, wie ihre Mum sich vorbeugte, nach der Teekanne griff und sie über den Kopf schwang. *Peng!* Die Person, die Julia festhielt, ließ von ihr ab und sank bewusstlos zu Boden. Ihre Mum sah entsetzt aus. »Wer *ist* das?«

»*Kithren*«, sagte Julia, während sie sich rückwärts zur Wohnungstür bewegten.

»Ihr könnt nirgendwohin«, sagte Thackeray sanft. »Verhaltet euch still, und wir lassen euch vielleicht am Leben.«

Eine weitere schwarz gewandete Gestalt kam aus einem Nebenzimmer, bewaffnet mit zwei kurzen, glänzenden Äxten. Ohne ihre Maske wusste Julia nicht, was sie tun sollte, doch als sie um das Keramikregal herumhuschte, hatte sie eine Idee. Sie warf sich mit voller Wucht dagegen und spürte, dass es sich zur Seite neigte. Ihre Mum sah es und half mit.

»Nein!«, schrie Thackeray.

Das Regal kippte um, und dem Mann mit den Äxten entfuhr ein letzter Aufschrei, bevor unter einem Haufen zerbrechender Gegenstände begraben wurde.

Sie rannten zur Tür und auf den Gang. »Die Treppe!«, schrie Julia und zog ihre Mum zum Notausgang. Gemeinsam polterten sie die Treppe hinunter und stolperten keuchend auf den Hof.

»Ich verstehe absolut gar nichts«, keuchte Julias Mum. »Was geht hier vor?«

»Ich erklär es dir später«, gab Julia hastig zurück. »Wir müssen hier weg.«

Ihre Mutter wirkte immer noch wie benommen, während sie den Fluss hinter sich ließen und in die nächste Straße bogen. Julia hörte den Lärm einer Sirene und sah kreiselnde blaue Lichter näher kommen. Erleichterung durchströmte sie, und ihre Mum trat auf die Straße und winkte mit den Armen. Das Polizeiauto bremste scharf und kam neben ihnen zum Stehen.

»Wir brauchen Hilfe!«, sagte Julias Mum, als zwei uniformierte Beamte – ein Mann und eine Frau – ausstiegen.

»Was ist passiert?«, fragte die Frau.

»Wir werden verfolgt!«, sagte ihre Mum. Ihre Augen huschten die Straße hinauf. »Von ihm!«

Julia folgte ihrem Blick. Thackeray kam die Straße hinunter auf sie zugeeilt.

»Wir kümmern uns darum«, sagte der Mann.

»Steigen Sie ein«, sagte die Frau. Sie hielt ihnen die

hintere Wagentür auf. Julia zögerte, doch ihre Mum schob sie auf den Rücksitz. »Rühren Sie sich nicht von der Stelle«, sagte die Frau und schlug die Tür zu. Dann lief sie vor das Auto zu ihrem Kollegen. Thackeray kam näher. Julia konnte sich nicht vorstellen, was er gegen zwei Polizeibeamte ausrichten wollte.

»Keine Angst – wir sind in Sicherheit«, sagte ihre Mum und drückte ihre Hand.

Doch irgendetwas fühlte sich überhaupt nicht sicher an. Julia versuchte die Tür zu öffnen und stellte fest, dass sie verriegelt war. Aber das war bei einem Polizeiauto normal, oder?

Thackeray blieb einige Meter vor den Polizisten stehen, die keinen Versuch machten, ihn festzunehmen oder ihn zur Rede zu stellen, soweit Julia sehen konnte.

»Was ist da los?«, murmelte Julias Mum.

Die Polizisten drehten sich zum Auto um, und einen Moment lang starrten drei Augenpaare Julia und ihre Mum an. Thackeray sagte etwas, und die Polizistin nickte. Mit einem eisigen Gefühl im Magen rüttelte Julia noch einmal an der Tür.

»Ich verstehe das nicht«, sagte Mum.

Die beiden Polizisten kamen zurück und setzten sich gelassen auf die Vordersitze.

»Was machen Sie denn?«, fuhr Julias Mum sie an.

»In seiner Wohnung sind Leute mit Waffen. Sie hätten uns beinahe umgebracht!«

Der Mann startete den Motor, die Frau drehte sich zu ihnen um. »Bitte schreien Sie nicht so«, sagte sie.

Julia warf sich auf den Rücken und trat mit den Füßen gegen die Scheibe. Sie bekam nicht mal einen Sprung. Sie versuchte es noch einmal, mit demselben Ergebnis.

»Es gibt nichts, was ihr jetzt tun könnt«, sagte die Frau. »Ihr seid in den Händen Mhenadurs.«

Das Auto fuhr los. Auf dem Lenkrad sah Julia das Handgelenk des Fahrers mit der kleinen dunklen Spirale. Sie schaute ihre Mum an und sah ihre eigene Angst gespiegelt.

Als sie an dem Wohnkomplex vorbeifuhren, stieg Thackeray gerade auf den Fahrersitz eines schwarzen Autos. Er winkte ihnen zu.

17

Julia sah, wie ihre Mutter mehrere emotionale Stadien durchlebte, während sie durch die nächtlichen Straßen Londons fuhren. Es begann mit Verwirrung (»Wohin bringen Sie uns?«), dann kamen Wut und Drohungen (»Das dürfen Sie nicht!«), doch am Ende konnte sie nur noch bitten und die Polizisten anflehen, ihnen zu sagen, wohin sie fuhren. Keiner der Beamten – wenn sie überhaupt welche waren – sagte ein Wort.

Julia hatte mittlerweile eine Erklärung gefunden. *Thackeray muss sie im Voraus informiert haben, falls wir versuchen sollten, zu fliehen.* Ihre Lage war bereits aussichtslos gewesen, als sie seine Wohnung betreten hatten.

Bald waren sie auf einer Schnellstraße. Thackerays Auto folgte ihnen. Es waren nicht viele Fahrzeuge unterwegs, doch als Julia versuchte, gegen die Scheibe zu hämmern, um Aufmerksamkeit zu erregen, erntete sie nur unbehagliche Blicke von den anderen Fahrern. Was nur verständlich war. *Ich sitze auf der Rückbank eines Polizeiautos. Sie müssen mich für eine Kriminelle halten.*

Sie versuchte, anhand der Straßenschilder ihre Route zu verfolgen, doch sie hatte absolut keine Ahnung, wohin sie fuhren. Und eigentlich wollte sie es auch gar nicht wissen. Wo es auch war, es würde nicht gut sein.

Ob die anderen schon gemerkt hatten, dass sie weg war? Sie bezweifelte es. Wahrscheinlich lagen sie in ihren Betten und schliefen fest.

»Ich verstehe das nicht«, sagte ihre Mum leise. »Ich kenne Mark schon seit Jahren. Wie konnte er das tun?«

Ich glaube nicht, dass du ihn wirklich kanntest, dachte Julia.

»Mhenadur hat überall Anhänger«, sagte sie.

»Das ist doch verrückt«, erwiderte Mum.

Das konnte Julia nicht bestreiten.

»Ich weiß, dass das alles schwer zu glauben ist«, sagte sie. »Aber es ist wahr. Mark hat dich benutzt, wahrscheinlich seit eurer ersten Begegnung.«

»Aber *wozu?*«, fragte Mum. »Er hat doch nur meine Forschung unterstützt.«

»Es gibt so vieles, was du nicht weißt«, sagte Julia.

»Dann erklär es mir!«

Das hätte Julia gerne getan, aber sie konnte nicht riskieren, dass die beiden *Kithren*-Polizisten mithörten. »Das kann ich nicht«, sagte sie. »Nicht jetzt. Aber Mhenadur ist nicht nur ein Name aus einem alten Buch. Er ist echt, und er will zurückkommen.«

»*Zurückkommen?*« Mum wirkte verwirrter denn je. »Du weißt selbst, dass das Unsinn ist, Julia«, sagte sie kühl. »Mhenadur – wenn es ihn überhaupt je gab – ist vor über tausend Jahren gestorben.«

Julia spürte Ärger in sich aufsteigen. Am liebsten hätte sie ihre Mum bei den Schultern gepackt und geschüttelt, damit sie es einsah – aber was würde das schon bringen? Sie gab sich die größte Mühe, ruhig zu bleiben. »Ich weiß, dass das schwer vorstellbar ist«, sagt sie. »Aber wenn du die Dinge gesehen hättest, die ich gesehen habe, würdest du nicht daran zweifeln. Es sind Kräfte am Werk, die du nicht verstehst.«

Ihre Mum sah sie scharf an. »Woher hast du das?«, fragte sie.

Julia zuckte mit den Schultern. »Keine Ahnung. Aber es stimmt.«

»Wanderfalke«, sagte ihre Mum. »Dieser Verrückte … Der hat in einem seiner Briefe genau diese Worte verwendet.«

Julia wurde rot. »Äh, ja … Ich habe ihn getroffen.«

»*Was?*«, japste ihre Mum.

»Wir haben ihn aufgespürt«, sagte Julia mit gesenkter Stimme. »Er hat uns von dem Schattenkönig erzählt.«

Ihre Mum lachte bitter. »Dann weiß ich ja, wer dir diesen Blödsinn in den Kopf gesetzt hat. Wirklich, Julia, ich dachte, du wüsstest es besser.«

»Vergiss es«, gab Julia zurück und wandte sich wütend ab. Sie ärgerte sich aber auch über sich selbst, weil sie geglaubt hatte, ihre Mum könnte ihnen helfen, und weil sie Abena, Ehsan und Lee nichts von ihrem Plan gesagt hatte. Sie hatte alles aufs Spiel gesetzt.

Das Auto verließ die Schnellstraße und bog auf eine verlassene Landstraße ab. Es hatte angefangen zu regnen, verschwommene Rinnsale liefen über die Fensterscheiben. Sie fuhren durch ein Tor mit der Aufschrift »Privatgrundstück« in einen Wald, und der Wagen holperte und wackelte über den unebenen Weg und kletterte stetig durch die Bäume. Hinter ihnen blitzten die Schweinwerfer von Thackerays Wagen wie die Augen eines Raubtiers.

Sie fuhren über die Kuppe eines Hügels und gelangten auf einen Bereich ohne Bäume, ein weites Feld, in dessen Mitte sich eine Anhöhe erhob. Ganz oben auf dem Hügel leuchtete ein Ring aus brennenden Fackeln. *Was ist das für ein Ort?* Julia sah das Flackern der Flammen, das sich in Mums Augen spiegelte.

»Wo sind wir?«, murmelte sie.

Noch immer bekamen sie keine Antwort. Sie hielten an, und die beiden Polizisten stiegen aus und öffneten die hinteren Türen.

»Kommt«, sagte die Frau.

Julia rührte sich nicht, und die Frau griff an ihren Gürtel und zog einen Elektroschocker hervor. »Freiwillig oder mit Schmerzen? Du kannst es dir aussuchen.«

Julia gab nach und trat in den Regen. Ihre Mum stieg durch dieselbe Tür aus und hielt sich dicht neben ihr. Julias Blick schoss in alle Richtungen, und sie fragte sich, ob sie es bis zu den Bäumen schaffen würde. Vielleicht. Bei ihrer Mum hingegen war sie sich nicht so sicher. Es war das Risiko nicht wert.

Bevor sie über weitere Fluchtstrategien nachdenken konnte, schubste die Frau sie auf die Anhöhe zu. Sie begannen den Aufstieg.

Der Hang war rutschig, und Julia glitt mehrmals aus. Sie hielt sich an ihrer Mum fest, um das Gleichgewicht nicht zu verlieren, den Blick fest auf die Fackeln gerichtet. Beim Näherkommen sah sie, dass jede Fackel von einem reglosen, schwarz gekleideten Anhänger Mhenadurs gehalten wurde. Sie hatten die Gesichter dem Inneren des Kreises zugewandt und blickten auf eine Gruppe Hinkelsteine, die eine Fläche von ungefähr vier Quadratmeilen bedeckten. Die Steine waren etwa mannshoch und ragten in keinem erkennbaren Muster aus dem Boden.

Angst kroch Julia unter die Haut. Die Stille machte es nur noch schlimmer – als würden alle warten … *Aber worauf?*

»Ich habe noch nie von einer druidischen Kultstätte so nah bei London gehört«, murmelte ihre Mum. »Die wird in keinem Buch erwähnt.« Sie sah halb fasziniert, halb ängstlich aus.

Es gibt eine Menge Dinge, die du nicht in Büchern finden wirst, hätte Julia am liebsten erwidert. Vielleicht wurde ihrer Mum das endlich auch mal klar.

Die Polizisten wichen plötzlich einen Schritt zurück und fielen auf die Knie. Hinter einem der Hinkelsteine war eine Gestalt hervorgetreten. Es war eine große Frau, beinahe so groß wie die Steine. Ihr dunkles Haar hing ihr vors Gesicht, und sie trug ein Gewand, so schwarz wie Krähenflügel. Ihre schlanken Arme waren nackt und die knochenfahle Haut von Tätowierungen bedeckt – eine Menge Schriftzeichen und Symbole, die Julia nichts sagten.

Die Frau blieb vor ihnen stehen und teilte ihr Haar.

Julia blieb der Atem im Hals stecken. Ihre Mum stieß ein kleines Keuchen aus. Die Augen der Frau waren unnatürlich blass, und auf ihrer Stirn prangte eine schwarze Spirale.

Jetzt erst merkte Julia, dass die Hinkelsteine hinter der Frau überhaupt nicht willkürlich platziert waren. Sie waren in demselben bekannten Muster aufgestellt. Dem *Morgaet*.

»Willkommen im Schwarzen Kreis von Anwin«, sagte die Frau, und ihre Stimme war leicht wie Asche. »Kniet nieder an diesem heiligen Ort.«

Julia sah ihre Mum an, die mit einer trotzigen Steifheit neben ihr stand, als versuchte sie, mutig zu sein. Keine von ihnen tat, was die Frau befohlen hatte. Die Frau nickte, und Julia spürte Hände auf ihren Schultern und ein Knie im Rücken. Sie fiel auf die Beine, ihre Mum wurde neben ihr in dieselbe Position gezwungen.

Zum ersten Mal, seit sie London verlassen hatten,

wurde Julia die Ausweglosigkeit ihrer Lage richtig bewusst. *Wir kommen hier nicht lebend raus.* Plötzlich fühlte sie sich ganz schwach. Wie ein verängstigtes Tier. Ganz und gar nicht mutig.

»Wo ist sie?«, fragte die Frau.

Thackeray kam heran und näherte sich ihr mit gesenktem Kopf. Er reichte ihr die Maske. »Für Euch, Herrin«, sagte er.

Die Frau nahm die Maske und lächelte, als sie in die Augenhöhlen blickte. »So lange her … so viele Erinnerungen«, murmelte sie.

»Wer sind Sie?«, fragte Julia und versuchte, das Zittern ihrer Stimme zu unterdrücken. Wenn sie hier sterben musste, würde sie ihnen nicht die Befriedigung geben, ihre Angst zu zeigen. »Eine Dienerin des Schattenkönigs?«

Das Lächeln der Frau schwand, und ihr sonderbarer leerer Blick fiel auf Julia.

»Ich bin Morvina«, erwiderte sie. »Ich bin keine Dienerin.«

»Der Schattenkönig ist doch nur eine Geschichte«, krächzte Mum. »Ein Mythos, der einen Kriegsherrn gefährlicher erscheinen lassen sollte, als er war.«

Morvinas Lippen kräuselten sich angewidert. »Ein Mythos?«

Julias Mum hob trotzig das Kinn. »Es hat niemals

wirkliche Beweise gegeben. Das alles ist Übertreibung und Folklore. Ganz ehrlich, wenn das hier eine Art abartiges Kostümspiel ist …«

Die Haare der Frau gerieten in Bewegung, zuckten um ihren Kopf wie lebendige Schlangen, und Mum erstarben die Worte auf den Lippen. Julias Herz hämmerte in ihrer Brust. Morvina kam auf sie zu, die Spirale auf ihrer Stirn begann plötzlich bernsteingelb zu glühen, wie Flammen, die ihr in die Haut sengten. Julias Mum zuckte zurück, als ein tiefes Knurren aus Morvinas Kehle drang.

»Mehnadur ist kein Mythos!«, schrie sie. »Er ist der König, der uns gerettet hat. Der gegen die willkürlichen Mächte der Natur gekämpft und gesiegt hat. Nenne seinen Namen niemals ohne Ehrfurcht!«

Ihr wildes Haar beruhigte sich wieder, und die Spirale wurde wieder schwarz.

Julias Mum war wie erstarrt, ihr Mund stand vor Entsetzen offen. Julia wollte etwas sagen, um sie zu beruhigen, doch sie fand keine Worte.

Als Morvina weitersprach, war ihre Stimme wieder sanft.

»Ihr sollt die Wahrheit über Mhenadur erfahren. Hört gut zu. In dunkler Vorzeit flohen Mhenadur und die Seinen vor der Verfolgung jener, die zum neuen Glauben konvertiert waren. Seine Frau trug sein Kind im Schoß, und als ihre Zeit gekommen war, gab es kein Feuer und keine Felle, um der Königin ein Lager zu bereiten. Sie gebar das Kind auf einem felsigen Berg unter den Sternen.«

Morvina blickte in die Ferne, verloren in ihrer Geschichte.

»Das Kind erblickte in Wind und Kälte und Regen das Licht der Welt, und sein Geschrei erfüllte die Dunkelheit. Doch trotz Mhenadurs Mühen und Tränen starb seine Frau in jener Nacht. Ohne die Mutter überlebte das Kind nur wenige Tage.« Morvina ging vor Julia und ihrer Mum in die Hocke. »Stellt euch vor, wenn ihr könnt, wie es ist, die Menschen zu verlieren, die ihr am meisten auf der Welt liebt.«

In den scharfen Linien von Morvinas Gesicht lag echte Qual, und in diesem Moment hatte Julia trotz ihrer Angst beinahe das Gefühl, sie zu verstehen. Sie *wusste,* wie das war. Sie hatte dabeigestanden, als man den Sarg ihres Vaters in die Erde gelassen hatte, und sich gefragt, ob das Leben je wieder gut werden würde.

Morvina senkte den Kopf, das Haar fiel ihr vors Gesicht. »Mhenadur hatte die dunklen Künste lange gefürchtet, doch er konnte der Natur nicht verzeihen, dass sie ihm seine Frau und sein Kind so grausam genommen hatte. Also strebte er nach Vereinigung mit den dunklen Geistern, suchte verzweifelt nach einem Weg, seine Frau und sein Kind ins Leben zurückzuholen. Und es gelang ihm. *Fast.*« Sie schwieg einen Moment. »Die Frau wurde wieder zum Leben erweckt, ihre Seele aus dem Land der Schatten zurückgeholt, aber das Kind … das Kind nicht. Seine Seele war vielleicht noch nicht reif genug. Nun waren sie wieder Mann und Frau, doch die Trauer ließ sie nie wieder los.«

Im flackernden Feuerschein war Julia wie benommen vor Grauen. Es war eine schreckliche Geschichte, und als Morvina endete, war ihr der Schmerz deutlich anzusehen.

Die Frau hob die Hände zum Himmel, als spräche sie zum Regen. »Wer kann Mhenadur vorwerfen, dass er gegen die Natur in den Krieg gezogen ist? Jahrelang hatte er sie geehrt. Er hatte sich der christlichen Strömung widersetzt, war ein Kämpfer für sein Volk und seinen Glauben. Und so hat sie es ihm gedankt. Indem sie ihm sein erstgeborenes Kind nahm. Da begriff Mhenadur, dass sie – die Natur – der wahre Feind ist. Willkürlich, launisch, chaotisch. Wenn der Schattenkönig wiederkehrt, wird er sie überwältigen. Er, nur er allein, wird darüber entscheiden, wer lebt und wer stirbt.«

Julias Mitgefühl wandelte sich in Entsetzen, als sie begriff, was die verrückte Priesterin meinte.

Mhenadur will ein Gott sein.

»Das ist Eure Geschichte, nicht wahr?«, sagte Julias Mum leise. »Ihr seid Mhenadurs Frau.«

Morvina blickte ihr stolz ins Gesicht. »So wie er mich aus dem Land der Toten zurückgeholt hat, so werde ich ihn niemals im Stich lassen.« Sie hielt die Maske in die Höhe. »Die, die diese Masken tragen, sind das Einzige, was uns im Weg steht. Schon bald werde ich alle vier haben.« Trotz ihrer Angst spürte Julia einen Anflug von Zuversicht. Selbst wenn man sie umbrachte, bestand noch Hoffnung für die anderen. Sie konnten sich wehren. Sie dachte wieder daran, dass sie in Ehsans Haus schliefen und nicht die leiseste Ahnung hatten, was los war …

Ein Eulenruf hallte durch die Nacht, und Julias Herz machte einen Satz. *Es ist vielleicht nichts …*

Doch Morvina hob die Hand. »Halt! Ich kann sie spüren.«

Die Flammen flackerten um die steinerne Spirale, und die Diener Mehnadurs stimmten im Chor eine Art stöhnenden Singsang an.

Julias Mum blickte sich verwirrt um. »Wen meint sie?«

Sie sind hier! Adrenalin rauschte durch Julias Körper. Sie wusste nicht, wie ihre Freunde sie gefunden hatten, aber jetzt fiel ihr wieder ein, dass sie denselben Ruf gehört hatte, als sie bei Thackerays Wohnung angekommen war. Hatte Lee sie die ganze Zeit beobachtet? Sie hatte das Gefühl gehabt, verfolgt zu werden, aber sie hatte nur hinter sich geschaut – nicht nach oben.

Ein weiterer Ruf – diesmal näher –, und alle Augen blickten zum Himmel.

Im selben Moment sah Julia ihn über das Feld kommen. Der goldene Hirsch schwang seinen Kopf und fegte zwei Fackelträger beiseite. Aus der anderen Richtung kam Abena auf den Hügel und sprang mit gebleckten Wolfszähnen in die Menge. Fackeln fielen zu Boden, Funken sprühten, und mit metallischen Schleifgeräuschen wurden blinkende Sensen gezogen.

Ein fahler Schatten bewegte sich über die Steine und streckte die Klauen nach Thackeray aus. Mit einem Schrei riss Lee ihm die Maske weg, flatterte zurück und ließ sie vor Julias Füßen fallen. Ohne nachzudenken, griff sie danach und hob sie ans Gesicht. Inmitten des panischen Geschreis pulsierte die Welt in ihrer veränderten Wahrnehmung.

»Julia?«, japste ihre Mum.

Fassungslos starrte sie sie an. In ihren Augen sah

Julia eine grüne Spiegelung und ihre eigene verwandelte Gestalt. Hinter ihrer Mum war eine Schlacht ausgebrochen, einige Anhänger Mhenadurs schwangen ihre Sensen wild in Lees Richtung, um seine kratzenden Klauen abzuwehren, während andere versuchten, eine Front gegen Ehsans eindrucksvolles Geweih zu bilden.

Plötzlich trat Morvina hinter Julias Mum und drückte ihr die Klinge eines knöchernen Dolchs an den Hals. »Ich bringe sie um«, drohte die schwarzhaarige Königin. »Nehmt die Masken ab und überlasst sie mir!«

Julia wollte sich auf Morvina stürzen. Doch selbst mit der Flinkheit des Hasen in den Beinen wusste sie, dass sie nicht schnell genug sein würde. Panik überkam sie. Dann bemerkte sie Abena, die sich zwischen den Steinen anschlich. *Ich muss Morvina ablenken. Sie beschäftigen.*

»Lasst Ihr uns dann das Leben?«, fragte sie.

»Ich schwöre es«, erwiderte Morvina. »Nur die Masken müssen zerstört werden. Triton wollte euch töten, aber ich werde gnädig sein.«

»Julia, hör nicht auf sie!«, stammelte ihre Mum mit weit aufgerissenen Augen. »Lauf weg, bitte ... Bring dich in Sicherheit.«

Abena kam näher, gebückt, bereit loszustürzen.

»Meine Königin!«, schrie Thackeray und zeigte hinter sie.

Morvina drehte sich um, sah den Wolf und riss den Arm hoch. Weißer Rauch explodierte aus ihrer Hand und hüllte sie und Julias Mutter in eine Wolke. Im selben Augenblick sprang Abena vor, und Julia wollte ihre Mutter packen. Sie stolperte durch den Rauch, und ihre Hand griff ins Nichts.

Als der Rauch sich gelichtet hatte, war die Stelle, an der Morvina gestanden hatte, leer. Abena schüttelte sich verwirrt den Staub von der Schnauze.

Julia blickte sich verzweifelt um.

Sie waren weg. Beide.

Thackeray rannte zum Fuß des Hügels, wo eins der dort geparkten Autos bereits losfuhr, voll fliehender *Kithren,* deren Fackeln nun am Boden lagen. Innerhalb weniger Augenblicke lag der Steinkreis nahezu verlassen da. Ehsan eilte zu Julia, und Lee landete neben ihnen.

»Sollen wir sie verfolgen?«, fragte Abena.

»Das ist es nicht wert«, erwiderte Ehsan, der mit seinen Hirschaugen aufmerksam um sich sah.

Julia hörte sie kaum. Ihr war schlecht, und sie fror und zitterte am ganzen Körper. Sie nahm die Maske ab und starrte dorthin, wo Morvina noch vor wenigen Sekunden mit ihrer Mum gestanden hatte.

Verzweiflung schnitt ihr ins Herz. Bei dieser ganzen Sache hatte sie von Anfang an nur eins gewollt – dass ihrer Mum nichts geschah. Doch sie war kläglich gescheitert. Und jetzt …

Jetzt würde sie ihre Mum vielleicht nie wiedersehen.

Im Land der Schatten, durch das sie sich bewegten, waren die Gesetze der Natur aufgehoben. Raum und Zeit hatten hier keine Bedeutung, und Julias Mutter fühlte sich von allem losgelöst und außerstande, ihre Umgebung zu bestimmen. Mal war sie bei Bewusstsein, dann wieder nicht. Die Formen, die an ihr vorüberglitten, erinnerten an die Umrisse einer Landschaft, Flüsse, Hügel und Täler, doch alles war farblos und zog so schnell dahin, als würden sie von einem heftigen Sturmwind getragen. Morvina, die ihren Arm mit übermenschlicher Kraft umklammert hielt, bewegte sich mit langen Schritten voran, wobei ihre Füße kaum die fahle Erde berührten.

»Wo sind wir?«, fragte Julias Mutter. Ihre Stimme klang erstickt, als befänden sie sich in Wahrheit in einem engen Raum.

»Auf der Astralebene«, bekam sie zur Antwort. »In einer Welt, die weder Vergangenheit noch Gegenwart noch Zukunft ist. Hier reisen die Geister unbelastet vom Fleisch.«

Etwas Gewaltiges ragte vor ihnen auf, und sie wurden langsamer und hielten schließlich an. Es dauerte einen Moment, bis ihr Körper und ihr Geist angekommen waren. Sie befanden sich mitten in einer öden Moorlandschaft, grau und stumm, und es war unmöglich zu sagen, ob es Nacht oder Tag war. Vor ihnen lag ein dunkler Berg, der sich starr und finster in den Himmel hob.

Julias Mutter fühlte sich so schwach wie ein neugeborenes Fohlen, sie konnte sich kaum auf den Beinen halten und wäre beinahe zu Boden gesackt. Morvina griff ihren Arm noch fester und hielt sie aufrecht.

»Komm«, sagte sie. »Es ist nicht mehr weit.«

Mit wackligen Beinen ließ Julias Mum sich in Richtung des Bergs ziehen. Wenn die Zeit zum Kämpfen gekommen war, würde sie kämpfen, doch jetzt war es sinnlos. Ihre Gedanken kreisten um Julia, die Steinformation und die sonderbaren Dinge, die sie dort gesehen hatte. Sie konnte nur beten, dass ihre Tochter in Sicherheit war.

Plötzlich waren vor ihnen Menschen. Eine große Zahl geisterhafter Männer und Frauen hatte sich am Fuß des Berges versammelt. Sie trugen Lederkleidung und gepanzerte Bruststücke und in den Händen Schwerter und Äxte, Speere und Schilde. Gegenstände, die Julias Mutter an Museumsstücke erinnerten – aber neu und glänzend waren. Manche trugen Helme auf dem Kopf, während andere kahl rasiert waren. Ihre Gesichter waren bemalt, ihre Augen wild. Als Morvina näher kam, teilte sich die Armee wellenartig in der Mitte, um einen Gang zu bilden, der bis zum Schlund einer Höhle auf halber Höhe des Berges führte.

Beim Anblick des klaffenden schwarzen Lochs überkam Julias Mutter heftige Panik. Sie fand ihre Kräfte wieder und versuchte sich loszumachen, doch Morvina hielt sie fest. Links und rechts von ihr ließen bemalte Krieger die Stiele ihrer Waffen gegen ihre Schilde rumsen.

Bumm! Bumm! Bumm!

Das Geräusch füllte ihre Ohren, während Morvina sie unerbittlich zum Eingang zog.

»Halt!«, schrie sie. »Wohin bringt Ihr mich?«

»Zum König«, erwiderte Morvina. »Sieh!«

Sie streckte einen Arm aus, und in der Tiefe der Dunkelheit sah Julias Mutter etwas rot schimmern, wie glimmende Kohlen. Irgendwie blickte sie tief ins Innere des Berges, durch Schichten von Gestein und Tonnen von Erde, geradewegs in sein Herz.

Das Glühen kam von einem Baum ohne Blätter, dessen Äste wie Blut pumpende Adern pulsierten.

»Die Frühjahrs-Tagundnachtgleiche steht bevor«,

verkündete Morvina. »Die Natur wird sich endlich dem Schattenkönig beugen.«

Das Hämmern der Waffen wurde schneller und lauter und schwoll zu einem Donnern an, während die Dunkelheit der Höhle sie verschluckte.

18

»Hier, das wird helfen«, sagte Abena.

Julia unterbrach ihr nervöses Hin- und Herlaufen und sah die Tasse mit dampfend heißer Schokolade an, die Abena ihr anbot. Sie schüttelte den Kopf. »Danke, aber ich kann nicht.«

Ihr war schlecht. Wieder und wieder ging sie im Kopf die Ereignisse der Nacht durch. Thackerays hinterhältiges Lächeln, die falschen Polizisten, Morvinas grauenhafte Geschichte und der Dolch an der Kehle ihrer Mutter …

Der Morgen war noch nicht angebrochen, vor den Fenstern von Ehsans Wohnzimmer war es noch dunkel. Sie hatten zwei Stunden gebraucht, um vom Hügel zurück nach London zu kommen, waren erst zur Straße gewandert und hatten irgendwann ein

Taxi bekommen. Der Fahrer wollte seine Schicht eigentlich gerade beenden, doch er hatte Mitleid gehabt, als er sah, dass die vier Kinder ganz allein unterwegs waren.

Die ganze Fahrt über hatte Abena sie getröstet, Ehsan dagegen, der auf dem Beifahrersitz saß, hatte düster vor sich hin gebrütet. Julia wusste, dass er sie für die Entwicklung der Dinge verantwortlich machte. Er war sauer auf sie, und das fühlte sich gar nicht gut an. Als er sie ins Haus gelassen hatte, hatte er sie kaum angesehen, dann war er verschwunden, um zu duschen und sich umzuziehen. Doch als er nun die Hände an seiner heißen Schokolade wärmte, konnte er sich nicht länger beherrschen.

»Du hättest nicht ohne uns gehen dürfen«, sagte er. »Angeblich sind wir ein Team!«

Julias Herz rutschte ihr in die Hose.

»Lass sie«, sagte Abena.

»Nein«, entgegnete Ehsan. »Wenn Lee nicht zufällig gehört hätte, wie sie gegangen ist, hätten wir sie nie gefunden. Und was dann? Dann hätten sie jetzt Julia und die Maske, und wir wären erledigt.«

»Lass sie in Ruhe, Ehsan. Ihre Mum ist verschwunden.«

»Und wessen Schuld ist das?«

»*Ehsan!*«, zischte Abena.

Lees Augen sprangen nervös zwischen Ehsan und Julia hin und her, doch Julia hatte nicht die Kraft zu streiten. Und Ehsan hatte ja recht. Sie wollte gar nicht darüber nachdenken, wo ihre Mum gerade war oder was mit ihr geschah. Aber sie wusste, dass es nur einen Weg gab, sie zurückzuholen.

»Wir müssen die Eiche finden«, sagte sie und schob mühsam ihre Qualen beiseite. »Morgen Nacht ist Frühjahrs-Tagundnachtgleiche, und wir wissen, dass Morvina dort sein wird.«

Die anderen schwiegen.

Dann knallte Ehsan seine Tasse auf den Tisch. »Also, ich hab keine Ideen mehr.«

Abena wirkte nachdenklicher. »Wanderfalke hat gesagt, wenn wir die Eule finden, finden wir auch den Baum.«

Alle sahen Lee an, doch der zuckte mit den Schultern.

»Er hat auch keine Ahnung, wo sie ist«, sagte Ehsan. »Die einzige Veränderung ist, dass wir jetzt vier Ahnungslose sind statt drei.«

Doch Julia fiel plötzlich etwas ein – ein klarer Gedanke inmitten der chaotischen Ereignisse der Nacht. »Holt mal eure Masken«, sagte sie. Sie nahm ihre heraus und legte sie mit der Unterseite nach oben auf den Sofatisch.

Abena holte ihre sofort, genau wie Lee. Ehsan trödelte, aber schließlich kam auch er. »Dreht sie um«, sagte Julia.

Die anderen taten es, und die eingekerbten Rillen an der Unterseite kamen zum Vorschein.

»Ley-Linien«, sagte Julia. Sie ordnete die Masken an wie ein Puzzle mit zwei mal zwei Teilen, bis die Linien genau ineinander übergingen, von einer Maske zur nächsten. *Ja …*

»*Was* für Linien?«, fragte Ehsan.

»Es sind Linien zwischen alten historischen Orientierungspunkten und berühmten archäologischen Stätten«, erklärte Julia. »Sie ziehen sich kreuz und quer durchs Land.«

»Wie Straßen?«, fragte Abena.

»Eher wie spirituelle Wege«, sagte Julia. »Manche Leute glauben, dass sie eine astronomische Bedeutung haben. Andere behaupten, sie stammen von Aliens.«

»Oh, toll«, sagte Ehsan. »Vielleicht kann E.T. uns sagen, was sie bedeuten.«

»Meine Mum meint, dass die alten Zivilisationen mehr wussten, als wir denken«, sagte Julia. »Sie haben ihre heiligen Stätten auf Ley-Linien platziert, um ihren Göttern näher zu sein.« Sie fuhr mit der Fingerspitze die Linien von Maske zu Maske nach. Wenn es eine Art Karte war, dann gab es leider kein X, das einen bestimmten Punkt markierte. Doch dann fiel ihr etwas auf Lees Maske auf – eine kleine Unebenheit im Holz, ein etwas dunklerer Wirbel. Sie beugte sich näher.

Ein Wirbel oder …

Sobald ihre Fingerspitze den Punkt berührt hatte, lief ihr ein Schauer über den Rücken.

»Ist das eine Spirale?«, fragte Abena.

Ehsan legte den Kopf schief. »He, das könnte stimmen.«

Julias Herz raste. Zum ersten Mal seit dem schwarzen Steinkreis spürte sie einen Hoffnungsfunken. »Da ist der Baum!«

»Okay, und *wo* ist das?«, fragte Abena.

»Fragen wir doch mal die Experten«, sagte Ehsan und tippte auf sein Handy. »Siri, besorg mir bitte eine Karte der britischen Ley-Linien.«

Er legte sein Handy auf den Tisch. Es gab zahlreiche Websites zum Thema, und mehrere Versionen desselben Bilds. Aber es passte nicht mal ansatzweise zu den Masken. Auf den Bildern im Netz waren viel weniger Linien zu sehen, und das Muster war ein anderes. Julias Hoffnung begann zu schwinden. »Wenn Mum hier wäre, würde sie es wissen. Sie ist eine der weltweit führenden Expertinnen zu den Ley-Linien.«

Aber sie ist nicht hier. Julia spürte, dass ihr wieder die Tränen kamen. Das war alles so unfair. Jedes Mal, wenn sie einen Fortschritt machten, trat irgendwo ein anderes Hindernis auf. Und mit jeder Sekunde, die verging, sanken die Überlebenschancen ihrer Mutter.

Ehsan streckte den Arm aus und drückte Julias Hand. Es kam so unerwartet, dass sie zusammenzuckte.

»Mach dir keine Sorgen«, sagte er sanft. »Wir finden deine Mum. Versprochen. Und … das mit vorhin tut mir leid. Ich hätte dich nicht so anschnauzen sollen.«

Julia erwiderte sein Lächeln und sah ihm in die Augen. Sie hatte eine Weile gebraucht, um es zu sehen, doch hinter seinem Sarkasmus war er ein guter Kerl. Er war einfach … ein bisschen verloren. *So wie ich.* Wie er sich auf dem Spielplatz um Lee gekümmert hatte, wie er da war und kämpfte, wenn es wirklich drauf ankam … *Das* war der wahre Ehsan. Ohne ihn hätten sie es nie so weit geschafft. »Du hattest recht«, sagte sie. »Ich bin selbst wütend auf mich. Und ich habe mich noch gar nicht richtig dafür bedankt, dass ihr mich gerettet habt.«

Abena legte ihre Hand auf Ehsans. »Wir sind ein Team«, sagte sie. »Wir halten zusammen.«

Zuletzt legte auch Lee seine Hand obenauf.

Dann zog Ehsan seine plötzlich weg und riss die Augen auf. »Ich weiß, wie wir das mit den Ley-Linien rausfinden können!«, rief er.

»Wie?«, fragten Julia und Abena gleichzeitig.

Ehsan grinste. »Ich gebe euch einen Tipp: Was lebt in einem Loch in der Erde, frisst Blätter und mag keine Menschen?«

»Ein Kaninchen?«, fragte Abena.

Ehsan schüttelte den Kopf.

»Ein Dachs?«, fragte Julia.

»Nein«, sagte Ehsan. »Noch ein Tipp: Es fährt einen hellblauen Campingbus!«

Ein lärmendes Hupen ertönte, und Julia sprang vom Sofa auf, wo sie unruhig gedöst hatte. Die Morgendämmerung war gekommen und drang durch die Ritzen der Vorhänge ins Zimmer. Sie rieb sich die Augen, lief ans Fenster und zog den Vorhang zurück. Als sie den Campingbus auf der gegenüberliegenden Straßenseite sah, war ihre Müdigkeit wie weggeblasen.

Er ist gekommen!

Wanderfalke kletterte steif aus seinem klapprigen Bus. Er blickte die Straße entlang, dann schaute er zum Fenster hoch und entdeckte sie. Er winkte sie zu sich.

Julia weckte die anderen, und sie zogen sich schnell

etwas über und liefen nach draußen. Sobald sie sich hinten in den Bus gequetscht hatten, knallte Wanderfalke die Tür zu, zog die Vorhänge vor und knipste eine kleine Lampe an. Ungeduldig schnippte er mit den Fingern. »Zeigt mal her«, sagte er, das Gesicht halb im Schatten.

Sie legten ihre Masken auf den kleinen Tisch, und Julia ordnete sie so an, dass die Linien miteinander verbunden waren. Wanderfalke kniff die Augen zusammen. »*Sehr* interessant«, sagte er. »Genau wie ich dachte.«

In der Chatnachricht, die sie ihm geschrieben hatten, war er so rätselhaft wie immer gewesen, aber als sie ihn nach den Ley-Linien gefragt hatten, hatte er geantwortet, die »aufgeblasenen Akademiker« in ihren »Elfenbeintürmen« wüssten so gut wie nichts über das Thema, aber er wolle online nicht mehr dazu sagen.

Jetzt griff er in seine Tasche und zog ein altes, zerfleddertes Blatt Papier heraus. Als er es ausbreitete, sah Julia, dass es eine Karte war, voller Linien und Anmerkungen, die Wanderfalke selbst hinzugefügt hatte.

»Ley-Linien sind ein umstrittenes Forschungsgebiet«, sagte er. »Die Hauptlinien sind gut bekannt, aber es gibt schon lange Theorien – in *esoterischeren*

Kreisen –, dass es Hunderte kleinerer Linien gibt.« Er hob mahnend den Finger. »Kleiner, aber nicht unbedeutender, um die spirituelle Geschichte dieser Insel zu verstehen.«

Auf Wanderfalkes Karte gab es keine Spirale wie die auf Lees Maske. Mit einem schmutzigen Fingernagel tippte er auf die entsprechende Stelle und kniff die Augen zusammen. »Meine Augen sind nicht mehr ganz auf der Höhe. Was steht da?«

Abena beugte sich vor. »*Caer Droia*«, sagte sie.

»Wie bitte?«, fragte Ehsan.

»Das heißt Labyrinth«, sagte Wanderfalke. »Ich habe schon davon gehört. Ein unterirdisches Höhlensystem in der Gegend von Dartmoor. In einigen Höhlen wurde im 17. Jahrhundert Zinn gefördert, und es wurden dort auch ein paar Artefakte aus keltischer Zeit gefunden.«

Das passt, dachte Julia mit einem triumphierenden Kribbeln. Wenigstens etwas. »Dann muss der Baum da sein, oder?«, sagte sie.

»Das ist gut möglich«, sagte Wanderfalke und strich sich übers Kinn. »Sie ist nie gründlich erforscht worden, und aus gutem Grund. Der Name ist Programm. Es ist ein Labyrinth. Sehr gefährlich, selbst für erfahrene Höhlenforscher.«

»Wir haben nicht mehr viel Zeit«, bemerkte Ehsan.

»Und Dartmoor ist ganz schön weit weg.«

Wanderfalke faltete seine Karte wieder zusammen. »Dann ist es ja gut, dass ich Proviant eingepackt habe.«

Das Auto blieb nur einmal stehen, als weiße Dampfwolken unter der Motorhaube hervorquollen. Wanderfalke versicherte ihnen, dass das nicht ungewöhnlich war, und sobald er den Kühler mit Wasser gefüllt und zweimal fest mit einem Hammer daraufgeschlagen hatte, den er unter dem Fahrersitz hervorzog, rollten sie auch schon weiter.

Während sie durch Südengland fuhren, taten hinten Ehsan und Abena ihr Bestes, um die Stimmung aufzuhellen. Ehsan witzelte über Wanderfalkes Schwäche für schnulzigen 80er-Pop, und Abena erzählte Geschichten aus der Zeit bei ihrer Großmutter, nachdem ihre Eltern sich getrennt hatten, wie sie zum Beispiel versucht hatte, ihr zu zeigen, wie man ein Smartphone bedient. Dann erzählte Ehsan, wie er einmal in einem der ungenutzten Räume auf Stag Grange auf eine Kaninchenkolonie gestoßen war.

Julia hörte mit halbem Ohr zu, doch nichts konnte sie von dem Gedanken daran, was ihnen bevorstand, ablenken. Lee lächelte kein einziges Mal, saß nur da und spielte nervös mit seiner Maske. Auch Wanderfalke schwieg. Julia wusste, dass er ein großes Risiko einging, indem er ihnen half, doch wenn die Zeit kam, würde nicht er es sein, der in die Höhlen der *Caer Droia* gehen musste.

Irgendwann nickten Ehsan und Abena ein. Julia konnte noch immer nicht abschalten. Wenn sie die Augen schloss, sah sie das panische Gesicht ihrer Mum mit dem Dolch an der Kehle vor sich. Wohin hatte Morvina sie gebracht? Wenn es das letzte Mal gewesen war, dass Julia sie gesehen hatte, würde sie es sich nie verzeihen. Varun war nicht beim Steinkreis gewesen, aber Julia hatte seinen Zorn nach Olwens Tod und seinen Racheschwur nicht vergessen. Würde Morvina in der Lage sein, ihn von ihrer Mutter fernzuhalten? Wahrscheinlich würde sie es gar nicht versuchen. Und was war mit Mhenadur, wenn er wirklich freikam? Ob er nun der starke, zwei Meter große Riese aus Wanderfalkes Erzählung war oder nicht – nach allem, was sie gehört hatte, war er unwahrscheinlich gefährlich und getrieben von Hass und Wut. Er würde nicht davor zurückschrecken, grenzenloses Leid zu verursachen.

Die Frühjahrs-Tagundnachtgleiche. Der einzige Tag, an dem er befreit werden konnte, nur einmal alle tausend Jahre …

Zum ersten Mal an diesem Tag fiel Julia ein, dass

sie morgen Geburtstag hatte. Beinahe musste sie lächeln, so unwichtig kam ihr das vor. All ihre vergangenen Sorgen, ob sie mit ihren Schulfreunden chatten konnte oder nicht, ob sie eine Party feiern konnte oder nicht, erschienen ihr wie die Sorgen einer anderen Person.

Es war später Nachmittag, als Wanderfalke den Bus über Landstraßen durch das hügelige Devon steuerte. Felsen lagen in der Landschaft verstreut, die eine unheimliche Verlassenheit ausstrahlte, wie eine Wildnis ohne menschliche Behausungen. Dies war keine Gegend für weidende Kühe oder Schafe und gedeihende Feldfrüchte, also gab es auch keine Bauernhöfe. Die einzigen Tiere, die sie sahen, waren Schwalben, die durch den grauen Himmel schwirrten, und gelegentlich ein wildes Pony, das mit gesenktem Kopf an Gräsern und Kräutern rupfte. Julia kam der Gedanke, dass es hier vermutlich noch genauso aussah wie zu Zeiten Mhenadurs, als wäre die Straße, auf der sie fuhren, ein nur von Pferd und Wagen ausgetretener Pfad und nicht asphaltiert.

»Wir sind fast da«, sagte Wanderfalke.

Ihre Stimmung änderte sich wie die Landschaft, das Gelände wurde bergiger, mit scharfen Gipfeln und Steinklippen, die über die Straße ragten. Und noch etwas änderte sich: Die Farben hinter den Fenstern schienen schwächer, blasser zu werden, als läge ein Filter über allem. Erst dachte Julia, es wäre der Einfall des Lichts oder der grauer werdende Himmel, doch dann merkte sie, dass die vereinzelten Bäume am Straßenrand blattlos und schwarz waren. Als sie das Fenster öffnete, schlug ihr ein fauliger Geruch entgegen. Vögel oder Ponys waren keine mehr zu sehen.

Wanderfalke verlangsamte den Campingbus und hielt schließlich am Straßenrand. Alle stiegen aus. Auch die anderen hatten den Geruch der Verwesung bemerkt und rümpften die Nasen. Es fühlte sich an, als wären sie im Umkreis von Meilen die einzigen lebenden Wesen.

Vielleicht sind wir das wirklich.

»Warum ist hier alles tot?«, fragte Abena.

Wanderfalke schnaubte. »Die Gedichte über den Schattenkönig erzählen etwas Ähnliches«, sagte er leise, und seine Stimme wurde beinahe von der Leere verschluckt. »*Dort, wo er weilt, weicht die Natur. Zurück bleibt karge Erde nur.* Meine Übersetzung, aber ihr versteht, was gemeint ist.«

»Aber er ist doch noch gar nicht frei«, sagte Julia. »Die Frühjahrs-Tagundnachtgleiche ist erst heute um Mitternacht.«

»Wohl noch nicht ganz«, erwiderte Wanderfalke. »Aber das Ritual ist bereits in vollem Gange. Und

Mutter Natur hat Angst.« Er zeigte auf einen Bach, der unterhalb der Straße den Hügel hinunterplätscherte. »Folgt dem Bach«, sagte er. »Wo er sich gabelt, biegt nach links. Er führt euch zu den *Caer Droia*. Jedenfalls zu einem der Eingänge.«

»Wie – Sie kommen nicht mit?«, fragte Ehsan.

Wanderfalke sah ihn überrascht an. »Natürlich nicht, mein Lieber.«

»Aber Sie wissen doch das ganze Zeug!«, protestierte Abena. »Ohne Sie hätten wir diesen Ort gar nicht gefunden.«

Wanderfalke beugte sich durch die offene Bustür und kramte in einem Fach. Er zog vier ramponierte Stirnlampen hervor.

»Ein alter Mann wie ich würde euch nur aufhalten«, sagte er. »Außerdem habt ihr die Geister auf eurer Seite. Vertraut ihnen.«

Lee sah besorgt aus, doch wie üblich sprach er kein Wort.

»Dann kommt«, sagte Ehsan und marschierte auf den Bach zu. »Bringen wir's hinter uns.«

Abena und Lee folgten ihm. Julia wollte ebenfalls loslaufen, als Wanderfalke sie am Arm zurückhielt. Er sah sie eindringlich an. »Morgen ist dein Tag, Julia«, sagte er. »Zur Tagundnachtgleiche, wenn dein Geburtstag beginnt, wirst du deine vollen Kräfte entfalten. Es wird an dir sein, dem Hasen, mehr noch als an den anderen, den Schattenkönig zu besiegen.«

Genau, was man hören will…

Julia schluckte schwer, und er ließ sie los. »Danke, Wanderfalke«, sagte sie. »Für alles.«

Sie joggte den Hang hinunter zu den anderen. »Denk an meine Worte«, rief der alte Mann ihr nach. »Jemand muss die Führung übernehmen.«

Das Flussufer war sumpfig. Je länger sie dem Wasserlauf folgten, desto stärker kribbelte Julias Haut. Es war dasselbe Gefühl, das sie im Traumwald gespürt hatte. Ein animalischer Instinkt für eine Gefahr in unmittelbarer Nähe – der Drang zu fliehen. Doch sie zwang sich weiterzulaufen. Sie konnten nicht mehr umkehren. Wenn sie es taten, würde niemand den Schattenkönig aufhalten, und Julia war überzeugt, dass sie ihre Mutter dann nie wiedersehen würde.

Sie gelangten an den Fuß des Hügels und erreichten die Stelle, wo der Bach sich gabelte. Julia blickte zur Straße hoch und sah, dass Wanderfalke dort noch immer neben seinem Campingbus stand. Er hob zum Abschied die Hand.

Sie winkte zurück, und als sie mit ihren Freunden weiterlief, fragte sie sich, ob sie den alten Kauz je wiedersehen würden.

Nach kurzer Zeit erreichten sie schroffe Felsen, die sich als Steilufer über ihnen erhoben. Ein Wasserfall stürzte in ein braunes Becken am Boden. Lange Gräser hingen über den Stein, trotzdem sah Julia, dass da eine Öffnung war, ein dunkler Schlund in der Felswand, der halb unter Wasser lag. Er sah aus wie der am wenigsten einladende Ort der Welt – der Eingang zur Hölle.

»Genau wie Wanderfalke gesagt hat«, murmelte Abena.

Niemand ging einen Schritt weiter, und Julia konnte es ihnen nicht verdenken. Doch dann fielen ihr Wanderfalkes Abschiedsworte ein.

Jemand muss die Führung übernehmen.

Sie setzte ihre Stirnlampe auf und stieg in das eisige Becken. Das Wasser ging ihr bis zu den Oberschenkeln. Dann watete sie in die Öffnung des Labyrinths.

19

Gefolgt von den anderen stapfte Julia weiter durchs Wasser, tiefer in die Höhle hinein. Der kleine Kreis Tageslicht schrumpfte hinter ihnen, und sie knipsten ihre Stirnlampen an, um den Weg vor sich zu beleuchten.

Bald gelangten sie aus dem Wasser wieder auf festen Boden. Die Wände des Tunnels glänzten feucht, und Julia strich mit der Hand über den bemoosten Stein, um sich vorwärtszutasten. Wanderfalke hatte Kupferminen erwähnt, doch es gab keinen Hinweis darauf, dass dieser Gang von Menschenhand ausgehöhlt worden war oder dass je ein Mensch einen Fuß hierhergesetzt hatte.

Niemand sagte etwas. Die einzigen Geräusche waren das stete Tropfen des Wassers, ihr eigener keuchender Atem und das Scharren ihrer Füße auf dem unebenen Boden. Die Lichter der Stirnlampen huschten golden über Wände und Boden. Langsam wurde der Tunnel niedriger, sodass Julia gebückt gehen musste, um sich nicht den Kopf am Fels anzustoßen, und die Enge schnürte ihr die Brust zu. Die Luft wurde kälter, je weiter sie in die Schwärze vordrangen.

Mit jedem Schritt ins Ungewisse wuchs Julias Furcht. Ihr Vordringen fühlte sich *falsch* an, als beträten sie ein verbotenes Reich, einen Ort, der nicht ganz zur Welt der Lebenden gehörte. Sie musste an die Geschichten denken, die ihr Vater ihr früher vorgelesen hatte – von den Helden der griechischen Mythologie, die sich auf der Suche nach Liebe und Ruhm in die Unterwelt gewagt hatten. Sie waren alle zurückgekehrt, doch Julia bekam Zweifel, ob sie selbst das gleiche Glück haben würde. Wenn sie es nicht schafften – wenn sie hier unten umkamen –, wäre Wanderfalke der Einzige, der davon wusste. Und sie glaubte nicht, dass er es irgendjemandem sagen würde.

Vor ihr wurde die Decke noch niedriger. Julia ließ sich auf Hände und Knie nieder und leuchtete mit ihrer Stirnlampe den Tunnel aus. Er war kaum hoch genug, um sich hindurchzuquetschen, und ihr Instinkt riet ihr mit aller Kraft, schleunigst den Rückweg anzutreten.

Sie blickte sich um und streifte mit ihrer Lampe die Gesichter der anderen. Abena sah unsicher aus, Ehsan ungewohnt verzagt. In Lees Gesicht stand blankes Entsetzen. »Ich glaube, wir können es schaffen«, sagte sie. »Aber wir müssen kriechen.«

Lee schüttelte heftig den Kopf. *Niemals.*

Julia spürte Angst in sich aufflackern. Was, wenn sie gar nicht bis zu der Eiche durchkamen?

»Du packst das«, sagte Ehsan, klang jedoch alles andere als überzeugt. »Wir sind bei dir.«

Lee zeigte nur zurück zum Eingang.

»Wir brauchen dich, Lee«, sagte Abena eindringlich.

Ausgerechnet da begann Lees Stirnlampe zu flackern. Er wimmerte vor Angst.

Julia überlegte schnell. »Ich habe eine Idee«, sagte sie. »Wir setzen unsere Masken auf. Wanderfalke hat doch gesagt, dass wir auf die Geister vertrauen sollen.«

Die anderen stimmten zu. Sogar Lee nickte. Einer nach dem anderen knipste seine Stirnlampe aus. Mehrere Sekunden umgab sie eine vollkommene Dunkelheit, wie Julia sie noch nie erlebt hatte. Schwindel überkam sie, und kurz wusste sie nicht mehr, wo oben und unten war. Doch kaum hatte die Maske ihr Gesicht berührt, kehrten die Tunnelwände und die anderen in scharfen Umrissen zurück. Sogar schärfer als vorher. Ehsan schwenkte sein schimmerndes Geweih, und Abena senkte ihre Wolfsschnauze zu Boden. Im Licht seiner Eulenmaske wirkte Lee nun voller Zuversicht. »Viel besser«, bemerkte Abena. Dann setzte sie sich an die Spitze und krabbelte bäuchlings voran. Lee flatterte mit den Flügeln und zögerte nur kurz, bevor er ihr folgte. Julia kam als Nächste und zuletzt Ehsan.

Schon nach wenigen Metern weitete sich der Durchgang wieder, doch sie behielten ihre Masken auf und bewegten sich schnell durch den Tunnel. Julia hatte keine Angst mehr, zu stolpern oder sich den Kopf anzustoßen – solange der Hasengeist sie leitete, stellte der unebene Boden kein Problem dar. Ihre Augen durchdrangen die Dunkelheit kraftvoller als jede Lampe und nahmen Einzelheiten wahr, die ihre menschlichen Augen nie ausgemacht hätten. Mit zuckender Nase und aufgestellten Ohren ordnete sie Gerüche und Geräusche ein.

Es gab auch noch eine andere Wahrnehmung, die tiefer aus ihrem Inneren kam, doch die war verstörend – ein wachsendes Gefühl von Unbehagen. Von Gefahr. Ihre animalischen Instinkte rieten ihr, sofort kehrtzumachen und diesen Ort zu verlassen. Sie fragte sich, ob es den anderen auch so ging.

In einer breiteren Passage des Gangs blieb Abena stehen, und als Julia zu ihr aufschloss, sah sie, warum. Der Tunnel gabelte sich in zwei Durchgänge, der eine war etwa brusthoch, der andere etwas niedriger. Ehsan hatte sie nun ebenfalls eingeholt und drängte sich neben Julia.

»Hat jemand eine Münze?«, fragte er.

»Es heißt wohl nicht umsonst Labyrinth«, murmelte Abena. »Wo lang?«

Julia schnupperte an beiden Wegen und wusste sofort, dass der kleinere Tunnel der richtige war. Sie konnte es nicht an einem bestimmten Geräusch oder Geruch festmachen, aber *irgendetwas* rief sie durch die Finsternis. Da unten war etwas Lebendiges, und es wollte gefunden werden. Etwas Heiliges und Uraltes. *Der Baum.*

»Hier lang«, flüsterte sie und zeigte auf den Tunnel.

»Bist du sicher?«, fragte Ehsan.

Julia gab keine Antwort – sie kroch einfach auf Händen und Knien weiter. Wenn sie sich hier unten verirrten, ob mit oder ohne Masken, würden sie vielleicht nie wieder herausfinden. Aber sie war sich sicher. Bei der nächsten Gabelung hielt sie nur kurz inne, dann bog sie in den Tunnel, der abwärtsführte. *Wir kommen näher.*

Auch bei der nächsten und übernächsten Gabelung wusste sie, welchen Weg sie nehmen mussten. Ihre Sinne waren hellwach. Hinter ihr rief Ehsan, sie solle langsamer gehen, und sie kam seiner Bitte widerstrebend nach. Hier in der Dunkelheit, mit ihrem tierischen Instinkt als Führer, hatte Entfernung nichts zu bedeuten. Die Zeit verging wie im Nebel. Leichtfüßig huschte sie durch Pfützen und über eiskalte, glitschige Felsen. Sie wusste nur, dass sie immer tiefer in die Erde vordrangen und ihrem Ziel immer näher kamen. Ihre Haut kribbelte vor Gewissheit, dass sie schon bald finden würden, wonach sie suchten.

Dann bog sie um eine Kurve und blieb wie angewurzelt stehen. Der Gang war hier breiter, doch ein großer Felsen versperrte den Durchgang.

Sackgasse.

»Na *super*!«, knurrte Ehsan.

Julia brauchte einen Moment, um sich zu sammeln. *Das kann nicht sein … Ich war mir so sicher …*

»Dann müssen wir eben umkehren«, sagte Abena. »Gehen wir so zurück, wie wir gekommen sind?«

Julia konnte die Unsicherheit aus ihrer Stimme heraushören und kämpfte ihre eigene wachsende Angst nieder. Sie war sich so sicher gewesen, auf dem richtigen Weg zu sein, dass sie sich nicht die Mühe gemacht hatte, sich jede Biegung zu merken. *Vielleicht sitzen wir jetzt für immer hier unten fest.*

Sie wollte Abena gerade zustimmen, als ihre Ohren ein Geräusch auffingen. Erst dachte sie, es wäre ein Luftzug, der durch die Tunnel strich und ein leises Heulen erzeugte. Doch als sie genauer hinhörte, begriff sie, dass es eine Stimme war, die sang. »Hört ihr das?«, flüsterte sie.

Die anderen lauschten, dann nickten sie. Das Geräusch war seltsam und unangenehm – schaurig und unmelodisch, voll düsterer Verheißung.

Lee zuckte mit den Flügeln und hüpfte vorwärts. Er drehte sich zu ihnen um und sah sie mit glühenden Augen an. Auffordernd ließ er den Schnabel knacken.

»Er hat etwas gefunden«, sagte Abena und lief neben ihn. Julia und Ehsan folgten ihr. Sie sahen, dass der Felsbrocken von Wasser umgeben war, dessen schwarze Oberfläche einem See aus Tinte glich. »Vielleicht gibt es einen Durchgang auf die andere Seite des Felsens«, sagte Abena. »Unter Wasser.« Lee nickte.

Julia musterte den Felsen. Es war möglich. Der riesige Stein sah wirklich so aus, als würde er nicht auf dem Boden liegen, sondern wäre zwischen den Tunnelwänden eingeklemmt. Es gab nur einen Weg, es herauszufinden.

Ehsan tauchte einen Arm ins Wasser. »Ziemlich tief«, stellte er fest.

Wenn wir uns irren, können wir ertrinken, dachte Julia. Ihr Herz hämmerte bei dem Gedanken, mit brennender Lunge in dem kalten schwarzen Wasser eingeschlossen zu sein. »Ich probiere es aus«, sagte sie und bemühte sich, mutiger zu klingen, als sie war. Abena nickte kurz.

Ehsan wand sich unbehaglich. »Ich glaube, das sollte ich machen.«

Julia schüttelte den Kopf. »Ich bin kleiner – wenn der Durchgang schmal ist, komme ich besser durch.« Sie stützte die Hände auf den Höhlenboden und robbte langsam ins Wasser. Ihre Füße stießen nicht auf Grund. »Okay«, sagte sie. »Wartet hier.«

Dann holte sie tief Luft und ließ den Kopf unter die Oberfläche sinken. Es war nicht vollkommen dunkel unter Wasser, aber fast. Sie tastete sich am Felsen entlang und ließ sich von ihm durchs Wasser leiten. Sie war nie eine besonders gute Schwimmerin gewesen, aber mit der Maske glitt sie mühelos durchs Wasser. Die Sekunden vergingen, und es fiel ihr schwer abzuschätzen, wie viel Luft sie noch hatte. Wenn sie sich zu weit vorwagte, schaffte sie es vielleicht nicht zurück.

Dann sah sie vor sich ein schwaches Licht, ungefähr zehn Meter weiter.

Sie drehte um und tauchte mit kräftigen Stößen zurück zu den anderen.

»Lee hatte recht«, sagte sie, als sie hochkam und nach Luft rang. »Es gibt einen Durchgang.«

»Bist du ganz sicher?«, fragte Abena.

Julia nickte. »Schwimmt einfach hinter mir her.«

Die anderen machten sich bereit, ins Wasser zu steigen. Julia holte noch einmal tief Luft. Sie wartete, bis auch Lee im Becken war, dann tauchte sie unter und verließ sich darauf, dass die anderen ihr folgten.

Diesmal spürte sie keine Angst in ihrem Herzen, und sie schwamm stetig weiter, bis sie das Licht sah. Sie blickte zurück und sah die anderen in einer Reihe hinter sich hertauchen. Nur noch wenige Züge, dann stemmte sie sich auch schon aus dem Wasser und fand sich in einem halb eingestürzten Tunnel wieder, vor einem kleinen Haufen herausgebrochener Steine.

Das Licht war hier stärker, ein orangefarbener Schein, und der Geruch von Holzfeuer lag in der Luft. Auch der Gesang war lauter. Er kam von der anderen Seite des Geröllhaufens. Wenige Sekunden später tauchten Lees Eulenkopf und Ehsans Geweih auf. Kurz darauf kam Abena und schüttelte sich das Wasser von der pelzigen Schnauze. Sie stiegen aus dem Becken, rappelten sich auf und standen triefend neben Julia. Vorsichtig kletterten sie den Steinhaufen hinauf, tropfnass und zitternd, bis sie auf die andere Seite schauen konnten.

Julia stand nur da und starrte hinüber. Sie konnte kaum fassen, was sie sah.

Sie befanden sich am Rand einer riesigen Höhle von der Größe eines Kirchenschiffs, die von mehreren brennenden Fackeln erleuchtet wurde, die zwischen Steine am Boden geklemmt waren und einen gewaltigen Baum umgaben. Er war nackt und fahl, ohne Rinde und Laub, und sah beinahe so aus, als wäre er aus Elfenbein geschnitzt. Julia blinzelte sich das Wasser aus den Augen. Im flackernden Schein der Fackeln sah es so aus, als würden sich die Zweige hin und her bewegen, der Stamm sich wiegen und strecken.

Nein – er bewegte sich wirklich ... Julia lief es kalt über den Rücken.

Die Zweige reckten und wanden sich wie ein Lebewesen unter Schmerzen. An seinem Stamm teilten vertikale Schlitze die weiße Oberfläche, und schwarzer Saft quoll heraus und rann in trägen Rinnsalen zu den Wurzeln hinab. Unter dem Baum zerrten die Wurzeln am Boden, als versuchten sie, sich zu befreien.

Und zwischen den Wurzeln kauerte Morvina.

Mhenadurs Königin bearbeitete den Stamm mit demselben Knochendolch, den sie Julias Mutter an die Kehle gedrückt hatte. Sie hielt ihn mit beiden Händen. Das Zeichen, das sie ritzte, war eine Spirale, und während sie arbeitete, sang sie ihr sonderbares Lied.

Plötzlich hielt sie inne. »Ihr kommt zu spät«, sagte sie und drehte sich zu ihnen um. »Das Ritual ist vollendet.«

Im Licht der Fackeln wirkte sie noch größer, und ihre Gesichtszüge waren noch schauriger als zuvor: Ihre Augen lagen tief in ihren Höhlen, ihre Wangenknochen waren scharf wie Klingen.

Eine Bewegung an der Höhlenwand zog Julias Blick an. Dort hockte Varun wie ein Insekt an den Fels geklammert, das knochige Gesicht zu einer monströsen, koboldartigen Fratze verzerrt, und die Knochen seiner Wirbelsäule traten scharf hervor. Er erinnerte Julia an die Statue des *Brag* vor dem Cottage in Llangelin, aber verzerrt und durch und durch boshaft.

Dann ertönte von der anderen Seite des Baums eine Stimme, die sie nur zu gut kannte. »Julia?« Es war ihre Mutter.

Eine ogerartige Gestalt trat hervor – Triton. Er hatte einen Arm um Julias Mutter gelegt und zog sie neben sich her. Ihre Bluse war zerrissen, und sie war barfuß. Tritons Fuß stieß versehentlich gegen eine Fackel, und ein Funkenregen sprühte in die Luft.

Julias Haseninstinkt bereitete sie darauf vor, sich auf ihn zu stürzen.

»Das würde ich nicht tun«, sagte Morvina ruhig. »Triton muss nur einmal kurz drücken, um ihre Wirbelsäule zu brechen.«

Der monströse Kerl packte fester zu, und Julias Mum schrie vor Schmerz auf.

»Bitte!«, flehte Julia. »Sie hat nichts getan!« Verzweifelt ballte sie die Fäuste.

Varun kicherte oben auf seinem Ausguck. »Ich hab dich gewarnt«, zischte er, und seine schwarze Zunge glitt über seine Lippen. »Ich habe dir gesagt, dass ich mich rächen würde.«

Morvina richtete sich auf, breitete die Arme aus und zeigte auf Varun und Triton. »Seht uns an«, sagte sie. »Wir drei sind die Einzigen, die von der riesigen Armee des Schattenkönigs übrig sind. Hunderte Jahre haben wir das Land durchstreift und nach diesem Baum gesucht.« Sie hob den Knochendolch. »Mit diesem Messer habe ich die Fasern durchtrennt, die ihn beschützten. Die Ketten, die den König gefesselt haben, sind entzweit.«

»Was machen wir jetzt?«, flüsterte Abena.

Julia wusste es nicht. Solange ihre Mutter gefangen war, war sie hilflos. *Kämpfen ist zu riskant.*

Doch bevor sie etwas erwidern konnte, spürte sie, wie eine Welle der Wärme ihren Körper erfasste, sich von der Brust über ihre Arme und Beine ausbreitete.

Morvina blickte unvermittelt auf, als hätte sie eine Veränderung bemerkt. Ein Lächeln legte sich über ihre Lippen. »Mitternacht«, raunte sie. »Die Tagundnachtgleiche beginnt!«

Julias Haut kribbelte. Ihr Blut pulsierte mit neuer Energie. *Das ist meine Zeit. Die Stunde des Hasen, wie Wanderfalke gesagt hat.* Sie spürte, wie sich die Kraft in ihr aufbaute und darauf wartete, freigesetzt zu werden.

Morvina hatte sich wieder dem Baum zugewandt. »Komm, mein Geliebter«, flüsterte sie. »Erwache zu neuem Leben.«

Mit einem scharfen *Knacks* dehnte sich einer der Schlitze im Stamm weiter, und wieder sickerte schwarzer Saft heraus.

Und noch etwas anderes. Voller Entsetzen sah Julia, wie eine Hand, bedeckt von derselben schwarzen Substanz, aus dem Inneren des Baums herausgriff. Ihr folgte ein Arm, der sich um den Stamm legte. Schwarze Muskeln und Sehnen spannten sich. Als Nächstes erschien etwas weiter oben ein von Dornen gekrönter Kopf, der sich nach außen zwängte. Die Gesichtszüge waren nicht zu erkennen, bis auf den Mund, der zu einem stummen Schrei aufgerissen war. Noch eine Hand und ein Bein. Das Wesen im Baum war ein Riese, bestimmt zehn Fuß groß. Der schwarze Schlick klebte an seiner Haut, und die Form seines langen Gesichts wurde klarer. Die Dornen auf seinem Kopf gehörten zu einer silbernen Krone. In seinen Augen leuchtete ein schwaches, gelbliches Licht mit geschlitzten Pupillen.

In Tritons Armen wurde Julias Mutter schlaff vor Angst.

Julia hatte keinen Zweifel daran, wen sie vor sich hatte. Mhenadur, den Schattenkönig.

Morvina hatte recht.

Wir sind zu spät.

20

Mhenadur zog auch das zweite Bein aus dem Baumstamm und stellte beide Füße auf den Höhlenboden. Wanderfalkes Beschreibung kam nicht wirklich an ihn heran. Sein Oberkörper war nackt, seine leichenblasse Haut von spiralförmigen Zeichnungen, hervortretenden Narben und dunklen Stellen bedeckt, wo der Schlick an ihm klebte. Seine schlangenhaften Augen blickten düster aus seinem weißen Gesicht, das scharfkantig war wie das eines Raubvogels, grimmig und wachsam. Die Adern traten an seinen dicken, muskulösen Armen hervor, die durch einige klebrige schwarze Schlieren noch immer mit dem Baum verbunden waren. Julia sah, dass sie sich reckten, als wollten sie ihn zurück in sein Gefängnis ziehen.

Noch ist er nicht frei, wurde Julia klar. Vielleicht gab es noch Hoffnung.

»Mein König!«, schrie Morvina. Mit ihrem Knochendolch begann sie, fieberhaft auf die schwarze, teerartige Substanz einzuhacken. Sie schien so zäh wie Leder zu sein.

»Wir müssen sie aufhalten«, sagte Julia.

Beim Klang ihrer Stimme riss Mhenadur den Kopf in ihre Richtung. Seine bernsteinfarbenen Augen weiteten sich, und seine Lippen kräuselten sich zu einem grimmigen Lächeln. »Da sind sie, um meine Wiedergeburt zu erleben, und zittern.« Seine Stimme knirschte wie Kies und schien in der ganzen Höhle widerzuhallen. Sie ließ Julia bis ins Mark erschaudern. »Flieht, Geister, denn diesmal werde ich euch nicht verschonen. Dieses Land war einst meins, und meins wird es wieder werden.«

»Nicht, wenn wir ein Wörtchen mitzureden haben!«, rief Abena.

Der Schattenkönig lachte ein tiefes, dröhnendes Lachen. »Die Geister haben ihre Helden schlecht gewählt«, sagte er. »Ihr seid schwach. Furchtsam. Ich kann eure Angst schmecken.«

Morvina war weiterhin mit ihrem Dolch zugange, sie bearbeitete den Baum wie ein Metzger ein Stück Fleisch, und ihre Haut glänzte vor Schweiß.

Mhenadur lächelte immer noch. »Hört mir zu, Kinder. Ihr habt nicht darum gebeten, Waffen der Geister zu werden. Ihr habt euch diese Last nicht ausgesucht. Legt eure Masken ab und geht zurück in euer Leben. Ich werde euch verschonen.«

»Wir gehen nirgendwohin!«, rief Julia. »Wir wissen, was du bist. Was du mit unserer Welt anstellen wirst!«

Sie trat einen Schritt näher, und Varun huschte herbei, um sich ihr in den Weg zu stellen. Mhenadurs Diener wirkten angespannt, und Julia begriff mit einem neuen Anflug von Hoffnung, dass sie besorgt waren. *Bis die letzten Bande gebrochen sind, ist der Schattenkönig ein Gefangener.*

Der König hingegen zeigte nicht die geringste Angst. »Ich sehe«, sagte Mhenadur, »dass euch Lügen in die Ohren geträufelt wurden. Schon zu meinen Lebzeiten haben mich schlimme Geschichten verfolgt. Man nannte mich ein Monster, einen Dämon und Schlimmeres.«

»Klingt ziemlich zutreffend«, murmelte Ehsan und trat mit glühendem Geweih neben Julia.

»Die Sieger schreiben ihre eigene Geschichte«, sagte Mhenadur mit sanfterer Stimme. »Und die Wahrheit versinkt im Nebel der Zeit.«

»Welche Wahrheit?«, fragte Abena. »Wir wissen,

dass du gemordet hast. Dass du schwarze Magie gebraucht hast. Du wolltest die Welt beherrschen.«

Mhenadur schüttelte langsam den Kopf. »Ich wollte nur meine Familie zurück und genug Land, um in Frieden zu leben. Glaubt mir, Kinder – ihr seid auf die Lügen meiner Feinde hereingefallen.«

Julia zögerte. Damit hatte sie nicht gerechnet. Doch obwohl Mhenadur aufrichtig klang, glaubte sie ihm nicht. Es widersprach nicht nur allem, was Wanderfalke gesagt hatte, sie spürte auch den starken Instinkt des Hasen tief in ihrem Inneren – die untrügliche Warnung vor einer schrecklichen Gefahr.

»Er lügt«, sagte sie. »Er versucht, uns zu täuschen.«

»Ach ja?«, sagte Mhenadur. Morvina gelang es endlich, seine Arme zu befreien, und er hob sie und zeigte mit einem langen weißen Finger auf Julia. »Dann frage dich, hättest du an meiner Stelle nicht alles … *alles* … getan, um diejenigen zurückzuholen, die du geliebt hast? Würdest du nicht alles dafür tun, wenn ich dir genau das jetzt anböte? Das, was du dir wünschst, mehr als alles auf der Welt?«

»Was?«, fragte sie leise. *Er kann doch nicht von Dad wissen … oder?*

Mhenadur nickte, seine geschlitzten Augen brannten sich in ihre Seele. »Wie würde es sich anfühlen, Julia, ihn wieder in den Armen zu halten?«

»Wovon spricht der?«, fragte Ehsan nervös.

»Zweifle nicht an mir, Julia«, fuhr Mhenadur fort. »Was du von meinen Kräften gehört hast, ist wahr. Diese Fähigkeit ist der Grund, warum die eifersüchtigen Geister der Natur sich gegen mich gewandt haben. Ich habe die Macht, dem Tod zu trotzen. Ich habe es früher getan, und ich könnte es mit nur einem Gedanken wieder tun. Für euch alle.«

»Was meint er?«, rief Julias Mutter mit Tränen in den Augen.

»Dein Vater, Julia, hier vor dir, frisch und lebendig und voller Liebe. Wie vor jenem schicksalhaften Tag, der ihn dir entrissen hat. Du musst nur schwören, mir zu dienen.«

»Hör nicht auf ihn, Julia!«, flüsterte Abena. »Du hast es selbst gesagt – er lügt. Er will dich täuschen.«

Nun war auch der andere Arm des Königs frei und triefte von schwarzem Schleim. Morvina säbelte an einem weiteren dicken Strang herum, sägte mit der einen Hand und zerrte mit der anderen. Die Sehnen ihrer bloßen Arme waren gespannt wie Stahlseile, ihre Hände über und über schwarz.

»Warum sollte ich lügen, Kind?«, fuhr Mhenadur fort, und seine Stimme dröhnte in Julias Kopf. »Du bedeutest mir nichts. Ich will dir nichts Böses. Du bist nur ein Opfer, das meine Feinde ungerechterweise gewählt haben.«

Julia wusste nicht, was sie denken sollte. War das ernst gemeint – bot er ihr wirklich an, ihren Vater zurückzuholen? All der Schmerz … das Loch tief in ihr … das alles könnte mit einem Mal zu Ende sein.

»Und wenn wir uns ergeben, was dann?«, fragte Ehsan. »Dann übernimmst du die Herrschaft, oder wie?«

Der Schattenkönig nickte. »Ich nehme meinen rechtmäßigen Platz als der Herrscher ein, den das Land Albion verdient.«

»Kommt nicht infrage!«, gab Ehsan zurück.

»Nicht?« Das Lächeln des Königs wurde breiter. »Und was ist mit Naima?«

Ehsan verzog das Gesicht. »Lass Naima aus dem Spiel!«, fauchte er.

»Auch sie wurde viel zu früh aus dem Leben gerissen«, sprach Mhenadur unbeirrt weiter. »So ist die grausame Art der Natur. Eigentlich sollte es ein Spaß sein, nicht wahr? Ein Wettschwimmen zur Brücke auf der anderen Seite des Sees … nicht weit. Und sie war immer so eine gute Schwimmerin gewesen.«

»Hör auf!«, schrie Ehsan. Beim Anblick seines schmerzerfüllten Gesichts zog sich Julias Herz zusammen.

Mhenadur streckte die Hand aus, eine beinahe liebevolle Geste. »Ich nehme dir deinen Schmerz, Ehsan. Ich gebe sie dir zurück«, sagte er. »Du musst nicht mehr allein sein.« Er streckte auch die andere Hand aus. Rauch strömte aus seinen Fingern und bildete eine Wolke in der Höhle. Inmitten des Rauchs sah Julia, wie sich die Dunkelheit verdichtete und eine Gestalt annahm, deren Umrisse immer schärfer wurden. Ihr Atem ging in schnellen, kurzen Stößen. Sie durfte nicht hoffen. Aber der Körperbau, der Gang … Er war unverwechselbar.

»D-Dad?«, stammelte sie. Ihre Stimme war ein ersticktes Schluchzen.

Er kam auf sie zu, seine Gesichtszüge wurden klarer. Erst sah er verwirrt aus. Er trug dieselben Kleider wie am Tag des Unfalls. »Wo bin ich?« Dann bemerkte er sie und lächelte – das Lächeln, von dem Julia sich so sehr gewünscht hatte, es noch einmal zu sehen, nur ein einziges Mal, und nie darauf zu hoffen gewagt hatte. »Julia? Was ist los?«

Seine Stimme klang genau wie früher. Sanft. Voller Liebe. Er war aus Fleisch und Blut. *Echt.* Sie konnte sein vertrautes Rasierwasser riechen, die grauen Haare an seinen Schläfen sehen.

Neben sich hörte Julia Abena schluchzen und murmeln: »Gran? Bist du das?«

Auch Ehsan weinte, wütend und aufgebracht. »Hab keine Angst, Naima. Ich bin hier.«

Lees Lippen zitterten, sein Gesicht war voller Trauer.

Irgendein kleiner Teil von Julia begriff, was passierte. *Sie sehen alle die Menschen, die sie lieben.*

»Hört auf euer Herz«, sagte Mhenadur. »Nehmt die Masken ab. Gemeinsam schaffen wir eine bessere Welt. Die Herrschaft der Natur wird vorbei sein. Wir werden entscheiden, wer das Leben verdient und wer den Tod.«

Julias Vater war jetzt so nah, dass sie ihn beinahe berühren konnte. Sie hatte das Gefühl, ihr Herz würde platzen. Sie *konnte* nicht ablehnen. Nicht jetzt. Sie konnte ihn nicht gehen lassen, wenn er auf der Schwelle zu einem neuen Leben stand. *Koste es, was es wolle.*

»Nimm die Hand deines Vaters, Julia«, sagte die Stimme des Schattenkönigs. »Mit deiner Umarmung gelobst du mir deine Treue.«

Zitternd streckte Julia die Arme aus. *Ich habe nicht um all das hier gebeten. Es ist nicht meine Aufgabe, es aufzuhalten. Und wenn es sogenannte schwarze Magie ist – na und? Es geschieht aus dem richtigen Grund … aus Liebe.*

»Ein Kind sollte niemals Vater oder Mutter verlieren«, sagte Mhenadur.

Auch Julias Dad streckte die Arme aus. Ihre Finger waren kurz davor, sich zu berühren.

Da bemerkte Julia aus dem Augenwinkel ihre Mutter. Triton hielt sie noch immer fest. In ihrem Blick lag blankes Entsetzen, und Julia begriff, dass sie nicht sehen konnte, was Julia sah. Es war eine Vision nur für sie.

Aber da war noch etwas. Ihre Mutter sah irgendwie anders aus als vorher – blasser, verwischt, beinahe … geisterhaft.

Die Erkenntnis, welche Entscheidung sie zu treffen im Begriff war, traf sie wie ein Schlag.

Sie zog die Hand zurück, und die Augen ihres Vaters weiteten sich. »Julia?«, sagte er.

Julia löste gewaltsam den Blick von seinem Gesicht. Sie zwang sich wegzuschauen und drehte sich zu Mhenadur. »Die Sache hat einen Haken, stimmt's?«, flüsterte sie.

Der Schattenkönig beobachtete sie schweigend. Hinter ihm hielt Morvina in ihrer Tätigkeit inne, doch Mhenadur gab ihr ein ungeduldiges Zeichen.

»Binde mich los«, sagte er. »Damit wir uns endlich umarmen können.«

»So einfach ist das nicht«, sagte Julia.

Die anderen drei blickten nun zu ihr. Ihre Worte hatten sie aus ihrem Bann gerissen. »Ihr habt gehört, was er gesagt hat. *Wir werden entscheiden, wer das Leben verdient und wer den Tod.* Irgendwer … irgendwer *muss* sterben. Wir können jemanden zurückholen – aber dafür müssen wir einen anderen Menschen opfern.«

Mhenadur sah sie zornig an.

»Es stimmt, nicht wahr?«, sagte sie und war sich jetzt ganz sicher. »Ein Leben gegen ein anderes.«

Die Augen des Schattenkönigs flammten auf. »Das ist der Pakt, den ich mit dem Tod geschlossen habe. Das Gleichgewicht muss gewahrt werden.«

Schweigen. Dann sprach Abena: »Das ist krank.«

»Die Natur ist viel grausamer«, knurrte der Schattenkönig. »Unter ihrer Herrschaft sterben die Guten, und die Bösen gedeihen unverdient. Es gibt keine Gerechtigkeit.« Er biss die Zähne zusammen und versuchte, sich aus den letzten schwarzen Bändern zu befreien. »Weiter, meine Königin!«, fauchte er, als die schwarzen Stränge ihn weiter festhielten.

Morvina tat wie befohlen und hackte noch fester mit dem Knochendolch.

Triton stieß Julias Mum zu Boden und griff nach einer Sense, die an einem Felsen lehnte. Die Klinge glänzte im Licht der Fackeln und blitzte rot auf. Varun auf seinem Aussichtspunkt lachte schadenfroh.

»Mum!«, schrie Julia.

»Es wird schnell und schmerzlos sein«, sagte Mhenadur. »Sag nur ein Wort, und du bekommst deinen Vater zurück. Den, den du mehr liebst, gegen die, die du weniger liebst. Den, der für dich gesorgt hat, gegen die, die dich vernachlässigt hat. Ich sehe es in deinen Augen, dass du es dir selbst schon gewünscht hast, und jetzt ist es deine einzige Wahl.« Er lächelte, doch diesmal sah Julia den Zorn dahinter. »Nimm mein Geschenk an. Lebe das glückliche Leben, das dir genommen wurde.«

Ihre Freunde starrten sie an. Morvina auch. Julia konnte den Blick der Tiergeister spüren. Wie konnte er von ihr verlangen, sich zu entscheiden? Sie starrte ihre Mutter an und sah die Angst in ihrem Gesicht und noch etwas anderes – etwas Schlimmeres. *Zustimmung*.

»Tu es, Julia«, sagte sie leise.

»Was?« Julia spürte, wie ihr Mund sich verzog. »*Was* soll ich tun?«

Ihre Mum senkte den Kopf, als machte sie sich für den Hieb der Sense bereit. »Nimm sein Angebot an. Ich … ich will nur, dass du glücklich bist.«

»Mum, nein!«, schrie Julia. Sie konnte nicht glauben, was sie hörte.

Ihre Mutter starrte Mhenadur an. »Versprichst du

es?«, fragte sie. »Schwörst du, dass du sie in Frieden leben lässt?«

Mhenadur nickte. »Ich schwöre bei den Dingen, die sich niemals ändern – bei der Sonne und dem Meer, der Erde und dem Himmel –, dass ich deiner Tochter nichts tun werde.«

Julias Mum sah sie mit Tränen in den Augen an. »Ich bin keine gute Mutter«, sagte sie. »Das weiß ich, mein Schatz. Ich bin es nie gewesen. Ich habe nicht die besten Entscheidungen getroffen, aber jetzt kann ich es. Ich liebe dich, aber du verdienst mehr als das. Sag deinem Dad … sag ihm, dass ich ihn auch liebe.«

Julia konnte nicht glauben, was ihre Mutter sagte. Sie drehte sich zu Mhenadur und sah Triumph in seinem Gesicht aufleuchten.

»Nein«, sagte sie fest. »Ich lehne dein Angebot ab. Du hast nicht das Recht, es zu unterbreiten.«

Binnen eines Moments verwandelte sich das Lächeln des Schattenkönigs in ein Zähnefletschen, und das Bild ihres Vaters verschwand so plötzlich, als hätte Julia es sich nur eingebildet. Ihr Herz tat weh, als hätte sich eine Hand darumgelegt und würde fest zudrücken.

»Was bist du für eine Närrin«, zischte der Schattenkönig.

21

Noch immer hing Rauch in der Luft, doch Julia zögerte nicht. Der Hasengeist rauschte durch ihren Körper und mit schwindelerregendem Tempo sprang sie vom Steinhügel hinunter und stürzte auf Triton zu. Er sah sie kommen und hob die Sense, um sie in Richtung ihrer Mum zu schwingen. Obwohl sie noch ein gutes Stück von ihm entfernt war, sprang sie in die Luft, schleuderte die Beine nach vorn und kickte mit beiden Füßen nach ihm. Die Sense fiel klirrend zu Boden, und er wankte, stolperte und fiel. Ihre Mutter hastete davon.

Julia überließ dem Geist des Hasen das Kommando. Sie grub die Krallen in Tritons Körper und rammte die Zähne in sein Fleisch. Er stieß einen Schrei aus, schloss die Hände um ihre Arme und schleuderte sie über seinen Kopf. Julia drehte sich in der Luft und landete wieder auf allen vieren.

Triton hatte sich aufgerappelt und breitete die Arme aus, um sie zu packen, dann jedoch keuchte er und riss die Augen auf. Die Sense hatte seinen Leib geteilt, ihre Klinge war mit schwarzem Blut bedeckt. Sein riesiger Körper zerfiel zu Asche, und dahinter wurde Julias Mum sichtbar, die mit beiden Händen die Sense umklammerte. Sie wirkte wie benommen vor Schreck.

Mhenadurs Körper schien vor Zorn anzuschwellen.

»Tötet sie!«, brüllte er. Er riss und zerrte an den Seilen, die ihn noch immer an den Baum fesselten, doch sie gaben nicht nach, und seine Anstrengungen waren vergebens. Morvina machte sich wieder mit dem Dolch an die Arbeit und zerschnitt die letzten Stränge.

Da stürzten sich Julias Gefährten vom Steinhügel, um anzugreifen. Ehsan schlitterte abwärts, den Blick auf den Schattenkönig gerichtet. Varun eilte herbei, doch Lee stieß mit ausgestreckten Eulenklauen auf ihn nieder. Die beiden verhedderten sich zu einem Knäuel aus Armen, Beinen und Flügeln.

Währenddessen schoss Abena mit gebleckten Zähnen auf Morvina zu. Die Königin wich zurück und umklammerte ihren Knochendolch. Abena umkreiste sie mit gesenkter, zuckender Schnauze. »Komm näher, Wolf«, zischte Morvina. »Schmeck den Tod von meiner Hand.«

Ehsan senkte den Kopf und drehte sich zu Mhenadur. Gerade als es so aussah, dass er ihm sein Geweih gegen den Oberkörper rammen würde, griff Mhenadur mit beiden Händen danach. Sie rangen miteinander, Ehsans Füße stemmten sich in den steinigen Untergrund, doch der Schattenkönig war stärker. Er hob Ehsan vom Boden und ließ ihn zappeln. »Lass mich los!«, brüllte Ehsan.

»Mit Vergnügen«, erwiderte Mhenadur. Mit einem lauten Schrei schleuderte er Ehsan gegen die Höhlenwand. Sein Körper schlug mit einem verstörenden dumpfen Geräusch dagegen und fiel zu Boden. Er rührte sich nicht.

»Ehsan?«, schrie Julia. Sie rannte zu ihm, ihre Mutter neben sich. Das Herz schlug ihr bis zum Hals, sie hatte panische Angst, dass er tot war, doch dann sah sie, dass er sich leicht bewegte.

Abena schnellte vor, um nach Morvina zu schnappen, doch die Königin hielt sie mit ihrem Dolch auf Abstand. Unterdessen versuchte Lee, sich in die Luft zu erheben, während Varun seine Beine umklammerte und ein schrecklich keckerndes Lachen ausstieß. Die Eule schaffte nur wenige Flügelstöße, bevor sie wieder nach unten gezogen wurde.

Julia drängte ihre Mum zum Steinhaufen. »Lauf!«, keuchte sie.

Ihre Mum schüttelte heftig den Kopf. »Ich lasse dich nicht allein.«

Ehsan richtete sich schon wieder auf. Eine der beiden Geweihstangen war abgebrochen, und seine Wange war aufgeschürft. »Mir geht's gut«, sagte er. Allerdings wankte er und musste sich an der Wand abstützen. »Pass auf!«, schrie er.

Julia wirbelte herum und sah Mhenadur auf sich zukommen, die letzten Bänder, die ihn hielten, aufs Äußerste gespannt. Er schwang Tritons Sense, die in seinen riesigen Händen viel kleiner wirkte als zuvor. Julia schob ihre Mutter beiseite und duckte sich unter der schwingenden Klinge hindurch. Sie warf sich außer Reichweite, doch der Schattenkönig war schon über ihr und ließ die Waffe niedersausen. Julia rollte sich zur Seite und sah, wie die Klinge in den Stein schnitt.

»Der Hase kann nicht den ganzen Tag laufen«, sagte Mhenadur und zog sie wieder heraus. »Du hättest mein Angebot annehmen sollen.«

Wieder hieb er zu, doch mit der Schnelligkeit des Hasen in den Beinen sprang Julia flink über den

Boden, sah den Weg der Klinge voraus und entkam ihr um Schnurrhaaresbreite. Aber Mhenadur hatte recht. Es war unmöglich, noch lange so weiterzu…

Der Sensenstiel traf sie in den Magen, und sie klappte vornüber. Sie rang nach Luft, krümmte sich zusammen und stürzte. Der Schattenkönig ragte über ihr auf und schwang die Sense über seinen Kopf. Julia konnte nirgendwohin, hatte keine Kraft mehr. Ihr Bein pochte und wollte sich nicht rühren. »Es war deine eigene Entscheidung«, sagte Mhenadur heiser.

Julia ertastete einen losen Stein und schleuderte ihn, ohne nachzudenken. Sie traf seine Hand, was genügte, um seinen Hieb vom Kurs abzubringen. Die Klinge der Sense sauste abwärts, bohrte sich in den Boden und zitterte. Julia huschte aus dem Weg.

Ihre Mutter trat dazwischen, einen großen Stein in der Hand, und zielte. Sie warf ihn mit aller Kraft gegen Mhenadurs Kopf, doch kurz davor hielt er einfach in der Luft inne, zurückgehalten von einer unsichtbaren Kraft. Mhenadur sah lächelnd zu, wie er in der Luft schwebte. »Meine Kräfte kehren zurück«, dröhnte er. Der Stein fiel zu Boden, und der Schattenkönig ließ einen Arm vorschnellen. Julias Mum wurde von einem heftigen Windstoß zurückgedrängt. Sie verlor das Gleichgewicht und schlitterte über den Boden. Julia ließ den Blick hastig durch die

Höhle schweifen und sah, dass Ehsan immer noch an der Wand lehnte, während Lee unter Varun festsaß.

Sie fühlte die Hoffnung aufflammen und erlöschen.

Der König drehte sich zu ihr um. »Es ist vorbei, Julia. Ich biete dir ein letztes Mal an, auf meine Seite zu kommen.«

Hinter ihnen verpasste Morvina Abena einen Tritt, bei dem sie sich zusammenkrümmte. Sie zog die Maske ab und rang auf allen vieren nach Luft.

Wir verlieren den Kampf. Es war unmöglich, es noch zu leugnen. *Sie sind zu stark.*

»Gib auf«, sagte Mhenadur. »Wir beide sind gar nicht so verschieden. Ich sehe, dass auch du alles dafür tun würdest, die zu retten, die du liebst, genau wie ich es getan habe.«

Alles? Plötzlich begriff Julia etwas, was sie unbewusst beschäftigt hatte, seit der König ihr das Leben ihres Vaters gegen das ihrer Mutter angeboten hatte. Der Handel, den er selbst eingegangen war. Das Leben, das er gegen ein anderes getauscht hatte.

»Du hast deine Tochter gar nicht verloren, stimmt's?«, sagte sie. Mhenadur schwieg, doch der nervöse Blick, den er Morvina zuwarf, verriet Julia, dass sie richtiglag.

»Sie wurde mir genommen«, knurrte er.

Morvinas Blick richtete sich nicht mehr auf Abena.

Sondern auf den Schattenkönig. Ihre fahlen Augen waren geweitet, und der Knochendolch lag schlaff in ihrer Hand.

Julia erhob die Stimme, damit man sie in der ganzen Höhle hören konnte. »Nein!«, sagte sie. »Du hast es selbst gesagt: *Ein Leben muss gegen ein anderes eingetauscht werden.* Das war der Pakt, den du mit dem Tod geschlossen hast. Ein Menschenopfer.« Sie versuchte, seinen Blick zu deuten. »Es war nicht die Natur, die deine Tochter getötet hat. *Du warst es.* Morvina ist bei der Geburt gestorben, aber deine Tochter hat überlebt. Bis du sie geopfert hast, im Tausch gegen deine Frau.«

Mhenadur zuckte zusammen, als hätte sie ihn geschlagen.

»Mein König?«, murmelte Morvina, und ihr Gesicht verzerrte sich vor Verwirrung. »Sag mir, dass das nicht wahr ist. Sag mir, dass du unser geliebtes Kind nicht geopfert hast.«

Mhenadur drehte sich zu ihr. Einen Moment lang rang er nach Worten. »Ich habe es für dich getan«, sagte er schließlich. »Damit wir zusammen sein konnten.«

Morvinas Gesicht war eine Maske des Grauens. »Unsere Erstgeborene«, flüsterte sie. »Meine Anwin.«

Der Schattenkönig ruckte heftig an den verbliebenen schwarzen Strängen. »Schneid mich los!«, heulte er. »Ich befehle es!«

Doch Morvina wich zurück und schüttelte langsam den Kopf.

Mit einem Riesenschritt war Mhenadur bei ihr, umklammerte ihr Handgelenk und zerrte es hoch. Sie jaulte vor Schmerz auf, als ihr Arm beinahe aus dem Gelenk gerissen wurde. Mit der anderen Hand packte er den Dolch und schubste sie weg. »Dann tue ich es eben selbst!«, knurrte er. Er begann die letzten Seile zu lösen, die ihn an den Baum banden.

Julias Augen huschten zu der Sense, die noch immer im Höhlenboden steckte. Ihr Feind sah nicht her, und sie wusste, dass sie eine solche Chance kein zweites Mal kriegen würde. Als sie nach dem Stiel griff, japste sie. Dort, wo der König ihn gehalten hatte, war er eiskalt und klebte an ihrer Haut. Sie biss die Zähne zusammen und riss die Sense aus dem Boden.

»Herr!«, schrie Varun.

Mhenadur drehte sich um und sah sie. Er lächelte. »Menschenstahl fürchte ich nicht«, sagte er.

Julia spürte frische Energie in ihren Armen, als sie die Sense über den Kopf schwang. Mit aller Kraft drückte sie die Beine ab und flog auf den Schattenkönig zu.

»Nein!«, kreischte ihrer Mum irgendwo hinter ihr.

Beim Landen ließ Julia die Klinge niedersausen. Sie traf ihren Feind an der Schulter, doch sie spürte nicht den geringsten Widerstand, als die Waffe durch sein Fleisch glitt. Der Arm zerfiel zu Asche, und der Dolch landete auf dem Boden.

Mhenadur lachte nur. »Ich entstamme dem Geisterreich«, sagte er. Während er sprach, bildete sich ein neuer Arm aus dem Stumpf des alten. Voller Entsetzen sah Julia ihn wachsen. »Du kannst mich tausendmal niedermetzeln«, zischte er. »Ich werde ebenso oft wiedergeboren.«

Aus dem Augenwinkel sah Julia, wie sich Abena nach dem Dolch bückte. Mhenadur sah es auch. Morvina wollte ihn ihr entreißen, doch Abena schleuderte den Dolch durch die Luft. Julia fing ihn mit der freien Hand auf.

»Gib ihn her«, befahl Mhenadur. Zum ersten Mal lag Angst in seiner Stimme.

Julias Finger schlossen sich um das Heft des Dolchs. Die Waffe wog so gut wie nichts, doch Morvinas verzweifelter Blick sagte ihr, dass er das Einzige war, was sie brauchten. Nichts anderes konnte den Schattenkönig befreien.

Und das wird nicht passieren.

»Fahr zur Hölle«, sagte sie. Mhenadur sprang kopfüber auf sie zu, gerade als sie den Dolch übers

Knie legte und mit einem Knacken zerbrach, das in der Höhle widerhallte. Der König landete auf dem Bauch und zerkratzte Julia dabei mit seinen krallenartigen Fingernägeln das Schienbein. Sie schrie vor Schmerz auf, wich zurück und umklammerte ihr verletztes Bein.

Im selben Moment kam aus dem Nichts ein heftiger Windstoß. Er hob kleine Kiesel vom Boden und bombardierte Julia. Schützend legte sie die Hände vor die Augen und kauerte sich zusammen, während immer größere Steine über den Boden rollten. Sie bewegten sich auf den Baum zu, als würden sie von ihm angezogen.

»Meine Königin!«, schrie der Schattenkönig. »Hilf mir!«

Auch er rutschte über den Boden, als zögen ihn die letzten schwarzen Fasern, die ihn mit dem Baum verbanden, wieder zurück. Er stemmte sich dagegen, seine Muskeln spannten sich aufs Äußerste, doch es half nichts. Seine Beine berührten den Baum zuerst und schienen in den Riss im Stamm zu sinken. Er knirschte mit den Zähnen, als sein Rücken, Hals und Hinterkopf folgten, sein Mund verzerrte sich zu einer wütenden Grimasse, während er sich weiter aufs Heftigste wehrte. Doch es war, als würde er vom Treibsand verschluckt. Stück für Stück nahm der Baum ihn in sich auf, bis nur noch seine Brust, sein Gesicht und seine Arme zu sehen waren. Er lehnte sich vom Stamm weg, reckte das Kinn, rollte mit den gelben Augen.

Morvina sah voller Entsetzen zu, unternahm jedoch keinen Versuch, ihm zu helfen. Julia glaubte ohnehin nicht, dass sie noch etwas hätte tun können.

Langsam nahm sie die Maske vom Gesicht. Sie konnte den Blick nicht von dem schrecklichen Schauspiel lösen. Erst verschwand der eine Arm, dann der andere. Schließlich war nur noch Mhenadurs Gesicht übrig, sein aufgerissener Mund, aus dem kehlige, gepresste Laute drangen. Dann verschwand auch der im Stamm, das Holz schloss sich über seinem Gesicht und erstickte seine Schreie. Die Fackeln um den Baum flackerten schwächer und warfen huschende Schatten an die Felswände, und als der Wind sich legte und sie wieder hell aufflammten, war nur noch glattes, unversehrtes Holz zu sehen. Der Baum war wieder ganz, und der Schattenkönig war fort.

Sie hörten das Getrappel von Füßen, und Julia sah Morvina auf einen dunklen Tunnel am anderen Ende der Höhle zulaufen. »Warte!«, krächzte Varun und eilte ihr hinterher. Ehsan wollte ihnen nachsetzen, gab es jedoch nach ein paar wackligen Schritten wieder auf. Er zog sich die Maske vom Gesicht, beugte sich vor und stützte die Hände auf die Knie, sichtlich erschöpft und noch immer benommen von dem heftigen Aufprall an der Höhlenwand. Abena lief zu ihm und legte ihm eine Hand auf den Rücken. »Wozu?«, fragte sie. »Lass sie gehen.«

Als Julia sich mühsam aufrappelte, griff ihre Mum nach ihrer Hand und hielt sie fest.

»Wir haben es geschafft«, flüsterte Abena. »Wir haben den Schattenkönig besiegt.«

Julia drehte sich zu ihr um und sah zwei Abenas vor sich. Auch zwei Lees und zwei Ehsans. Sie blinzelte.

»Jules?«, sagte ihre Mum. »Ist alles in Ordnung?«

Ein dumpfer Schmerz pochte in ihrem Bein, und als Julia nach unten schaute, sah sie vom Knie bis zum Knöchel Blut durch ihre zerrissene Jeans sickern. Sie schwankte und verlor das Gleichgewicht. Starke Arme fingen sie auf. Es war Ehsan. Er musste alles gegeben haben, um so schnell zu ihr zu kommen.

»Sie ist verletzt!«, sagte Abena.

»Oh mein Gott! Julia!« Das war Mum, doch ihre Stimme klang gedämpft.

»Wir müssen sie hier rausbringen!«

Julia spürte die Wunde an ihrem Bein, heiß und pulsierend. Ehsans Arme, die sie trugen. Dann, als die Dunkelheit über sie hereinbrach, spürte sie gar nichts mehr.

22

Julia?

Eine Stimme. Ihr war kalt, und sie zitterte. War sie immer noch in der Höhle?

Ich glaube, sie hat sich bewegt!

Dieselbe Stimme. Nicht in der Höhle. Kein Echo.

Sie schlug die Augen auf und fand sich allein im Dunkeln unter hoch aufragenden Bäumen wieder. Sie kannte diesen Ort. Es war der Traumwald, und sie war ein Hase. Sie versuchte, sich zu sammeln, zu orientieren. Wo waren alle?

Was ist los? Geht es ihr gut?

Julia versuchte, etwas zu sagen, doch sie konnte den Mund nicht bewegen. Konnte ihn nicht einmal spüren. Es war kein angenehmes Gefühl.

Die Lichtung. Da musste sie hin. Da hatten sie sich

immer getroffen, und dorthin lief sie nun. Sie hoppelte über den Waldboden. Mit jedem Sprung lockerte sich die Steifheit ihrer Glieder, und sie wurde schneller. Die Dunkelheit spielte keine Rolle, denn ihre Augen sahen jeden Umriss, jeden Schatten. Und sie wusste, wenn sie die Lichtung erreichte, würde alles gut.

Nein, ich habe gesehen, dass sie sich bewegt hat. Ja, ich bin mir ganz sicher …

Die Stimme schien von irgendwo hoch oben zu kommen, doch als sie aufblickte, sah sie nur dunkle, verschlungene Äste.

Sie erreichte die Lichtung. Auch hier war es dunkel, der Himmel ohne Sterne und von dicken schwarzen Wolken bedeckt. Niemand war da. Kein Hirsch, kein Wolf, keine Eule. Der Hinkelstein stand verlassen da.

Holt eine Krankenschwester! Schnell!

Über ihr erschien ein Lichtspalt, die Wolken teilten sich, und ein Sonnenstrahl fiel auf den Hinkelstein. Das Licht wurde heller und strahlte über die Lichtung bis zu ihr, und als es ihr Fell traf, spürte sie seine Wärme. Es umhüllte sie, breitete sich in ihrem Körper aus, weckte ihre Lebensgeister.

Bevor sie wusste, wie ihr geschah, hatten ihre Pfoten den Boden verlassen. Es war nicht beängstigend. Es war … unausweichlich. Sie stieg höher und höher, das Licht wurde mit jeder Sekunde wärmer und heller.

Seht ihr! Ich hab's doch gesagt. Jules, wach auf, mein Liebling!

Sie stieg höher und höher, an den Wolken vorbei Richtung Sonne. Es tat weh, sie anzusehen, doch sie konnte sich nicht abwenden. Und gerade, als der Schmerz in ihrem Hinterkopf zu brennen begann, wurde der Himmel eine geflieste Decke und die Sonne ein kreisrundes Licht. Und sie schwebte nicht in der Luft, sie lag auf einem Bett. Das Gesicht ihrer Mutter beugte sich über sie und strahlte von Ohr zu Ohr, Tränen standen in ihren Augen.

»Mum?«

Sie wollte sich aufsetzen, doch ihre Mum drückte sie sanft zurück. Sie trug Kleider, die Julia nicht kannte, und hatte dunkle Ringe unter den Augen.

»Nicht bewegen, Liebling. Halt ganz still.«

Julia betrachtete ihre Umgebung. Ein Krankenhauszimmer, die Jalousie war heruntergelassen. Draußen dämmerte es. Sie trug eine Art Nachthemd, und in ihrem Arm steckte eine Kanüle. Eine Schwester in blauem Kittel schaute auf einen piepsenden Monitor.

»Was ist passiert?«, krächzte sie. »Ich erinnere mich an die Höhle … den Baum. Und den Schattenkönig …«

Die Schwester blickte auf. »Keine Sorge«, sagte sie. »Nach einer Narkose sind lebhafte Träume nicht ungewöhnlich.«

Julias Bein unter der Bettdecke schmerzte. Die Verletzung fiel ihr wieder ein.

»Bin ich okay?«

»Die Wunde verheilt jetzt, nachdem wir die Infektion unter Kontrolle gebracht haben«, sagte die Schwester. »Du hast Glück gehabt, dass der Schnitt so sauber war. Glas kann ganz schön übel sein.«

»Glas?«

»Du bist mit deinem Fahrrad gestürzt«, sagte ihre Mum und drückte ihr mit einem gezwungenen Lächeln die Hand.

»Oh … ja«, stammelte Julia und wurde rot.

»Also, es sieht alles gut aus«, sagte die Krankenschwester und ging zur Tür. »Die Ärztin kommt auch gleich.«

Als Julia sicher war, dass sie allein waren, stemmte sie sich in eine sitzende Position. »Welcher Tag ist heute?«

»Mittwoch«, sagte ihre Mum. »Der 22. März. Du warst fast 24 Stunden bewusstlos. Wir sind wieder in London.«

Julia konnte es kaum glauben. Es kam ihr vor, als wäre es nur Minuten her, seit sie mit angesehen hatten, wie der Schattenkönig schreiend zurück in den Baum gezogen worden war.

»Und … Mhenadur?«

»Der ist weg«, sagte Mum knapp. »Hoffentlich für immer.«

Erst jetzt konnte Julia sich richtig entspannen. Sie ging ihre Erinnerungen an die Höhle durch und versuchte, sie in die richtige Reihenfolge zu bringen. War das alles wirklich passiert?

»Die Polizei ist hier«, sagte ihre Mum. »Und Reporter. Alle wollen wissen, wie du verschwunden bist. Aber du musst nicht mit ihnen sprechen, dafür werde ich sorgen.« Sie holte tief Luft. »Jules, es tut mir so leid. Alles. Dass ich dir nicht geglaubt habe. Dass ich dir nicht vertraut habe. Ich … ich hatte gar nicht gewusst, wie stark du bist.«

Julia blickte in die feuchten, müden Augen ihrer Mum. Die Ereignisse aus der Höhle kamen ihr wie etwas aus einer anderen Welt vor, oder aus einem Traum. Mum war so mutig gewesen. Und ihre Bereitschaft, ihr eigenes Leben aufzugeben … *Es gibt vieles, was wir nicht voneinander wissen,* dachte sie. *Aber wenigstens haben wir Zeit, es herauszufinden.* »Du musst dich nicht entschuldigen«, sagte sie sanft.

Mum lächelte mit zusammengepressten Lippen. Sie sah noch immer reumütig aus. »Doch, muss ich. Ich bin nicht für dich da gewesen, nachdem Dad gestorben ist. Um ehrlich zu sein, wusste ich nicht, wie. Ich habe mich einfach in die Arbeit gestürzt.«

Julia zog ihre Mum an sich und drückte sie fest. »Mir tut es auch leid«, murmelte sie in ihre Schulter. Es fühlte sich gut an, sie wollte sie nicht loslassen. »Wir hätten es zusammen durchstehen sollen, wie eine Familie.«

Während sie einander umarmten, schmerzte Julias Herz, weil ihr Dad nicht bei ihnen war. Das Wiedersehen mit ihm in der Vision von Mhenadur würde sie nie vergessen. Wenigstens war Mum diese Qual erspart geblieben.

Irgendwann löste ihre Mutter sich aus der Umarmung und wischte sich die Augen. »Was er wohl zu allem gesagt hätte? Zum Schattenkönig, zu den Masken …«

Julia musste unwillkürlich lächeln. »Ich weiß, was er gesagt hätte.«

Sie sprachen die Worte gemeinsam, genau gleichzeitig: »Ein herrliches Abenteuer!«

Jetzt lächelten sie beide. Lächelten einander an, durch ihre Tränen. Für Dad war alles ein fabelhaftes Abenteuer gewesen, ganz egal, wie schwierig es war. Oder wie beängstigend.

In gewisser Weise, dachte Julia, war er gar nicht weg. In gewisser Weise würde er immer bei ihnen sein.

Jetzt würde alles anders werden. Keine Diebstähle

mehr. Keine Streitereien mit Mum. Julia wusste es, ganz tief in ihrem Inneren.

Von der Tür her ertönte eine Stimme. »He, vergesst uns nicht!« Julia drehte den Kopf auf dem Kissen und sah Abena grinsend um den Türrahmen spähen. Ehsan war auch da. Er hielt einen Luftballon an einem Band. Sie trugen saubere Kleidung, und Abena hatte einen Baumwollbeutel dabei.

»Alles Gute nachträglich zum Geburtstag!«, sagte Ehsan.

Sie quetschten sich ins Zimmer, ganz zum Schluss kam Lee, der langsam ging und ein konzentriertes Gesicht machte. Er trug eine Schokoladentorte, Julias Lieblingskuchen, mit 14 Kerzen. Vorsichtig stellte er sie auf den Tisch.

»Ich besorge Teller«, sagte Mum und verschwand aus dem Zimmer.

»Ich glaube, Kerzen sind hier eigentlich nicht erlaubt«, sagte Abena und zwinkerte. »Aber das bleibt unter uns.« Sie steckte eine Hand in den Beutel und zog Julias Hasenmaske hervor. »Wir haben sie aus dieser schrecklichen Höhle mitgenommen«, erklärte sie und legte den Beutel neben das Bett. »Unsere haben wir auch.« Sie runzelte die Stirn. »Irgendwie fühlt es sich fast so an… als wären sie jetzt ein Teil von uns.«

Julia nickte. Sie wusste genau, was Abena meinte. Trotzdem war der Gedanke beruhigend, dass sie die Kräfte der Masken nie wieder brauchen würden.

Sie musste daran denken, wie Morvina und Varun gemeinsam in der Dunkelheit verschwunden waren. *Wo sie jetzt wohl sind?*

»Wie geht es dir?«, fragte Abena und setzte sich auf den Stuhl neben dem Bett.

»Mein Bein tut weh«, sagte Julia und schob den Gedanken an Mhenadurs Diener weit weg. Dann grinste sie ihre Freunde an. »Wie um alles in der Welt habt ihr mich da rausgeholt?«

»Teamwork«, erwiderte Abena.

»Teamwork!«, schnaubte Ehsan. »Geschleppt habe *ich* sie.«

»Was du nicht müde wirst zu betonen«, gab Abena zurück und verdrehte die Augen.

»Und wie geht's dir, Lee?«, fragte Julia.

Lee nickte mit ausdrucksloser Miene. Julia fragte sich, was nun mit ihm passieren würde – das Heim hatte ihn sicher als vermisst gemeldet, und er konnte schließlich nicht ewig auf der Flucht bleiben.

Ehsan räusperte sich. »Ähm, ich habe von meinen Eltern gehört.«

Julia und die anderen sahen ihn erwartungsvoll an.

»Tritons Zauber muss irgendwann nachgelassen

haben, und Doug und Breida sind wieder zu Bewusstsein gekommen und haben gemerkt, dass wir weg waren. Sie haben Mum und Dad angerufen, die sofort von ihren Geschäftsreisen nach Hause gekommen sind. Anscheinend haben sie alles stehen und liegen lassen.« Julia merkte, dass Ehsan sich bemühte, ein Lächeln zu unterdrücken. »Sie holen mich sogar gleich hier ab.«

»Das ist ja toll, Ehsan!«, sagte Abena. »Mein Dad kommt morgen zurück, ich fahre also auch nach Hause. Ich weiß nicht mal, ob die böse Stiefmutter ihm überhaupt gesagt hat, dass ich weg war.«

»Wartet, ich war noch nicht fertig.« Ehsan wirkte plötzlich verlegen. »Ich habe gedacht … na ja, dass Naimas Zimmer nicht für immer leer stehen sollte.« Er lächelte Lee unsicher an. »Wir haben so viel Platz, und ich weiß, dass du nicht zurück nach Roscallen willst. Also, ich müsste natürlich erst mit meinen Eltern reden, aber … Was meinst du?«

Abena schlug die Hand vor den Mund und quietschte.

Julia richtete den Blick auf Lee. Ein aufrichtig glückliches Lächeln hatte sein Gesicht erhellt, wie sie es noch nie bei ihm gesehen hatte. Es erinnerte sie an einen Sonnenaufgang.

Sie drehte sich wieder zu Ehsan und merkte, dass

er sie ansah. Hastig senkte er den Blick, dann hob er ihn wieder, und ein schüchternes Lächeln breitete sich auf seinem Gesicht aus.

Hinter ihm stand Abena, die auf ihn zeigte und mit lautlosen Lippenbewegungen das Wort *Märchenprinz!* formte. Julia konnte das Lachen nicht unterdrücken.

Ehsan zog eine Augenbraue hoch. Zum Glück kam in diesem Augenblick Julias Mum zurück. »Teller!«, verkündete sie.

Abena knipste das Licht aus, und Julias Mum beugte sich mit einem Streichholz vor und zündete die Kerzen an. »Ich kann nicht glauben, dass mein Mädchen 14 Jahre alt ist«, sagte sie. »Du hättest wohl nicht gedacht, dass du im Krankenhaus feiern würdest.«

Julia musste an ihre schlechte Laune im Cottage wenige Tage zuvor denken, und daran, wie missmutig sie gewesen war, dass sie nicht bei ihren alten Freunden sein konnte und dass sie keine Lust gehabt hatte, den Tag mit ihrer Mum zu verbringen. Und nun war sie hier, mit neuen Freunden, die sie sich nie ausgesucht hatte, und fühlte sich ihrer Mum näher denn je.

»Eigentlich finde ich das ziemlich perfekt«, sagte sie. »Aber ich glaube, Kuchen schaffe ich noch nicht.« Sie setzte sich auf und verzog das Gesicht.

»Macht nichts«, sagte Ehsan grinsend. »Mehr für uns!« Seine braunen Augen blitzten im Kerzenlicht. Würde sie ihn wiedersehen, jetzt, da alles vorbei war?

Ihr Gefühl sagte Ja.

Die anderen sangen »Happy Birthday«. Dann hielt Abena Julia den Kuchen vors Gesicht. »Vergiss nicht, dir was zu wünschen«, sagte sie.

Julia zögerte und fragte sich, was um alles in der Welt sie sich wünschen sollte. Die Kerzen flackerten, und für ein paar Sekunden wanderten ihre Gedanken wieder in die Höhle, zu dem Fackelkreis um den fahlen Baum. Sie schob die Erinnerung weg. Mhenadur war fort, und er würde zumindest die nächsten tausend Jahre nicht wiederkehren. Sie war in Sicherheit, sie, ihre Mum und ihre Freunde.

»Hallo? Erde an Julia?«, sagte Abena. »Jetzt wünsch dir was!«

Julia lächelte. Eigentlich sollte das nicht allzu schwer sein, doch ihr wurde klar, dass ihr zum ersten Mal seit langer Zeit gar nichts fehlte. Sie war glücklich.

Sie schloss die Augen und wünschte sich, genau dieses Gefühl festzuhalten. Nicht für immer – nichts hielt für immer. Nur für eine Weile.

Dann öffnete sie die Augen und pustete die Kerzen aus.

MICHAEL FORD

Michael Ford wurde 1980 im Norden von England geboren. In der Schule entdeckte er seine Leidenschaft für Literatur und Poesie und studierte anschließend Klassische Philologie und Englisch an der Oxford University. Nach einer Zeit als Englischlehrer in Griechenland arbeitete er in verschiedenen Verlagen und schrieb Bücher für Kinder aller Altersgruppen, hauptsächlich historische Romane und Fantasy-Titel, darunter die Spartan-Reihe und Titel wie *Beast Quest* unter dem Pseudonym Adam Blade. Er schreibt auch Kriminalromane für Erwachsene, die in Oxford angesiedelt sind. Nachdem er mehrere Jahre in London gelebt hatte, hat es Ford zurück zu seinen nördlichen Wurzeln gezogen. Heute lebt er mit seiner Frau und zwei kleinen Kindern am Rande des Peak District, wo er gerne mit seinen Hunden joggen geht und die geschichtsträchtige Landschaft erkundet.

Bei Edel Kids Books ist bereits Fords dystopischer Thriller *Forgotten City* erschienen.